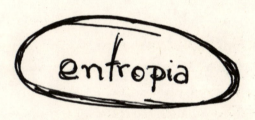

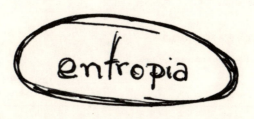

1ª edição

EDITORA RECORD
RIO DE JANEIRO • SÃO PAULO
2016

CIP-BRASIL. CATALOGAÇÃO NA PUBLICAÇÃO
SINDICATO NACIONAL DOS EDITORES DE LIVROS, RJ

R611e

Rodrigues, Alexandre Marques
  Entropia / Alexandre Marques Rodrigues. – 1. ed. – Rio de Janeiro: Record, 2016.
  il.

  ISBN 978-85-01-07319-8

  1. Romance brasileiro. I. Título.

16-31084
CDD: 869.93
CDU: 821.134.3(81)-3

Copyright © Alexandre Marques Rodrigues, 2016

Todos os direitos reservados. Proibida a reprodução, armazenamento ou transmissão de partes deste livro, através de quaisquer meios, sem prévia autorização por escrito.

Texto revisado segundo o novo Acordo Ortográfico da Língua Portuguesa.

Direitos exclusivos desta edição reservados pela
EDITORA RECORD LTDA.
Rua Argentina, 171 - Rio de Janeiro, RJ - 20921-380 - Tel.: (21) 2585-2000.

Impresso no Brasil

ISBN 978-85-01-07319-8

Seja um leitor preferencial Record.
Cadastre-se e receba informações sobre nossos lançamentos e nossas promoções.

Atendimento e venda direta ao leitor:
mdireto@record.com.br ou (21) 2585-2002.

$$\Delta S = S_2 - S_1 \geq \int_1^2 \frac{\delta Q}{T}$$

# TRAFALGAR

# A AVÓ LHE GARANTIU, O AMOR NÃO É O MAIOR DOS MALES

Constantina sorriu, disse Não, ele não cabe. Com as pernas afastadas, Roberto acolhido entre elas, ela segurava o pau dele, restringia sua liberdade: não deixava a Roberto outra solução além de se forçar contra o corpo dela, para dentro dela. Não, ele não cabe, ela disse e sorriu satisfeita, como se com isso ficasse comprovada alguma virtude, sua ou dele. Roberto empurrou de novo, guiado ainda pela mão de Constantina, que não o largava; ela sorriu mais, disse Não entra, e se afogou em alguma delícia oblíqua, obscena. Por fim, libertou Roberto,

decretou Seu pau não cabe de jeito nenhum dentro de mim. Então é isso. Sim, podia ser esse o significado da frase enigmática que Constantina algumas vezes tinha lançado ao ar timidamente, ou com vergonha. Sou quase virgem, ela disse, dizia, disse uma e outra vez. Dizia isso e explicava depois, contava da festa em que, como de costume, havia bebido demais, falava de como, sem que soubesse ou se lembrasse, em determinado momento estava em um quarto e havia um dos garotos da escola deitado em cima dela. A explicação continuava, um pouco mais obscura, Constantina dizia que tempos depois teve um namorado, que nunca ganhou nome nem rosto durante os relatos: quando ela precisou mudar de cidade, por causa de mais uma das catastróficas empresas do pai, eles decidiram, Constantina e o garoto sem nome, sem rosto, eles decidiram que tinham que foder pelo menos uma vez antes de se despedirem. E foderam. Roberto falou Nós não precisamos fazer isso agora;

era verdade, tinham um quarto de hotel, um final de semana inteiro, sozinhos, mesmo Roberto sendo casado: podiam acertar as desproporções entre o volume dele e o tamanho dela mais tarde, quando tivessem descansado da viagem. Mas ela disse, Constantina, ela disse Não. O cavalheirismo de Roberto sobrou desprezado, sua virilidade foi instada a comparecer em toda a rigidez, a despeito de qualquer cansaço. Porque ela disse Não, e depois disse Eu quero,

disse Enfia com mais força. É claro, Roberto enfiou: se pôs por Constantina adentro: foi, forçou, tomou: entrou. Antes, ele ainda disse, apegado a sua fantasia de cavalheiro, ele disse Não deixa eu machucar você; falou isso e se impôs em Constantina. Ela sabia: era pura retórica, Roberto encenava, ela fingia que não, mas ele encenava seu papel; porque é evidente que a machucaria, a machucou, e ela deixou. Roberto forçou o pau para dentro dela, ela disse Ai, gritou Ai, e ele continuou, seguiu;

ainda que ela tivesse dito Ai, tivesse gritado Ai, Roberto foi até o final e só então Constantina suspirou. Sim: quando ele estava inteiro dentro dela, depois de ter passado pelo Ai, quando chegou ao fundo e não havia mais um centímetro para tomar, abrir, ocupar, ela suspirou, aliviada, ou suspirou por algum outro motivo, suspirou e o segurou ali, quieto, sobre ela, o abraçou e ele ficou imóvel, apenas esperando. Fechou os olhos, Constantina, ela fechou os olhos e então o largou;

ele começou. Roberto começou, foi, veio; repetitivo, ele começou e foi e veio, cada vez mais rápido. Os olhos de Constantina continuaram lacrados.

À boca ela consignava gemidos que se debatiam pelas paredes do quarto, ricocheteavam sem deixar marcas; sua boca não cessava de dizer, ou pedir, de gemer, de reclamar no ritmo marcado pelas pancadas que o pau de Roberto dava no fundo de sua boceta. De olhos fechados, gemia perdida em um mundo onde ele não existia mais, nem a cama, ou o quarto: só era real o que estava sentindo, a angústia que ia em seu corpo e que era boa, crescia,

depois explodiu. Constantina gozou. Muito polidamente, quando acabaram, ela, de novo tímida, ela disse Foi bom. O cavalheirismo de Roberto o conteve de gozar até que Constantina estivesse satisfeita, o liberasse, dissesse Sim, dissesse ou pedisse Goza. Ele esporrou dentro dela, guardou o rosto ao lado do seu, junto ao travesseiro, e teve seu corpo contido pelos braços de Constantina enquanto se desfazia em espasmos, como quando se chora compulsivamente e alguém o consola. Havia alguma coisa diferente, imprecisa em foder com Constantina. Ele saiu de dentro dela;

Constantina reclamou, protestou, disse Mas, longamente, como se miasse uma queixa, Era para você ter continuado dentro de mim, ela disse. Porém, os instantes imediatamente posteriores ao sexo são os mais importantes, ou perigosos: são nesses minutos rápidos que o amor é transmitido; essa era a teoria de Roberto. Segundo ele, o contágio amoroso não ocorre durante o ato sexual, muito menos antes dele, mas imediatamente após o orgasmo do macho, quando este vê suas forças exauridas e, assim enfraquecido, busca abrigo no colo da fêmea. Por isso ele se afastou, abandonou o corpo de Constantina, saiu dele, deixou de o preencher;

por isso ela protestou, instintivamente, disse Mas, disse Era para você ter continuado dentro de mim. Ou então porque ela não queria que Roberto visse. Sim: houve a erupção de porra, que Constantina aparou entre as coxas estriadas de cortes antigos, de cicatrizes paralelas umas às outras, Roberto tirou o pau de dentro dela, ela reclamou e então ele viu: seu pau estava sujo de sangue. Mas Constantina não era virgem. Tinha estado ali o colega da escola, com ela bêbada na festa, e também o namorado do qual se despedia;

os dois haviam estado ali antes de Roberto. Só que de alguma forma não tinham conseguido. Porque coubera a ele ter o pau sujo de sangue, mesmo que ralo, um vermelho pálido colorindo a extensão de seu corpo que teimava em se alongar, ainda duro pela metade. Não fazia diferença alguma a virgindade de Constantina, ou sua quase virgindade: Roberto contou essa mentira, a repetiu numerosas vezes em voz alta; mas ele compartilhava, é claro que sim, ele compartilhava do instinto de desvirginar que vai embutido dentro de cada homem, inexplicável e absurdo. Ainda assim, o que sentiu quando saiu de Constantina, viu o sangue dela, não foi contentamento;

o que quer que tenha sido, no entanto, o que Roberto sentiu não durou muito. Ela olhou o pau dele, que apontava para a parede atrás da cama, paralelo ao colchão. Fechou as pernas, tirou Roberto do meio delas. Cobriu os seios com o lençol ou com a blusa que não chegara a tirar completamente. E ela disse, Constantina, ela disse Eu estava menstruada dois dias atrás, desculpa,

e disse também Não se preocupe. Roberto ficou em silêncio. Se sentou ao lado dela, as costas apoiadas na parede. Seu pau foi sendo vencido pela gravidade. Tem certeza de que não machuquei você, perguntou; ela não respondeu. Seis meses depois Constantina iria dizer Você é frio. Naquele momento, no entanto, naquele quarto, naquela cama, ela não disse nada. Você é frio, exceto quando está com tesão, ela iria dizer para Roberto, seis meses depois. Está tudo bem, ele perguntou ainda, procurando os olhos dela; de novo ela não respondeu. E Roberto saiu da cama; precisava tomar um banho.

# CAI A EXPORTAÇÃO DE
# BENS MANUFATURADOS

Eu não sei mais se vai dar certo. Agora que está tudo decidido, acertado, agora que as passagens de avião estão compradas, destino: Navegantes, que o hotel foi escolhido: rua Paul Hering, 67 Centro – Blumenau – SC, que um quarto dentro dele foi devidamente reservado em meu nome: Sr. Franz, seja bem-vindo; agora não sei mais se vai dar certo. De repente, não tenho certeza do que quero. A viagem que antes, quando era ainda apenas hipotética, soava tão acertada, hoje me parece precária até o absurdo. Se contasse de minha indecisão, chorasse minhas dúvidas, ela, para me encorajar, ela diria Mas é assim mesmo;

me explicaria Nisto aqui, na vida, os sonhos são sempre mais reais do que a realidade. Sim, está claro. E, ainda que inútil, essa sua filosofada seria irresistível: eu meditaria junto com ela, teorizaríamos por algumas horas e, ao fim, meu medo, pois é este o outro nome que têm minhas dúvidas: medo; ao fim, meu medo teria se dissolvido, escorrido de mim como mijo aliviado. Contudo: não tenho falado de minhas dúvidas com ela, após sete anos vivendo atrás das mesmas portas, não consigo mais lhe contar de que são fabricados meus medos. Nós estamos quietos, nesses últimos tempos, feitos de silêncios. E assim minha confusão persiste, não me dá trégua,

a viagem a Blumenau continua me parecendo uma triste sandice.[1] Eu planejei, eu quis, eu pedi, eu pesquisei, eu paguei; acertada em todos os detalhes, tornada irreversível, a viagem real não ganha da viagem imaginada. Mesmo que ainda não tenha ido, eu não parti, o avião ainda não decolou, não fiz o check-in no hotel, não entrei no quarto, não vi nem andei pela cidade, mas, mesmo assim, meu estômago dói antecipadamente: porque não sei mais se vai dar certo. Maria Teresa disse Sim, disse Suas folgas estão confirmadas, disse Boa viagem, ordenou Aproveite, Franz, e agora eu me preocupo;

eu disse Obrigado, sorri sem jeito, como se tivesse gozado antes da hora, com uma expressão de bobo, a minha, usual, colada sobre a cara, respondi Obrigado, e disse Pode deixar, vou aproveitar. Entretanto, não

---

[1] Eu me lembro: meus natais terminavam, quase todos, em um choro contido de desapontamento. Não, talvez eu não chorasse, é claro que não chorava, mas dá na mesma. Eu esperava o ano inteiro, escolhia meticulosamente o presente que pediria no começo de dezembro, esperava, escrevia a carta ou apenas comunicava verbalmente a meu pai qual tinha sido o brinquedo escolhido, não justificava que meu comportamento tinha sido exemplar, isso era desnecessário; eu esperava, escolhia, pedia e então o Natal chegava. O Natal chegava, as luzes coruscantes, temivelmente coloridas, o pinheiro feio de Natal chegava, artificial e a cada ano mais magro e falhado, plantado no carpete azul da sala ao pé da escada que levava para os quartos. Eu esperava, escolhia, pedia, o Natal chegava e a alegria durava pouco mais do que o tempo necessário para rasgar o papel de presente:

com o papel rasgado, a embalagem aberta, o presente estava exposto às bofetadas da realidade. No anúncio publicitário, assistido na televisão, estrategicamente postado entre um desenho animado e outro, o brinquedo era mais colorido, era maior e oferecia mais possibilidades lúdicas; nos meus sonhos, enquanto gestava a espera, eu me divertia muito mais. E eu ganhava sempre o que havia pedido; só que nunca era o que eu tinha imaginado. É assim que me sinto agora, apesar de adulto e de não ser Natal, me sinto exatamente igual à criança que eu fui.

sei o que fazer, sim, eu, o que vou fazer quando chegar lá, em Blumenau. Não sei. Tento me convencer, repito para mim mesmo razões, argumento que:

1. já fiz a solicitação das folgas a Maria Teresa, que a despachou, depois traduziu para mim a resposta ao despacho com um sorriso dadivoso no rosto, disse Sim, com uma rapidez incrível ela disse Suas folgas estão confirmadas, e ainda disse Boa viagem, ordenou Aproveite, Franz;

2. já comprei as passagens para Navegantes;

3. já reservei o hotel em Blumenau; e

4. já disse a ela, sério e convincente, expliquei minha ausência em casa, disse Preciso viajar por alguns dias, ponderei Eu sei que não é o melhor momento, concluí Mas eu preciso, expliquei Tenho que ir a Blumenau;

então, por 1, 2, 3, e 4, fica evidente: é tarde para desistir. Ainda que eu tenha medo, ainda que não estejam resolvidas algumas questões práticas e logísticas referentes ao motivo específico de minha viagem, é tarde demais para voltar atrás. Portanto, eu vou, me obrigo a ir. Desta vez não saboto a vida, não fico em casa, confortável, digerindo o fato de ter perdido a coragem, desistido mais uma vez. Não há solução: agora eu tenho que ir, eu vou.

# UMA XÍCARA DE CHÁ, UMA DE CAFÉ

Preguiçosa, acordei, mas não quis sair da cama. Você já tinha se levantado, condicionado pelo horário de todos os dias, o galo eletrônico que cantava pontual às sete da manhã, de segunda a sexta-feira. Era sábado, no entanto. Mas você se levantou mesmo assim, às sete, sem o despertador tocar. Saiu da cama. Tomou cuidado para não me acordar: eu não gosto de ser acordada, você sabe. Se levantou,

mijou com o pau daquele jeito mesmo, duro, lavou o rosto, escovou os dentes. Abriu a porta da varanda, olhou sem ver a rua. Na cozinha, esquentou a água, cuidando para que não fervesse; coou o café. Eu peguei o Kundera, o livro que você insistia tanto para que eu lesse e eu não lia nunca, deixava decantando sobre o criado-mudo. Você se sentou na varanda, tomou seu café com leite em pó, comeu seus biscoitos de aveia; sentiu o sol, os raios que escapavam detrás dos prédios, colidiam em sua pele e ainda não o irritavam a ponto de fazer com que mudasse a cadeira de lugar. Na cama, sozinha, me pus mais uma vez a folhear o livro:

pulei de uma página para outra, li a esmo, comecei um capítulo que não terminei, segui para diante, depois voltei para o começo, saltei de uma vez para o final. Era claro: minha leitura, daquele jeito, não daria em grande coisa. Eu nunca me perguntaria, por exemplo, por que Tereza tem nas mãos um livro do Tolstói, *Anna Karenina*, quando vai atrás de Tomas. Você, ao contrário, insistiria na pergunta Por que Kundera põe precisamente um autor russo no colo dela, no romance que vai contar da opressão soviética em Praga, e você ainda não se conteria, iria precisar formular suas teorias:

1ª hipótese: a arte está acima da política; o ódio à URSS não justifica ou autoriza um ódio extensivo a Leon Tolstói, a suas obras;

2ª hipótese: Tolstói deveria ser odiado, já que é russo, mas Kundera explicita, ao fazer Tereza carregar o volumoso *Anna Karenina* em sua viagem, que a moral às vezes naufraga, incapaz de uma condenação definitiva: de novo a relação entre a leveza e o peso. Por ter sido publicado entre 1875 e 1877, o livro do Tolstói já não seria tão russo, ou tão soviético, porque o tempo corrompe, permite algo mais além do ódio, no caso a indiferença;

3ª hipótese: blá blablablá, blablá;

esse é um discurso, uma conversa de uma só voz que ainda teremos. E você, então, empolgado, continuará, não conseguirá parar, dirá que, se Tereza tivesse batido à porta do Tomas com o *Fausto* do Goethe nas mãos, teriam chamado a cadela de Mefistófeles, não de Karenin, e o nome masculino ainda salientaria a tendência homossexual do bicho. Mas não. Kundera escolheu Tolstói, escolheu *Anna Karenina*, e eu, deitada na cama, passava os capítulos como se lesse um jornal, sem prestar atenção em nada. Enjoada, larguei o Kundera, me virei para o outro lado da cama. Cecilia começou a miar no quarto da televisão;

ela acordou, pulou do sofá, onde tinha passado a noite enroscada em si mesma, desceu para o chão, alongou as costas arranhando o tapete, abriu a boca em um bocejo, depois miou. Os pelos alaranjados, longos, os bigodes brancos, os olhos de um amarelo catastrófico: essa é Cecilia, o gato, com o nome igual ao meu por conta de uma piada antiga, que já perdeu a graça. Ela miou e veio, ainda se alongando e bocejando, veio pelo corredor até nosso quarto de dormir,

subiu na cama onde eu estava tão preguiçosa quanto ela, também me alongava e bocejava, sem coragem de me levantar. Achei graça, ri, o gato miou mais uma vez, pois não sabia rir, depois se deitou a meu lado. Miei também, tentando chamar o homem da varanda, você, que já devia ter terminado o café. Mas você não saiu do lugar, não veio. Continuou olhando a rua sem ver, segurando a caneca vazia nas mãos. Miei de novo. Então você se mexeu, arrastou a cadeira, se levantou,

apareceu no quarto. Eu e Cecilia ronronávamos na cama. Você parou na porta: o gato miou, eu sorri. Já tomou café, perguntei. Cecilia desceu da cama, foi se ondular em suas pernas. Sim, você disse, justificou Não queria esperar você se levantar. Não consegui conter mais um bocejo. Nunca li *Anna Karenina*, eu disse, sem transição ou explicação;

você não estranhou, disse Eu sei. Você se lembra, continuei, sou preconceituosa: acabo sempre achando que histórias escritas por mulheres não são grande coisa. Você não precisou dizer que Tolstói não era uma mulher; eu sabia, é claro, concluí Os livros que são sobre mulheres também não devem ser bons, eu acho. Não sei, pode ser besteira minha. Sim, é claro,

e não importava mais. Não importava mais porque você já estava de volta a nossa cama, deitado a meu lado, como fizera Cecilia; Tolstói ou Kundera, a Primavera de Praga, a heroína palindrômica e sua tara por trens, nada mais importava além do quarto em penumbra, você deitado na cama com o corpo junto ao meu. Sonhei com você, eu disse. Era mentira. Você sabia, mas fingiu acreditar;

lhe dava mais contentamento que eu mentisse, inventasse o sonho, do que se tivesse mesmo sonhado, sem controle, a noite inteira com você, ou com nós dois. Você fingiu acreditar e disse, perguntou O que sonhou. Não respondi, não precisava continuar com aquilo. Me retorci debaixo do lençol, trancei minhas pernas nas suas. Você ficou quieto, esperou;

eu pus a mão em cima de seu pau, sobre a roupa. Estava duro. Acha que hoje a gente consegue, perguntei. Você respondeu Se você quiser, mas não precisava responder: eu já tinha na mão a resposta, o consentimento latejando sem gramática, sem sujeito, sem verbo e sem objeto. Era assim, parecia que você estava sempre pronto, que nunca se cansaria de tentar. Mas não deu certo,

não foi daquela vez, naquela manhã, que transamos de novo como deveria, do começo até o fim, corretamente, seu corpo sobre o meu. Nem nós dois de lado, virados para a janela fechada por onde o sol passava, infiltrado nas frestas impostas à madeira. Cecilia, alaranjada e alheia, se lambia, deitada no chão. Você meteu o pau em mim, me abriu devagar, e eu chorei:

pedi para que parasse, falei da dor, disse que ainda era cedo. Você saiu de dentro de mim. Bateu punheta até esporrar sobre o lençol, ou fui eu que lhe fiz isso. Dei um sorriso forçado, infeliz, vendo seu pau cuspir a porra em golfadas sucessivas pela cama. Não olhei seu rosto. Ficamos em silêncio; nem você nem eu queríamos palavras. Me cobri com o lençol, guardei meu corpo ali embaixo. Depois dormi. Você saiu de novo do quarto,

se levantou, tomou cuidado para não me acordar: eu não gosto de ser acordada. Voltou para a varanda. Cecilia, o gato, parou de se lamber, foi atrás de você, quieta, e o viu abrir o Kundera,[2] o livro que tinha levado do

---

2    Você tinha dezessete anos. Logo o sol terminaria atrás da serra, depois da ilha. A longa faixa de areia se estendia a sua direita, em seguida havia o mar, que era como uma lagoa. Comprou o livro em uma banca de jornal, uma edição barata, dessas coleções que relançam os clássicos de tempos em tempos. Você caminhava pela calçada coberta pelas copas dos chapéus de sol, salpicada de bancos a intervalos fixos. Abriu o livro ainda antes de escolher o banco em que se sentaria. Leu a primeira linha, a primeira frase, o primeiro parágrafo enquanto andava, e lá estavam: Nietzsche e seu bigode, galopando em cima do

quarto, de meu criado-mudo. Você abriu em qualquer página, capítulo. Passou os olhos sobre trechos aleatórios. Continuou a manhã toda desse jeito, desperdiçando a leitura como eu, gastando o livro à toa. Este é mais um dos livros que eu nunca consegui ler até o final.

---

Eterno Retorno. Você e seus dezessete anos, desde seu culto idiota ao ídolo que dizia não acreditar em ídolos, o próprio Nietzsche-super-homem-zaratustriano, julgaram temerariamente e concluíram Esse tal Milan Kundera deve ser bom. Sua lógica rasa, adolescente, era esta: se um escritor cita Nietzsche, deve escrever bem. Desde então você nunca mais se curou da porcaria do livro, precisa sempre que as pessoas que são importantes para você também o leiam; se não lerem, se eu não ler, você acha que alguma coisa ruim vai acontecer.

# CONSTÂNCIA, MEU BEM, CONSTÂNCIA

Roberto nunca soube, não sabe: o que a mãe dela tinha na cabeça, em que merda estava pensando. Pegar a criança que já teimara em nascer, foi preciso a arrancar de dentro dela com um fórceps, pegar a criança que já teimara em nascer, olhar os olhos que talvez nem tivessem se aberto, nem fossem ainda daquele verde tão castanho, segurar a criança no colo pela primeira vez e a batizar Constantina. Ele nunca se conformou. Em que merda estava pensando. O que tinha na cabeça. Cons-tan-ti-na. Não: o nome não era feio, há outros muito piores; mas é estranho, antigo, inusitado. Por que, por que Constantina,

se não era o nome de nenhuma das avós, nem bisavós, se Santa Constantina não fez milagre algum nem para os católicos, se nunca houve qualquer artista de cinema ou cantora famosa com esse nome: por que, então, por que Constantina. Talvez tenha sido assim, ela e a mãe, o ódio recíproco entre as duas: talvez tenha existido desde o primeiro momento, desde o primeiro olhar, ou ainda antes de Constantina nascer. Isso explicaria a escolha arbitrária do nome estranho. Mas Roberto não tem como saber, é claro, não sabe se esse ódio diz alguma coisa sobre o nome Constantina dado a Constantina sem explicação. Porque ele não entende nada sobre essa espécie esquisita de mulher, a mãe; sabe sobre ela apenas o que leu na literatura russa, ou o que viu nos filmes de Hollywood. Já a história do parto, de ter sido arrancada de entre as pernas da louca com um fórceps, essa história era mais simples, Constantina contou a Roberto, explicou enquanto subiam pela rua da Bahia,

eles iam lado a lado, andando sem pressa rumo à praça da Liberdade. Naquele dia ela usava os óculos de sol com aros azuis, iguais aos da personagem do Nabokov, pelo menos iguais ao que Roberto sempre imaginou que seriam os óculos da Dolores, ou então como viu em alguma das versões cinematográficas do livro e que tomava como produção original de sua cabeça. Ele tinha um cigarro queimando nos lábios, ou entre os dedos. Constantina falava baixo, como sempre, Eu não sei falar alto, nem gritar; isso ela iria escrever, meses depois, em uma página de caderno para tentar explicar a si mesma a história com o Filho da Puta, seu arrependimento, o retorno até Roberto, a ideia absurda de montar acampamento debaixo das estátuas de Gafrée e Guinle, no meio da praça Barão do Rio Branco;

ela não sabia falar alto, nem gritar, e Roberto, mesmo andando a seu lado, tinha que perguntar O quê, ou Como, ou Ahn, ou O que você disse. Não paravam os carros de passar, e as pessoas, a cidade não se calava, não fechava a boca para que ele a ouvisse, compreendesse o que lhe dizia. Constantina disse Eu nasci antes do tempo, ou disse Nasci atrasada, Roberto não sabia, não sabe ao certo, não escutou direito, talvez ela tenha dito Parece que eu não queria sair da barriga de minha mãe. Ele ainda não entende por que tiveram que, com um fórceps, trazer Constantina à força para a luz,

mas foi assim que aconteceu e, de qualquer forma, a história do parto, como também a história do nome dado no Cartório de Registro Civil das Pessoas Naturais, tudo isso já tinha tropeçado pelo caminho, ficado para trás quando chegaram à praça da Liberdade. Então vieram o silêncio e os olhos dissimulados de Constantina, daquele verde estranho, verde triste, de planta que está morrendo, os olhos dela caindo sobre Roberto. Se sentaram em um banco. Amaldiçoaram o calor com gestos, talvez tenham dito Puta merda, mas que calor. Estavam imersos em uma luz oblíqua, coada pelas folhas das árvores, uma luz amarela de outono já quase terminado. Ficaram calados. Roberto tentava fazer com que o silêncio não o incomodasse,

mas é claro que incomodava, o silêncio, ainda que só um pouco, não o suficiente para fazer com que ele abrisse a boca, articulasse alguma palavra, mas sim: o silêncio incomodava Roberto. Sua salvação foi quando Constantina riu; talvez ela estivesse também inquieta pelo mutismo dos dois, mas, sem saber o que dizer, apenas riu. Ela riu e Roberto perguntou O que foi. Ela riu mais, apontou com a cabeça, tentando ser discreta, e disse, respondeu Essa criança, olha, ela tem os peitos grandes demais. Sim, era verdade, Roberto já tinha notado: a criança corria e, por dentro da blusa, um soutien equivocado não impedia os seios, que realmente eram grandes demais para o corpo infantil onde estavam atarraxados, de se sacudirem como se se preparando para pular fora da blusa. Ele não riu, apenas quis perguntar quando os peitos de Constantina tinham começado a crescer,

Roberto quis saber se ela tinha sido também uma criança peituda. Mas não perguntou. Ele ficou sem jeito, inexplicavelmente; apenas olhou: para os peitos de Constantina, que os últimos botões da camisa cor-de-rosa, abertos, deixavam entrever. Ele se lembrou da noite anterior, se lembrou de horas atrás, naquela mesma manhã, no quarto do hotel, antes do café, quando ela ainda não vestia as roupas. Constantina sorriu por cima do olhar dele. Roberto quis ir embora,

a criança passou de novo por eles, correndo. Atrás dela, da criança, corria um homem com cara de pervertido. Foi pelo menos o que

Constantina observou, Ele tem cara de pervertido, ela disse. Roberto concordou, justificou É porque ele usa a camiseta para dentro da calça. E porque tinha o cabelo distribuído precariamente pela cabeça: os fios haviam desistido, caído, deixaram duas entradas nuas, da testa até o alto do crânio; por isso o homem tinha cara de tarado, porque sua aparência física se encaixava no estereótipo do pervertido dos filmes a que eles tinham assistido no cinema ou na televisão. Ou então é por causa da criança, Constantina ponderou, Só porque ela tem esses peitos enormes nós não achamos natural que ainda brinque e que um homem, que pode até ser o pai, corra atrás dela sem que exista alguma sacanagem envolvida. Alguma putaria, Roberto disse, concordando. Se levantaram, deixaram o banco,

deixaram a criança peituda e o pervertido. Em círculos retangulares, Roberto e Constantina ficaram dando voltas na praça.[3] Em algum momento, em alguma das voltas, na falta do que dizer, Roberto, de novo sentindo o silêncio como uma presença mole, gosmenta, Roberto disse Já sei, e voltou ao começo do capítulo, ao tema do nome dela,

ele disse Já sei: vou parar de chamar você de Constantina. Como você quer que eu lhe chame, perguntou. Em vez de dizer Vai à merda, Constantina apenas olhou para Roberto. Depois ela disse Não, manhosa, com uma melodia que, apesar da sílaba única do advérbio de negação, precisaria de um monte de notas para ser representada em um pentagrama; foi mais ou menos assim:

---

3    Passaram quatro vezes: pelas três moças de calças justas e blusas vermelhas, que ofereciam panfletos com o anúncio de uma festa esportiva patrocinada por uma marca de refrigerantes; passaram duas vezes: pelo homem que tocava saxofone acompanhado de um garoto que soprava, com afinação duvidosa, um saxofone proporcionalmente menor, a cena tendo um aspecto de circo, bizarro e irreal; passaram uma vez: pela criança peituda e pelo pervertido; e passaram três vezes: pelo prédio ondulado, que poderia ser uma bandeira desfraldada ao vento contando que o tempo tudo apodrece e corrói, mas que era apenas mais um prédio onde se aglomeravam gentes.

ela disse Não, mas Roberto insistiu, achando graça em seu apego ao nome, em seu desespero ante a iminência de o perder. Ele insistiu, disse E se eu chamar você de Monica, ou Francine, ou Guadalupe, ou Laura, ou Ingeborg, e perguntou Qual nome você quer usar daqui para a frente. Mas não. Constantina apenas disse Não, repetiu Não;

ela tentou não ficar mal-humorada, nem endereçar Roberto de volta à puta que o havia parido. Quando a brincadeira perdeu a graça, Roberto abraçou o corpo dela. Ela aninhou a cabeça em seu peito, murmurou Constantina. Foram embora para o hotel, voltaram em direção ao Parque Municipal, descendo pela mesma rua da Bahia; tinham ainda mais um dia inteiro sozinhos. Mas antes ela disse outra vez Não, repetiu Constantina, disse Quero que me chame de Constantina, apenas assim, Constantina.

# APÓS CORTES, PROJEÇÕES APONTAM QUEDA DE 0,30% NO PIB DESTE ANO

Eu não imaginava que Maria Teresa fosse dizer Sim, tão rapidamente e com tanta naturalidade. Fiz por escrito o requerimento dos dias de folga de que precisaria, solicitei o despacho. Aguardei a resposta pensando que a desculpa perfeita para não ir a Blumenau me seria dada pelo Escritório: se Maria Teresa tivesse dito Não, tivesse dito Sinto muito, ou ainda Estamos com trabalho atrasado, seu pedido foi indeferido, então não seria eu o autor do fracasso, não seria eu quem teria desistido mais uma vez. A negação ao meu pedido garantiria aos dias em Blumenau um estado platônico: estariam para sempre coloridos com perfeição, as cenas do que não teria acontecido seriam guardadas em minha lembrança como fotografias tiradas do ângulo correto, com a iluminação ideal. Mas Maria Teresa disse Sim, disse Suas folgas estão confirmadas,

com uma rapidez inédita no Escritório ela disse Boa viagem, ordenou Aproveite, Franz. A partir daquele momento, a responsabilidade se eu não fosse a Blumenau seria só minha, e tudo se encheu de dúvidas, as incertezas começaram a se acasalar como coelhos tarados dentro de mim. Uma semana depois eu descobri o que estava por trás de toda a eficiência com que o longo trâmite da concessão de folgas foi cumprido, por que Maria Teresa disse Sim, anuiu com uma presteza que me deixou atônito, disse Boa viagem, junto com a metade de um sorriso que ficou encalhado em sua boca, a ponto de naufragar:

uma semana depois recebi o Pedido de Informação. Mediante protocolo, me foi entregue um envelope devidamente lacrado. Lá dentro estava, limpo e claro, isso que eles chamam, no Escritório, de Pedido de Informação. Eu era inquirido oficialmente a me manifestar, a explicar o que tinha acontecido no balancete de setembro, que ainda não estava fechado;

a grande putaria começava. Até então, eu não tinha me dado conta de que o problema fosse tão sério; e não, realmente não era: o balancete de setembro não estava fechado, só isso. Mas o Pedido de Informação deixou explícito que a diferença contábil passara a ser entendida como uma falha grave em serviço. Esse foi o ESPANTO Nº 1: AS FOLGAS CONCEDIDAS PELOS DEUSES INCOMPREENSÍVEIS DA ADMINISTRAÇÃO E O PEDIDO DE INFORMAÇÃO. Mas o tempo das surpresas ainda não terminara, mais delas estavam por vir,

o ESPANTO Nº 2: A FESTA DE ANIVERSÁRIO, por exemplo. Quando eu pensava que ninguém se lembraria da data, que não receberia no Escritório nenhum Parabéns, ou Muitos anos de vida, ou Felicidades, fizeram uma festa de aniversário para mim. Ainda hoje não sei quem desceu até o Departamento de Pessoal, pediu minha ficha funcional com alguma desculpa qualquer e anotou ou memorizou o que ia preenchido no campo Data de Nasc., no Formulário de Admissão e Registro. Talvez não tenha sido tão trabalhoso, talvez tenham dado apenas um telefonema, ou, o que é ainda mais provável, exista no Sistema, com acesso aberto, alguma relação de Aniversariantes do Mês e lá constava, para quem quisesse ver, meu nome, minha data. De qualquer forma, eu não esperava nem desconfiei;

como já me havia sido revelado o Espanto Nº 1, considerei natural que todos cochichassem pelos cantos, e que me olhassem enquanto cochichavam fingindo que não me olhavam: não achei que fizessem isso por conta de uma festa de aniversário. Ao fim, cheguei a pensar que eles soubessem, todos, que o setor inteiro soubesse algo mais do que eu, que estivessem informados do que viria no próximo capítulo, qual seria o desfecho do livro, e apenas eu ainda o ignorasse,

porque era o final do expediente e me olhavam ainda mais curiosos. Sim, tive certeza, naquele dia, no meu aniversário: minha demissão já estava assinada sobre a mesa de algum dos deuses da Administração e todos no Escritório sabiam, menos eu. Era a consequência exemplar da diferença encontrada no balancete de setembro. E, como não podia deixar de ser, quando deu meu horário de ir embora do Escritório, voltar para casa, Maria Teresa me chamou a sua sala:

era o fim. Antes de me levantar, arrumei minhas coisas: as três canetas pretas, a azul e a vermelha, o lápis 8B, o bloco de papel que já terminava, mas que eu não teria chance de começar um novo, o carimbo com meu nome, cargo e matrícula funcional, o carimbo de protocolo, o telefone que muitas vezes deixei de atender, propositalmente, nos dias de maior mau humor, a agenda financeira; arrumei todas as minhas coisas como se me despedisse. Depois me levantei, segui pelo corredor como um Raskólnikov burocrático a caminho da delegacia, pronto para me entregar, preparado para o castigo. Bati à porta. Nervoso, pensei Puta merda, pensei É agora. Respirei fundo. O emprego que eu odiava de repente me pareceu bom. Girei a maçaneta. Entrei na sala de Maria Teresa,

mas não: não era ainda o momento, o fim. Todos estavam lá, o setor inteiro da Contabilidade, até mesmo Otavio, que eu nunca imaginaria encontrar participando daquilo, do Espanto Nº 2: A Festa de Aniversário, todos estavam lá. Foi ridículo, é claro, não tinha como ser diferente: bateram palmas quando entrei, como se costuma fazer, e também cantaram idiotamente. Provavelmente entenderam mal o meu desconserto, tomaram minha frieza por ingratidão, mas não me importo com o que eles pensam;

minha irritação habitual atingiu o grau máximo. Mesmo assim eu sorri, ou tentei, com os músculos das bochechas repuxei os cantos da boca, fiz meus dentes aparecerem. Fingi que a festa, as palmas, os abraços, os beijos, os apertos de mão, que tudo aquilo me agradava. Mas, como eu disse, o tempo das surpresas ainda não tinha acabado: alguns dias depois, foi a vez do ESPANTO Nº 3: O GORDO. Entrei no banheiro masculino do segundo andar do Escritório, onde ficava o setor de Contabilidade, e vi,

eu vi o Gordo, gerente do subsetor de Vendas Externas, muito à vontade, com toda a naturalidade que seria possível, enrabando o Estagiário. O Estagiário se debruçava sobre a grande bancada de mármore falso, onde estavam enfiados os lavatórios; tinha as calças arriadas até os tornozelos. Não se incomodou com a minha entrada no banheiro, o Gordo, não parou o vai e vem na bunda do garoto. E não pediu Que ninguém saiba disso, por favor. Não, ao contrário,

o Gordo me perguntou, sorrindo, Quer dar uma metida também, como se me oferecesse chicletes, ou me convidasse para almoçar. Ainda insistiu, quando respondi Não, obrigado, o Gordo disse Vamos lá, Franz, experimente, como se eu não tivesse pegado os chicletes por educação e ele tentasse me convencer a aceitar, dissesse São de menta, dissesse Não têm açúcar, ou Vão melhorar seu hálito. Não, obrigado, eu repeti, Muito obrigado, eu disse, fui em direção às latrinas,

entrei no reservado do terceiro vaso à direita, que era sempre o que eu usava, a menos que alguém tivesse lotado a privada com merda. Demorou, mas mijei; depois fiquei gotejando enquanto me perguntava se o Gordo já teria acabado, se já teria liberado o Estagiário. Sequei o pau com um pedaço de papel higiênico. Pensei no arquivo, com serviço atrasado, o

Estagiário, o filho da puta do Estagiário alegando ser trabalho demais para um funcionário só. Acionei a descarga muito mais do que seria necessário, para alertar os dois de que iria sair;

voltei aos lavatórios para cumprir o ritual me ensinado em criança: lavar as mãos depois de ir ao banheiro; adulto, comecei a me lavar também antes de ir até a privada, com exceção das vezes em que, quando entrava no banheiro, havia um cara enrabando outro junto aos lavatórios. O Gordo e o Estagiário ainda estavam lá, mas já tinham acabado, estavam com as calças no lugar. Sorriu de novo para mim, o Gordo. Ele ajeitava os cabelos com os dedos em forma de pente. O Estagiário olhava para o chão, sem graça, enquanto apertava o cinto. O Gordo saiu sem dizer nada: sem explicar, sem pedir discrição, sem se desculpar, sem medo de perder o emprego,

saiu e foi de volta para sua mesa, no subsetor de Vendas Externas, 3º andar. Continuou trabalhando. O Estagiário também saiu. Eu fiquei lá, de frente para o espelho, lavando as mãos compulsivamente, vítima de uma inesperada obsessão por limpeza. Naquele dia, o Gordo fechou o maior contrato do ano. Maria Teresa apertou a mão dele, e mais o Gerente de Negócios e o Superintendente, todos apertaram a mão do Gordo, que sorriu de novo, como tinha sorrido para mim, no banheiro, atarraxado na bunda do garoto; apertaram a mão dele e disseram Parabéns, disseram Muito bem, insinuaram que talvez tivesse chegado a hora da promoção que ele perseguia há tempos. Filho da puta, pensei,

depois apertei também a mão dele, do Gordo, de acordo com as regras da civilidade e dos bons costumes. Eu disse Parabéns, deformei a boca e sorri, ainda que sem conseguir parar de pensar Filho da puta. Não senti inveja, não quis estar em seu lugar. Mas, de repente, eu tinha me tornado moralista, era uma velha católica e puritana: não achava certo que o Gordo, depois de ter enrabado o Estagiário no banheiro, tão desavergonhadamente, fosse louvado como um semideus do capitalismo globalizado. O mundo das velhas católicas e puritanas está falido, entretanto, eu já sabia disso, todos sabem;

ao fim: o Gordo seria promovido e eu, com festa de aniversário ou sem, eu ainda tinha que responder o Pedido de Informação. Voltei para minha mesa. Tentei trabalhar. Não consegui. Telefonei para casa, sem motivo, apenas para conversar; ninguém atendeu o telefone.

# UM COPO COM ÁGUA

Você já deveria estar em casa havia muitas horas; por isso girou a chave na fechadura, torceu a maçaneta tentando fazer tão pouco barulho quanto possível. Entrou. Fechou a porta. Não acendeu as luzes da sala. Cecilia apareceu, foi até você, o cumprimentou: o rabo levantado, como um espanador de pó, ela foi, o gato, desde o corredor, como se estivesse bêbada, caminhou sem linhas retas, esbarrando nas quinas das paredes, roçando nos pés das cadeiras. Parou no meio da sala. Levantou a cabeça para jogar os olhos alaranjados dentro dos seus. Estava escuro. Miou. Depois de tantos anos você já sabia: era o miado com que fazia suas queixas: faltava água, comida, atenção, ou a caixa de areia estava suja; mas podia ser que o animal apenas reclamasse por você chegar tarde, já que eu, a mulher, não reclamaria, não reclamava mais. Você ignorou Cecilia, seus protestos incansavelmente renovados, como teria ignorado os meus;

cruzou a sala em direção aos quartos. Vinha me procurar. Quando você passou, Cecilia se jogou no chão; era a última tentativa para obter uma resposta: ela tombou de lado, ofereceu a barriga, o pescoço, esticou uma das patas no gesto de trazer para perto, de pedir. Cecilia, nesses momentos, lembrava o cão que nunca quisemos ter. Mas você não se deteve. Acendeu a luz do corredor, continuou andando. O gato se recompôs;

em sua melhor pose de enfado, sentada no tapete da sala, Cecilia desdenhou os carinhos negados que requisitara; começou a se lamber. Já de pijama, eu apareci, a outra Cecilia, com os cabelos molhados, a toalha de banho vermelha em uma das mãos. Fingi não saber a hora. Eu disse Olá, ou Ei, ou Oi, ou Boa noite; disse Como foi seu dia, e o beijei. Você não respondeu ao beijo, não passou os braços ao redor de meu corpo; apenas disse de volta Olá, ou Ei, ou Oi, ou Boa noite, e entrou no banheiro. Não contou como tinha sido seu dia. Preciso de um banho, você disse, explicou, fechou a porta;

era claro, sim, eu sabia: você precisava de um banho. Porque quarenta minutos antes estava dentro da vagabunda, acolhido entre suas coxas. Despido, sentiu o cheiro da boceta dela subindo desde seu pau. Talvez tenha se lembrado da sofreguidão com que foderam naquela noite. Você se lavou, seguiu o ritual das noites duplas; escovou os dentes, olhou o rosto no espelho para ter certeza de que era de novo o mesmo, sem culpa, sem remorso. Quando acabou a purificação, notou que as cortinas estavam emboloradas: eu ainda não as tinha lavado. Saiu, foi para o quarto,

pôs a roupa sem fechar a porta. E se sentou na cama. Esperou que eu terminasse meu vai e vem pelo apartamento. Eu me ocupava em afazeres que você não conseguia entender. Cecilia também me observava, sentada no chão, a cumprir as tarefas domésticas. Às vezes você sentia medo, me vendo assim, andando de um lado para o outro; era como um pressentimento ruim. O tempo passou, minha dor foi cedendo, se esfacelando com os dias, mas, ainda assim, para você, a tempestade continuava sempre presente, possível. Talvez duvidasse de que tudo aquilo um dia fosse ter fim. E, realmente, às vezes o tempo para mim parecia não ter passado: era como se tivesse acontecido no dia anterior, e ainda estivesse vivo, ardido, era como se o homem com aquela camisa branca tão impecável, era

36

como se ele dissesse de novo, e pela primeira vez, que não, que já era tarde demais. Quando acabei de pendurar as roupas no varal, parei na porta do quarto,

você perguntou Já jantou, perguntou Como foi no trabalho hoje, perguntou Conseguiu dormir um pouco à tarde. Foi minha vez de não responder. Você se levantou da cama, saiu do quarto. Fui atrás, até a cozinha. Cecilia nos seguiu. Você sabia, por isso fugia, me evitava: eu queria dizer, queria argumentar, perguntar, queria saber, queria que me dissesse. Mas você estava decidido: naquela noite não iria discutir, não iria tentar entender, nem consertar. Mais uma vez, não responderia a qualquer uma de minhas perguntas. Seria inútil,

eu apontaria os erros, mostraria a estupidez do que você estava fazendo, sugeriria soluções para todo o problema, para nós dois, mas naquela noite não, seria inútil. Você não iria me ouvir, não iria dizer, não iria mudar. Fiquei quieta, então; você ficou quieto. Pegou duas fatias de pão preto. Tudo o que podia fazer, eu já tinha feito, já tinha tentado. Passou manteiga em uma fatia, geleia de jabuticaba na outra; sem perceber o que fazia, sentou uma sobre a outra. Se você, o grande sabotador, se você tivesse tentado de verdade, se tivesse querido, buscado, se tivesse procurado metade do que procurei. Mordeu o pão, mastigou, tentou com esforço engolir;

você sabia que eu tinha razão. Foi à geladeira: pegou a garrafa com água, encheu um copo, bebeu; o pão desceu mais fácil pela garganta. Terminou de comer. Continuei olhando para você, quieta, esperando. Bebeu de uma vez o resto da água que tinha sobrado no copo. É uma pena, pensei, é uma grande pena que nós dois tenhamos dado só nisso; eu quis dizer isso a você, quis dizer que nós tivemos muito azar, que a culpa não era só sua. Mas não disse. Preciso ir dormir, foi tudo o que falei quando você largou o copo na pia, junto com o prato sujo;

Preciso ir dormir, eu disse. Talvez também tenha pedido Desculpa, talvez tenha dito Nós vamos ficar bem. Escovei os dentes. Me deitei na cama sem o chamar. Cecilia tinha ficado esquecida, na cozinha ou na sala, talvez tivesse ido para baixo da cama e nos observava discreta, sem se intrometer em nossa queda. Fechei os olhos. Esperei que você viesse, que se deitasse na cama. Sim, eu esperei, apesar da vagabunda, da dor, da frustração, de nossa infelicidade, eu esperei que você viesse, se deitasse, colasse o corpo no meu e me mostrasse, me fizesse sentir que ainda queria. Mas naquela noite você não veio,

ficou no outro quarto, lendo até que eu dormisse. Só então viria, só então você veio, se deitou a meu lado, dormiu sem tocar em mim. Como se já fosse tarde demais.

# PONHA UMA VELA PARA MIM NO TÚMULO DO SANTO

Está com cara de quem quer dizer alguma coisa, mas cala. A boca está inquieta: os lábios se abrem, depois se fecham, arrependidos; Constantina ensaia as palavras, vai pensando em um jeito de as dizer, mas não diz, não fala. Rabiscou o lápis preto em volta dos olhos; uma vez Roberto disse Seus olhos ficam bonitos assim, com esse contorno escuro, e a partir desse dia os olhos dela sempre estiveram desenhados em preto, bem delineados, quando se encontravam. Passou também batom, perfume, vestiu uma camisa, deixou os primeiros três botões abertos, alisou os cabelos: e agora está lá, diante de Roberto, com cara de quem quer dizer alguma coisa,

mas cala. Não há outra solução: Roberto pergunta O que foi, usa antes um vocativo, pronuncia devagar o nome dela, diz Constantina, o que foi, pergunta O que você quer me falar. Ela diz Nada, responde Nada. Mas o meio sorriso antes da palavra Nada, antes da resposta, mostra que está mentindo; então ele insiste. Roberto diz O que foi, pergunta O que aconteceu, pede Por favor, me diz. Ela responde de novo e apenas Nada, infringe a gramática e a lógica com uma dupla negação, diz Não é nada. Roberto desiste; olha a janela que dá para a noite. E então Constantina diz,

ela murmura Posso perguntar uma coisa. O estômago de Roberto se congela. Puta merda. Ele tem pavor das perguntas dela, das discussões que começam com as perguntas dela. Das últimas garrafas que compraram, vinho, whisky, vodca, porto, conhaque, alguma deve ter sobrevivido na cozinha: Roberto precisa de um pouco de álcool antes de Constantina pedir, reclamar fazendo indagações. É uma daquelas perguntas catastróficas, ele diz, quer saber É uma daquelas perguntas que a resposta pode estragar tudo, do tipo Vishnu-de-quatro-braços: Eu me tornei a Morte, o destruidor de mundos. Ela sussurra Sim,

Constantina mexe a cabeça, como uma criança, para cima e para baixo, e anui, diz Sim. O estômago de Roberto se descongela e passa a se contorcer. É claro que podia, Roberto podia ter dito Não, ter respondido simplesmente Não, não pode me fazer uma pergunta, não hoje, por favor, nem agora. Mas, em vez disso, ele diz Pois então, pergunta O que é. Os gatos são os animais mais curiosos que deus teria inventado; mas depois ele inventou o homem: Roberto não pode voltar para sua casa, não conseguirá dormir, ainda que ao lado de outra mulher, sem saber o que Constantina quer lhe perguntar. Por isso diz Pois então, e indaga ainda O que é. Mesmo que vá estragar a noite, a semana inteira, mesmo que estrague a relação já tão precária, desde o começo precária, a relação sua e de Constantina; mesmo assim ele precisa saber, questiona, não se contém, não vence a curiosidade, a pulsão de estragar tudo: O que é, afinal, Roberto diz, pergunta O que é que você quer saber, Constantina. Sua boca fica ensaiando palavras, de novo; os lábios se abrem, depois se fecham, arrependidos;

ela se cala. Roberto parece aliviado. Constantina não vai encontrar as palavras, não vai ter coragem, não vai dizer, perguntar; o diminuto mundo imperfeito de Roberto continuará intacto, suas cidades não serão destruídas. Não haverá lágrimas nesta noite, não haverá choro. Ele relaxa. Mas

Constantina diz. Sim, de uma vez, ela junta as palavras em uma frase, arranja um sujeito, monta um predicado sobre o verbo, segue e respeita a gramática, aplica as normas da língua a serviço de sua dúvida, pergunta

Você quer só me comer ou gosta um pouquinho que seja de mim. É isso o que ela diz, o que Constantina pergunta, com um sorriso constrangido emperrado na cara. Roberto volta a trocar oxigênio com o ar. Passa para a fase do contentamento: a pergunta de Constantina não veio soprada pela trombeta de um dos anjos do apocalipse. Então ele diz Sim, sorri achando graça, quase ri, fala, repetindo as palavras dela, responde Sim, eu gosto um pouquinho que seja de você. Mas depois fica sério,

Roberto fica sério como se estivesse ofendido. Não dá para ter certeza se finge ou se é legítima sua indignação súbita. Não vim aqui, hoje, só para transar com você, Roberto fala sem repetir o verbo usado por Constantina, Comer, e continua Não estou com você esse tempo todo por causa disso. Ela fica muda, ele, embaraçado. Constantina olha para o chão, não se mexe. Ela pode ter entendido errado o que ele disse; as mulheres são assim, sensíveis demais, às vezes confusas;

a sombra das nuvens do dilúvio volta a escurecer a sala, que é também o quarto, é o apartamento todo de Constantina. É como se a resposta de Roberto não tivesse mais respondido nada. Ele diz a ela, interrompe de novo o silêncio, explica, usa o verbo que tinha evitado, Roberto diz Não que eu não queira comer você, esclarece É claro que eu quero, eu sempre quis. Mas, tem alguma coisa que vem antes, ele continua consertando, diz E é isso o que me fez ter vindo aqui, hoje, e todos os outros dias. Roberto conclui É o que me faz ter medo e também esperar;

Constantina ouve e depois sorri, ainda que amareladamente. É provável: Roberto não entendeu o que acabou de dizer, ou a que se referia, não sabe se mentia ou se dizia a verdade; mas funcionou. Constantina sussurra Estou pensando em como posso dizer que amo você. Pega uma mecha de seu cabelo e estica, alongando o braço, em todo o comprimento, como se fosse uma seta que entrasse ou saísse de sua cabeça; ainda não olha para Roberto. E então chora, seus olhos se enchem de água, uma maré que vem das palavras, as que disse e as que calou. É claro: ela pode estar encenando,

pode estar forçando as lágrimas, forçando também essa coisa do amor, com letra maiúscula, Amor; ela pode estar inventando tudo. Mas continua, chora, não para. Faz parecer que as lágrimas são de verdade. Ao fim, é possível que aquela mulher, Constantina, é possível que ela realmente ame Roberto. Ele passa a mão por seu rosto, represa com os dedos os pequenos rios que cortam sua face, seca as estalactites salgadas que pendem em seu queixo. Não precisa dizer que me ama, Roberto diz,

não precisa dizer porque você já disse, acabou de contar. Ele tenta dissolver a seriedade no cômico, tenta fazer de Constantina não a mulher que o ama, mas a criança que diz sem querer o que não queria contar, a criança que chora e pode ser consolada com as balas fraudadas do sorriso dele. E ela aceita. Constantina concorda, ri, diz É mesmo, fala Acabei de dizer, como se fosse a criança atrapalhada, como se não soubesse, como se tivesse lhe escapado a declaração que fez conscientemente. Ela balança a cabeça e diz Sim;

se refugia, agradecida, no asilo infantil que Roberto lhe oferece. Ela foge de ser a mulher que ama e que não é amada em troca. Desde o começo foi assim, desproporcional e solitário. Ele diz Gosto um pouquinho que seja de você, e ela lhe responde, embebida em um choro mal contido, Eu te amo. Desproporcional e solitário. Roberto beija Constantina e os olhos dela têm de novo água, voltam a vazar. Ela seca o rosto com as mãos, tomando cuidado para não borrar os contornos feitos a lápis ao redor dos olhos, ou o colorido dos lábios, mas não adianta. Roberto parece feliz,

parece satisfeito com as lágrimas dela. Sorri ao ver que o choro se renova. Algo nele se infla, um pavão orgulhoso que abre toda sua cauda: Roberto tem um leque de penas coloridas. Mal se contém, continua a beijar Constantina. Mas depois se instala entre eles o pavor. Até começarem a trepar, haverá ali, naquele apartamento, um abismo maior que o mundo inteiro.

# DESPENCAM AS AÇÕES DE EMPRESAS LIGADAS A COMMODITIES

Passei o último dia de trabalho, as últimas oito horas antes de ir a Blumenau revisando orçamentos, ordens de serviço, pedidos de compra, faturas avulsas, pagamentos efetuados e receitas não recorrentes do mês de setembro, quando ocorreu a diferença contábil no balancete, e dos dois meses anteriores. Refiz as planilhas de cálculo, bati os saldos das contas transitórias, revi os ofícios recebidos e a comunicação oficial que havia sido expedida. Nada, nem uma pista. Não havia erro, não havia lançamento sem conciliação, não tinham sido feitos estornos sem registro, acertos indevidos com datas retroativas;

nada justificava a diferença apresentada no balancete de setembro. A certa altura, minha preocupação se fez desespero, foi além do âmbito profissional: em sua face mais angustiante, a diferença no balancete se transformara em uma questão filosófica. Se não havia qualquer erro nos lançamentos, nem nos cálculos, mas ainda assim, contrariando a lógica e a matemática, o balancete não fechava, eu estava diante do Imponderável, me deparava com o Impossível, uma aberração que ameaçava toda a ordem do universo. Maria Teresa ria de meu exagero, no começo ela ria e dizia Não se preocupe;

depois, no entanto, quando mediunicamente o balancete de setembro foi escolhido pela Audita, órgão independente da Administração, que cuidava da auditoria interna do Escritório, depois Maria Teresa perdeu um pouco a serenidade. Mas continuou confiante de que a questão era simples. Não se aborreça tanto, disse, apontou com alguma razão Isso sempre acontece, não será a primeira nem a última vez que um balancete fica travado. Mas o tempo passou, a causa da diferença não foi encontrada e Maria Teresa foi me liberando, paulatinamente, de meus serviços, de minha rotina de trabalho para que pudesse me dedicar exclusivamente ao balancete de setembro. Então, em meu último dia antes das folgas programadas, ela disse Largue tudo o que você tem para fazer e refaça as contas, revise as planilhas, revire toda essa merda e ache, pelo amor de deus, descubra onde está o erro;

mas eu não achei. Passei todo o dia esmerguçado nas planilhas do balancete de setembro e dos dois meses anteriores, trabalhei o dia inteiro revisando as notas, refazendo os cálculos e não: não achei, não encontrei a diferença. Refiz as tabelas três vezes e o erro não apareceu. Depois do perigo metafísico de que a lógica estivesse sendo estuprada à minha frente sem que eu pudesse fazer nada, que um simples balancete de uma empresa aduaneira pudesse estar pondo fim a dois milênios de civilização e cultura, depois desse perigo metafísico do imponderável, do absurdo total, depois: passou a me incomodar, a doer com dor ainda mais insuportável a certeza de que algum daqueles auditores, que na semana seguinte estariam pessoalmente no Escritório, a certeza de que algum daqueles filhos da puta, infalivelmente, do alto de sua arrogância, iria encontrar o erro que eu cometera e não tinha conseguido acertar. Para o bem do mundo, a lógica estaria salva, 2 + 2 ainda seriam 4, a raiz quadrada de 9 ainda seria 3, tudo voltaria para seu lugar, se sentaria confortável de novo na poltrona do cotidiano;

apenas eu estaria fodido, com cara de idiota e fodido. Estava acabado, daquela vez eu tinha perdido. E porque já tinha certeza da derrota, não posterguei a viagem a Blumenau: não troquei as passagens de avião, não cancelei a reserva no hotel, não sustei minha autorização autoconcedida, imposta junto à mulher que largaria sozinha em casa. Não abri mão de minhas folgas para resolver o problema do balancete. Era de novo meu fatalismo, foi assim quando acabou a oitava hora, a jornada de trabalho, quando terminou meu ponto;

vencido, depus a caneta, larguei as planilhas, desisti. Tinha acabado. Olhei pela janela, pela parede de vidro que cobria dois lados do paralelepípedo de nove andares onde estava instalado, havia 47 anos, o Escritório. O navio, que ficara alguns dias ancorado na baía, tinha entrado muito devagar pelo canal do porto e estava então atracado na margem oposta. Em cima dele: três guindastes gigantescos e mais meia dúzia de outras ferragens, talvez guindastes também, mas de proporções muito menores. Já, desde quando esperava para entrar no porto, chamava a atenção a altura dos guindastes em relação ao navio em que vinham sentados, que quase sumia rente à lâmina do mar. Alguém comentou, talvez o Gordo, mais provavelmente Otavio, alguém disse Os guindastes vieram da China; o navio levou seis semanas para chegar. Antes, do outro lado do braço do mar, não mais na ilha, haviam avançado sobre a água e construído outro porto:[4]

---

[4]    Aquilo foi uma distração diária, observar a aterragem da margem oposta, ver os caminhões diminutos diante da imensidão do projeto, os caminhões despejando caçambas cheias de pedra, entulho, direto na água, os caminhões secando o mar, um depois do outro, dia após dia. Eram como formigas, pela teimosia e pela persistência na tarefa desproporcional; Maria Teresa disse, incrédula, É como abrir uma cova com uma colherzinha de café. Mas, depois de um número infinito de caminhões, o porto da outra margem perdeu a graça, foi esquecido por todos no Escritório, por mim também;

o mar ainda teimava, não recuava, não se transformava efetivamente em terra. Passaram as festas de fim de ano. Passaram as férias de Maria Teresa. Veio o Pedido de Informação. Passou eu olhava o milagre que haviam concretizado depois da ilha, do outro lado, depois do canal, e me sentia um pouco mais fracassado. Saí das janelas tentando a insensibilidade. Fui até a sala de Maria Teresa para me despedir, para agradecer;

sim, o que eu disse, depois de bater à porta, de entrar, o que disse foi Vim lhe agradecer pelas folgas. Disse também Caso precise de alguma coisa durante esses dias em que estarei fora, por favor, me telefone. É claro: Maria Teresa protestou. Ainda assim, entreguei a ela a folha do bloco de anotações onde tinha escrito o nome do hotel, o telefone, o endereço: rua Paul Hering, 67 Centro – Blumenau – SC. Maria Teresa agradeceu, pegou o papel sem ler, protestou de novo; como meu oferecimento era retórico, como eu sabia que ela não me telefonaria, e também que não poderia ajudar em nada desde Blumenau, não me importava que protestasse ou aceitasse; nós apenas encenávamos. Ela repetiu as mesmas frases do dia em que anunciara que minhas folgas tinham sido deferidas pela Administração,

ela disse Você tem se destacado, disse Seu trabalho é limpo, e disse também Eu sei que não gosta de receber elogios, mas seu empenho, sua dedicação, sua seriedade. A frase ficou desse jeito mesmo, sem continuação, ou conclusão, com um ponto final inesperado onde parecia ser ainda o meio da oração; Maria Teresa foi enumerando em fila indiana minhas qualidades profissionais, segundo seu ponto de vista tendencioso, mas não fez mais nada além de as enumerar. E depois ela se traiu,

porque disse Boa viagem, outra vez ordenou Aproveite, Franz, disse Se divirta, mas em seguida Maria Teresa ponderou Vai lhe fazer bem esse

---

meu aniversário. O Gordo enrabou o Estagiário no banheiro. E então um dia alguém disse Terminou. Nesse dia, todos voltaram às janelas, todos olharam, eu olhei:

nós, os burocratas, não acreditávamos na façanha prática, no milagre concreto que tinha acontecido. Ficamos humilhados com nossas pilhas de papel, com nossa produção não palpável, com nossos montes de números. E, em meu último dia de trabalho, antes das folgas, de ir a Blumenau, os guindastes chegaram para habitar o porto plantado sobre o mar.

passeio, por causa do problema no balancete. Ela fingiu ou dissimulou algum constrangimento, depois continuou Vai ser bom você ficar longe de tudo isto aqui por algum tempo, e repetiu Aproveite, Franz, repetiu Se divirta. Eu não tentei, como fizera da outra vez, não tentei conseguir que se interessasse pelo real motivo de minha viagem, que era tão singular, ou talvez estranho; não disse que ia a Blumenau para algo diferente de fazer turismo. Apenas sorri, como se fosse sair de férias para um destino ensolarado, para um cruzeiro pelo Caribe,

eu sorri, saí da sala pensando que as mulheres tendem a lógicas próprias, que fogem à lógica tradicional, aristotélica. Outro dia eu falava isso em casa, por causa do chuveiro elétrico ou da criança, não me lembro ao certo, mas, basicamente, era assim: a mulher chorava copiosamente por causa da resistência que havia queimado, ou então por causa do irreversível, e encontrava explicações escabrosas para o que era simples demais. No caso de Maria Teresa, de seu discurso confuso, onde corrompia as causas e os efeitos, a conclusão era esta:

mesmo eu sendo um ótimo funcionário, fora cometido um erro em meu setor; por causa desse erro, e não por ser um ótimo funcionário, é que me haviam sido concedidas tão prodigamente as folgas solicitadas. Já na rua de paralelepípedos, com as réplicas das luminárias do começo do século passado acesas, refletindo nos trilhos do bonde, pensei Que se fodam todos, e acendi um cigarro. Eu não me importava mais. Que vá tudo para a puta que pariu, pensei e continuei andando até a praça Bartolomeu de Gusmão. O ônibus que me servia tinha acabado de chegar.

# CEBOLAS BROTAM DENTRO DA GELADEIRA

Foi quando você me viu quieta, séria demais com o livro da Frida Kahlo nas mãos; naquele instante, a partir daquela noite, você teve medo de que eu não conseguisse. A luz pendia incerta: apenas os fios pendurados desde o teto, terminando no soquete onde a lâmpada de tungstênio incandescia; um amarelo pouco provável escorria pelas paredes recém-pintadas, brancas em excesso. E eu, deitada sobre nossa cama, eu olhava as telas coloridas da mexicana, passava as folhas do livro que você, por causa de algum aniversário passado, meu ou nosso, havia me dado de presente sem saber exatamente o que fazia. Parou na porta do quarto, quieto:

foi tudo o que você soube fazer, ficar ali, parado e quieto, olhando para mim. Não veio até a cama, não se deitou, não se sentou a meu lado, não me deu um beijo, não me abraçou, não passou a mão pelos meus cabelos; também não disse Estou aqui, não me fez saber, olhando em meu rosto, que estava junto comigo, apesar de tudo. Apenas ficou me olhando, com medo de que me entregasse às mesmas fantasias que assombravam os quadros reproduzidos no livro; eu virava as páginas e lá estavam, a vida e a morte, você as via passar também, em cores vivas, flores exóticas, frutas, animais e, principalmente, bebês que não vingaram. Eu, esticada sobre a cama, o queixo apoiado em uma das mãos, semelhava uma criança triste, ou doente, lendo sem prestar atenção, passando com mais tédio do que interesse as páginas acetinadas, entre suspiros quase inaudíveis;

voyeur inútil, você apenas olhava para mim, esperava o momento em que o choro iria começar. Ou o momento em que minhas mãos iriam rasgar o livro, partir em pedaços as telas impressas que, espalhadas pelo chão, pela cama, formariam involuntariamente um caos mais propício ao abstrato. Você continuaria então sem saber o que fazer. Sim, se eu enlouquecesse, se minha infelicidade transbordasse não mais em lágrimas, mas em gestos, em fúrias, em delírios: você não saberia o que fazer. Cecilia em um hospital psiquiátrico, debaixo de tranquilizantes, domesticada pela medicina; Cecilia perdida no mundo que há dentro dela, sem conseguir sair, e sem o deixar entrar; Cecilia transformada em uma explicação constrangedora que você daria aos amigos que não tinha, às pessoas do trabalho, a minha família e a sua. É isso mesmo, você diria, é assim, enlouqueceu, ficou louca. Eu obrigando as pessoas a lhe dizerem Sinto muito, ou Tenha força, ou Estamos rezando por vocês; eu decretando com a loucura o fim, eu postulando Chega. Mas não foi naquela noite;

naquela noite eu não chorei. E não rasguei o livro da Frida Kahlo que você tinha me dado de presente: não enlouqueci. Não, não aconteceu. Ao contrário do que você temia, alguma coisa na sequência dos quadros estampados me acalmava, me acalmou: alguma imagem, um símbolo, alguma cor que não sabia qual, que não entendia, algo ali terminou por me confortar. Fechei o livro com os olhos secos, as mãos caladas. Deitei a cabeça em uma ponta do travesseiro. Apaguei os olhos. E dormi traçando uma diagonal sobre a cama, excluí assim você de dormir ali também.[5] Cecilia passou por suas pernas, com o dorso arqueado: você, parado debaixo do enquadramento da porta, de pé, era como um móvel estranho, uma cadeira esquisita largada no meio do caminho, em cujos pés o animal se roçava para se fazer proprietário. Depois, invejoso de meu sono, o gato subiu na cama, deu duas voltas em torno de si mesmo e se mudou em um amontoado oblongo de pelos alaranjados. Considerava, de meu corpo, apenas o calor: se deitou junto a mim e dormiu, Cecilia, autista e satisfeita. Da porta você ouvia o ronronar de uma, o ressonar da outra Cecilia, eu,

nós duas entregues a uma trégua de sono, temporária, a um refúgio de esquecimento. Naquela noite você me dissera Vou pegar folgas no trabalho. Preciso viajar por alguns dias, explicou, disse Já comprei as passagens, depois concluiu, anunciou Tenho que ir. Não fiquei surpresa, é claro que não; sabia o que você queria, o que iria fazer na maldita viagem: você já gestava a ideia desde o Réveillon. Mas ainda assim eu perguntei Por que agora, quis saber Por que justo agora você quer ir; não houve resposta. Você simplesmente foi até a cozinha, não respondeu: da cozinha repetiu Tenho que ir, disse Sinto que preciso estar lá, explicou, com um copo de suco de caju na mão, Faz algum tempo que tenho pensado nisso, você sabe, acho que agora é o momento, que estou pronto para ir;

---

5    Você ficou me olhando, por muito tempo. Se deu conta de que, dormindo, o corpo se liberta: é só carne, órgãos, uma máquina que persiste à revelia da vontade, sinistramente autônoma. Se tirasse o invólucro de tecido com que eu me cobria, os panos costurados em roupas, se me despisse, despisse meu corpo, você teria apenas a mulher, completa, amontoado organizado de carne, orifícios úmidos, pelos, odores. Mas era justamente isso, essa configuração que eu vinha negando, que eu negava;

essa existência objetiva do corpo, eu não a conseguia mais suportar. Toda nudez é obscena; por isso nos refugiamos nas roupas, para que o corpo não fique entregue a sua mera objetividade, para que estejamos mais longe do corpo enquanto coisa; no cadáver, que nem as roupas remediam, a objetividade máxima é escancarada pela morte. Minha nudez sempre evitada, naqueles dias, era uma luta contra essa obscenidade. Sim, eu vestia, vesti roupas você não conseguia explicar mais, nem melhor, não sabia me convencer. Eu não lhe mandei à merda; não chorei, não briguei, não pedi que ficasse. O que me machucava mais era você não ter argumentos, explicações de verdade, justificativas que pudesse enumerar para mim, fazer com que eu entendesse; você apenas queria ir, não pensava em mais nada, não media se o momento era oportuno, se eu estava frágil, se precisava que estivesse por perto naqueles dias. Fugia. Porque pelo apartamento ainda eram audíveis meus gritos. Havia também os problemas no trabalho, eu sabia,

você fugia de tudo. Não protestei. Bebeu de uma vez o copo de suco. Quieta, peguei o livro com os quadros da Frida Kahlo na estante. Você foi tomar banho. Eu me deitei na cama: fiquei passando os olhos pelas páginas, uma a uma, como fazia quando você deixou o banheiro com a roupa já trocada, o banho tomado, parou sob o batente da porta, sem se decidir a entrar no quarto ou a falar comigo. Depois dormi, ignorei sua presença, a do móvel inanimado em que Cecilia se roçou antes de subir na cama para dormir também. Dormi, até o outro dia, sem sair da diagonal que riscava sobre o colchão, sem deixar espaço que admitisse o homem a meu lado;

você fez sua cama no quarto ao lado, no sofá. Sem conseguir dormir, ficou pensando na vagabunda, eu tenho certeza. Pensou nela, mas pensou em mim. Depois pegou um de seus livros, leu até os olhos não aguentarem mais.

---

largas, tentei matar o corpo enquanto objeto, enquanto aglomerado de mecanismos e de engrenagens moles, que é passível de falha, de erro, que é frágil, perecível;

porque, é claro, eu sabia, me lembrava a cada minuto, eu não esquecia: meu corpo era a máquina que não tinha funcionado, o objeto estranho, perdido do mundo, sem utilidade, obsoleto. E o homem parado no vão da porta, você, me vendo dormir, você não entendeu que meu erotismo naufragava por ter sido forçado ao erotismo extremo: o corpo, entregue à falta de fins, à falência, era o erótico superlativo, o obsceno que se anulava a si mesmo. O corpo enquanto corpo, apenas objeto, não podia desejar, pertencia ao reino das coisas, portanto à morte. Eu era o paradoxo do corpo dessexualizado pela sexualidade máxima, e dormia, vestida, a boca aberta, ressonando.

# PARA VOAR NÃO BASTA SÓ BATER AS ASAS

Apenas no aeroporto, depois que o avião aterrissou, brecou, acionou os spoilers, os reversores de empuxo, taxiou, a luz de apertar cintos foi desligada, Roberto esperou, pegou sua mala na esteira dando um tranco na velha que não lhe deu passagem, apenas depois ele descobriu que o ônibus com que a Companhia Aérea fazia o traslado até a cidade, cortesia muito cortês aos passageiros que tinham escolhido voar Companhia Aérea: Pelo Ar É Sua Melhor Escolha, o ônibus não existia mais. Era mais uma das medidas desesperadas para conter custos e agradar acionistas, após abolir os amendoins e o meio copo de refrigerante nos voos com menos de duas horas de duração, após demitir 250 funcionários e devolver dois aviões arrendados. Ainda assim os resultados trimestrais continuaram negativos. O neoliberalismo é uma merda: extinguiu as antigas companhias aéreas estatais, completamente livres para dar prejuízo indefinidamente;

também o Estado acabou, ninguém mais escapa da obrigação de ser eficaz, lucrativo. E Roberto estava lá, preso, a 54 km de seu destino final. O local era escasso: além do porto marítimo e do aeroporto, com algumas casas semeadas ao redor, não havia mais nada ali. Sem escolha, Roberto voltou da rua, onde tinha fumado um cigarro com a raiva que, aos poucos, foi cedendo ao poder da nicotina; ele voltou da rua para dentro do aeroporto,

procurou o Guichê de Informações. A moça de olhos verdes, um sorriso postiço atarraxado nos lábios, disse Não, senhor, não há outro ônibus do aeroporto até a cidade, e Puta merda, isso era tudo o que Roberto podia responder. Talvez tenha torcido os lábios, tenha levantado as sobrancelhas, tenha deixado escapar um sorriso indignado; não importa, ao fim, porque O senhor tem duas opções, foi o que ela disse em seguida, a moça de olhos verdes, plantada dentro do Guichê de Informações, disse que Roberto podia:

a) ir até a cidade vizinha, que estava bem próxima, e nesse ponto da explicação esticou o braço, apontou a direção como se não estivessem dentro do aeroporto, soterrados sob concreto armado, como se ele pudesse ver o caminho que tinha que tomar; Roberto podia ir até a cidade vizinha, de ônibus coletivo ou de táxi, e então, na rodoviária, pegaria um ônibus de viagem, que saía a cada duas horas; ou

b) O senhor pode ir até a cidade de táxi, ela disse e sorriu amareladamente, como se soubesse que a sugestão era estúpida e irrealizável;

de qualquer forma, se fosse optar pela opção b), ainda segundo Monica, ou, como estava escrito no crachá alfinetado em seu peito, Mônica, com um infeliz acento circunflexo: se fosse optar pela opção b), era necessário tomar alguns cuidados. Ela aconselhou, de novo com o sorriso plástico na boca, Pegue apenas os táxis que sejam associados a alguma Cooperativa. Roberto já não ouvia mais, apenas olhava: não dava para saber que formato teriam os peitos de Monica depois de libertados da camisa que vestia e, principalmente, do soutien que os carregava como as conchas de duas mãos, que poderiam ser as suas, mas não eram. Sem perceber os olhos dele, ou muito profissionalmente os ignorando, o que é mais difícil de acreditar, ela, Monica, ela continuou

Esses cuidados evitam que o senhor seja assaltado, por exemplo, ou que o taxista lhe cobre um valor muito maior pelo trajeto. Roberto perdeu alguma coisa do que foi dito, certamente. Poderiam, os peitos de Monica, eles poderiam ter a forma de gotas pontudas ou de ovos fritos pendurados em anzóis, como o quadro do Salvador Dalí; decerto pouco sacudiriam com ela montada por cima dele. Mas, de qualquer forma, o resumo da situação era este: Roberto estava fodido, mesmo que os preços praticados pelos táxis ligados a cooperativas fossem tabelados, estava fodido. E ainda assim ele agradeceu,

Roberto disse Obrigado, Monica falou Seja bem-vindo, ele respondeu Até logo, disse de novo Obrigado, ela encenou mais um sorriso, o último, e ele foi tomar café. Roberto nunca se decide rápido, principalmente quando as opções que tem, como era o caso, são todas catastróficas. Depois do primeiro gole ele se arrependeu do café, porque estava fraco, tinha gosto de milho e cevada, com toques de grão-de-bico; devia ter pedido uma cerveja. Terminou o café, de qualquer jeito, como se tomasse um remédio; apesar de tudo, ali tinha alguma cafeína a ser aproveitada;

saiu de novo pela porta do aeroporto, acendeu outro cigarro. A mala que levava, ainda que pequena, era um estorvo que Roberto já parecia cansado de aguentar. Pelo menos estava sozinho, tinha conseguido viajar sem companhia. Desgostoso, de novo com raiva, Roberto viu as pessoas que embarcavam em um ônibus pintado com as cores da outra empresa aérea, a que ele não tinha escolhido: embarcavam, uma a uma, dava até a impressão de que estavam felizes, certamente estavam felizes. Terminou o cigarro. Puta merda, ele disse, xingou Filhos da puta. Sem saber o que fazer, fez o que não precisava: telefonou para Constantina. Ela atendeu depois do primeiro toque, como se estivesse ao lado do telefone, ou com ele nas mãos, esperando uma ligação; ela disse Ei, e depois ficou calada. O monossílabo dela, no entanto, bastou para dar a Roberto algum conforto:

era um pequeno afago em meio ao cimento, ao aeroporto cheio de gentes, de malas coloridas. O que você está fazendo, ele perguntou, já que não tinha nada de bom para contar, já que ela, Constantina, não tinha perguntado onde ele estava, ou como estava, se tinha chegado, se estava bem, se o avião fizera uma aterrisagem de emergência no mar e Roberto tinha precisado ficar agarrado a seu assento flutuante, à deriva, boiando na água à espera de socorro. Eu pensava em que animais se masturbam além do homem, Constantina disse, respondeu. Na zoologia peculiar de Constantina, o homem e o macaco eram um só bicho, sem diferenças significativas, e pertenciam à mesma espécie; por isso Roberto não citou nenhum símio, o chimpanzé, por exemplo, o outro insigne punheteiro do reino animal, e disse apenas Os golfinhos; ela riu. Constantina riu, pediu que ele explicasse, repetiu com um ponto de interrogação Os golfinhos, e ele disse Sim,

Roberto disse Se os golfinhos tivessem mãos também se masturbariam, não há qualquer dúvida sobre isso. Constantina riu mais, concordou; depois perguntou, ou sugeriu, E o tiranossauro rex. Roberto se sentou em um banco; o ângulo entre o assento e o encosto tornaria qualquer espera três vezes mais longa; ele pensou que ela tinha razão, Constantina, o tiranossauro rex tinha mãos, mas não podia se masturbar. Deve ser horrível, ela disse, completou Deve ser horrível estar com tesão, sozinho, mas não ter mãos, ou as mãos não chegarem lá onde deveriam. É possível que essa questão, do comprimento dos braços do tiranossauro, tenha levado a uma situação em que sua extinção, analisada sob esse prisma, fica mais bem explicada, Roberto disse, arriscou tentando não ser muito sério. Constantina não entendeu o raciocínio, a precária teoria para explicar o sumiço dos dinossauros; ela perguntou O que você quer dizer, perguntou Como assim, mas ele parece que também não tinha entendido, porque não explicou. Ficaram em silêncio:

Constantina iria se masturbar, Roberto já sabia, era inevitável. Ela não iria esperar que desligassem o telefone, não iria mesmo perguntar como ele estava, se já tinha se instalado no hotel, se a cama era confortável, se o banheiro estava limpo, se a viagem tinha sido minimamente boa. A partir daquele momento, daquele silêncio, Roberto era dispensável. Não faria mais diferença alguma ele continuar no telefone, ouvindo a respiração dela, ou algum gemido que lhe escapasse. Se estivessem juntos, Constantina exigiria que Roberto a fodesse: não iria pedir, não com a boca, com palavras, mas seus olhos, eles iriam contar do imperativo, da obrigação de Roberto e de toda a urgência de sua tarefa. Ele desligou,

era inútil: continuar na linha, falar, contar, perguntar, querer também, explicar. Constantina se despediu com um suspiro mal disfarçado, seguido de um Tchau, curto e com prerrogativas de ponto final. Roberto ainda prometeu, disse Telefono de novo quando chegar no hotel, mas Constantina não ouviu, não se preocupou com a ideia de que ele ainda não chegara, nem com o porquê. Faltavam ainda 54 km.

# SPÄTZLE COM GOULASH

Bernardo desce do ônibus na Bismarck-Schönhausen.[6] Está a poucos metros da Eisenbrücke; a ponte velha liga o centro de Nova Harz aos campos de flores. Ali, desde a fundação da cidade, são cultivadas flores comercialmente. Se antes fizeram a fama da cidade, atualmente, no entanto, as flores não têm importância significativa para a economia local. Bernardo desce do ônibus, dá dois passos, olha para o outro lado do rio e suspira;

dá para intuir o colorido das flores na margem oposta. Bernardo percebe: há qualquer coisa acontecendo ali com a luz, como se redemoinhos cromáticos se levantassem da terra. Mas os campos não são visíveis da margem onde ele está; Bernardo apenas os intui. Que precisa atravessar a ponte algum dia, ir olhar de perto as flores, pensa enquanto acende um cigarro;

---

[6] Paralela à Wurststrasse, a avenida Bismarck-Schönhausen margeia o rio Sar. Segundo fotos e relatos antigos, todo o calçamento da avenida já precisou ser refeito inúmeras vezes: as chuvas de maio engordam o Sar, que vaza e inunda a cidade, leva em seu leito inchado tudo o que está pela avenida, inclusive a própria avenida Bismarck-Schönhausen. Também paralela à Wurststrasse, mas do lado oposto, após a rua Otto Schieller, está a avenida 20 de Abril, cujo nome faz menção à data de fundação de Nova Harz, em 1852. Tão importante como a

Bernardo não tem pressa. Se senta em um dos bancos de madeira, novos, recém-colocados à margem do Sar, de costas para o movimento da avenida. Fuma. Tem lembranças que não sabe dizer se são reais. Termina o cigarro e ainda demora a se levantar; depois segue pela Bismarck-Schönhausen, rente ao rio. As águas e ele vão na direção contrária dos carros. Ainda há pouco Bernardo compartilhava a pressa deles: se apurava para ir o mais rápido possível, mas sempre estava atrasado, por mais que não tivesse horário para chegar. As pessoas que fogem de seus escritórios, depois fogem de suas casas, correm e não chegam nunca a lugar algum;

agora Bernardo não é mais assim, ele é um estrangeiro, se dá o direito de ser um estrangeiro. E segue, vai pela Bismarck-Schönhausen como um turista que flana com um sorriso nos lábios, uma máquina fotográfica pendurada no pescoço: sem compromissos, sem horas, sem preocupações. Dobra à direita, chega à Wurststrasse; ali ele para. Uma mulher, sentada junto a um canteiro de flores, fuma um cigarro, exatamente como ele fazia antes, à beira do rio. Ele se aproxima, diz Bom dia, sorri,

pergunta Por favor, onde fica a Mölmann. Bernardo sabe muito bem onde fica a loja de cristais; mas pergunta a direção porque quer falar, quer ouvir, quer que aquele par de olhos azuis se fixe nos seus, quer sentir o sotaque que virá amarfanhado junto com a resposta, com a

---

avenida Bismarck-Schönhausen, a 20 de Abril acompanha o Murmeltierberg. O morro, que ainda preserva a vegetação original de pinheiros, também com as chuvas de maio costuma deslizar sobre a cidade, às vezes provocando vítimas que se contam às dezenas. Devido a uma das curvas que o rio faz até se dissolver no Atlântico, ou mais precisamente devido a uma das artérias que saem desde o leito principal, a Bismarck-Schönhausen cruza a 20 de Abril:

o paradoxo das paralelas que se encontram em um ponto hipotético, no caso de Nova Harz, é real. Depois desse ponto, a avenida 20 de Abril atravessa o estreito braço do rio por uma ponte quase imperceptível e, desviando do morro de Santa Catarina, chega à circunferência da praça Goethe. Pela praça que homenageia o poeta se chega ao Hospital e ao Cemitério Luterano.

direção da loja de cristais Mölmann. Mas a mulher apenas sorri. Ela olha para Bernardo, sorri;

não há resposta, não há sotaque, não há cumprimento alegre ou ríspido. Tudo o que a mulher faz é um gesto. Aponta o dedo, estica o braço pela metade, não muito alto. Bernardo diz Obrigado, frustrado. Ele escolheu mal: a loja já está visível, mais para a frente, na própria Wurststrasse, um pouco antes da Catedral; na direção do dedo da mulher está a letra M encimada por uma coroa, iluminada mesmo debaixo do sol forte. Agradece, Bernardo diz Obrigado, e segue adiante. Depois vira na Heringstrasse.

# RECEPÇÃO

O nome dele era Maxwell, mas eu logo estranhei: ele tinha o nariz como o de uma moça. Não, na verdade, todo ele, o corpo inteiro: os dedos longos e finos, com unhas bem-cuidadas, a pele lisa, uniformemente esticada sobre o esqueleto delgado, o rosto delicado e tão simétrico, com dentes perfeitos entrevistos entre os lábios vermelhos: todo ele, Maxwell, tinha traços de moça, uma beleza feminina. Mas, é claro, não era uma moça; bastou abrir a boca, falar, domando o sotaque blumenauense, para eu não ter qualquer dúvida. Pontuando sua fala com gestos seguros, ainda que contidos, como se sublinhasse, ou pusesse as palavras em itálico, Maxwell tinha o timbre de voz correto: quando falava não se duvidava mais, era um homem, ainda que elegante demais, era um homem. E o nome, Maxwell, que li no crachá alfinetado ao peito, ao fim, o nome casava bem com ele,

pois Maxwell parecia mesmo britânico, pomposo como um mordomo de filme antigo. O nome podia ser homenagem ao físico escocês, James Clerk Maxwell, aquele dos trabalhos sobre o eletromagnetismo que deram na relatividade restrita do Einstein. Nunca me conformo com os nomes estranhos, ou pouco usuais; não me conformei também com aquele,

Maxwell. Que pai chama um filho com um nome desses, me perguntei. Enquanto esperava para fazer o check-in na recepção do hotel, fiquei a conjecturar sobre sua ascendência, a do homem delicado,

teorizei, sem precisar ser muito imaginativo, que o pai, por causa do nome que escolhera, só podia ser físico. Porque ninguém sabe que Maxwell existiu, nem que foi importante, e os poucos que vêm a saber de uma ou de outra coisa acabam por esquecer tudo passados cinco minutos; se eu sei do Maxwell, do James Clerk, do eletromagnetismo, do Einstein, da relatividade restrita, é porque fui obrigado na cama a esses conhecimentos teóricos. Explicar como um físico inglês, o pai de Maxwell, teria ido parar em Blumenau, no entanto, era uma tarefa mais complicada, exigia doses maiores de imaginação. Maxwell terminou de atender a velha,

olhou para mim e disse É sua vez, senhor. Dei um passo para a frente, chutei a mala pelo chão, terminei meus devaneios; ele disse Por favor, me encorajando a dar outro passo, depois perguntou O senhor tem reserva. Olhou a tela do computador e eu disse Sim, pronunciei meu nome e sobrenome. Maxwell disse Muito bem, aqui está, senhor Franz, e me entregou um formulário e uma caneta;

comecei a preencher os campos, com letra de forma. Mas, bruscamente, Maxwell me interrompeu, avançou a mão feminina sobre o formulário, com um gesto firme. Não entendi qual era a finalidade daquilo, ele disse A senhorita estava na sua frente, desculpe, e apontou com o queixo glabro uma mulher que tinha acabado de chegar. Olhei a senhorita, a mulher parada a meu lado, me desculpei; convidativo, dei um passo para trás, disse Por favor, indiquei o lugar no balcão onde eu estava. A mulher não agradeceu, já acostumada a passar na frente dos outros, apenas disse duas palavras, se dirigiu a Maxwell e disse Claudia Stein, depois perguntou Tem alguma coisa para mim. Ele olhou a tela do computador, apertou alguns botões no teclado, olhou embaixo do balcão da recepção, balançou a cabeça apertando os lábios e respondeu Não, sinto muito, não há nada. E foi de novo a minha vez:

Maxwell me devolveu o formulário. Preenchi os campos Nome, Sobrenome, Cidade de Residência, com Rua-número-complemento-CEP-bairro-estado-país, Telefone, Documento de Identidade, Data de Nascimento; deixei em branco Estado Civil e Motivo da Viagem. Entreguei o formulário, mas o pedido de informações ainda não terminara: Maxwell também quis saber O senhor veio de carro, É a primeira vez que se hospeda em nosso hotel, e O senhor é fumante. Todos os dados e as respostas ele plantou no computador, semeando pelo teclado as letras, as palavras, sem pressa alguma;

digitava com precisão, não usou as teclas Delete ou Backspace nenhuma vez. Parecia que aqueles dedos longos feriam o teclado como se tocassem um piano, mas eu não quis lhe dizer isso, nem pensar muito no caso. Como tem estado o tempo por aqui, perguntei, para dizer alguma coisa; ele não respondeu. Ignorado, eu não quis repetir a pergunta. Torci a cabeça, fiquei olhando as pernas da mulher que havia procurado recados na recepção do hotel, a que passara na minha frente. Ela estava sentada em um sofá, no hall, de novo ou ainda esperando por alguma coisa. A blusa, um pouco decotada, mostrava o começo dos seios: dava a impressão de que o sol nunca havia tocado aquela pele. Tinha os cabelos pretos, os olhos cinza, os mais bonitos que já vi na vida. Então Maxwell me interrompeu; tinha um sorriso sarcástico nos lábios,

me perguntou de novo É fumante. Olhou para a mulher sentada no hall, olhou de volta para mim; abanou a cabeça como se concordasse. Sem me deixar responder, proclamou Neste hotel não se fuma, senhor. Não contestei. Assine aqui, ele ordenou, pediu E mais uma assinatura aqui, por favor, senhor Franz. Concluiu o atendimento dizendo O pagamento da estada é antecipado. Parei a assinatura no meio, olhei para ele, questionei a validade daquela prática, da cobrança antes da prestação do serviço;

É o que diz o regulamento, Maxwell justificou. O sorriso sarcástico apareceu de novo em seus lábios vermelhos de mulher. Nunca me pediram pagamento antecipado, insisti, em nenhum hotel, e ele concordou, disse Pode ser, mas repetiu É o regulamento. E continuou sorrindo. Me estendeu um livrinho com encadernação impecável, a capa cor de laranja: era o Regulamento Interno; recusei. Ele disse Peço desculpas, senhor, e repetiu mais uma vez Mas é o regulamento do hotel. Eu disse Sim, disse Tudo bem, armei sobre o rosto uma careta de desdém, de indiferença,

tirei do bolso o cartão do banco. Entreguei a Maxwell; ele o manuseou com cuidado, como se fosse de cristal. Inseriu o plástico colorido dentro da máquina, digitei minha senha, ele viu o pagamento confirmado e então soltou, sorrindo, ele disse Com as putas é assim também. A analogia foi tão inesperada que perguntei Como é, mesmo tendo ouvido e entendido perfeitamente o que Maxwell dissera. Ele então não apenas sorriu, mas piscou também um olho para mim, apenas um, o direito, e disse, explicou Primeiro paga, depois trepa. Que merda é essa, eu pensei, quis perguntar, mas não disse, não perguntei. E, como fiquei quieto, nitidamente confuso, sem reação, ele continuou: me devolvendo o cartão, Maxwell disse E com as putas ninguém reclama;

Todos pagam e não dizem nada, concluiu. Eu queria ter esticado o braço, com a mão fechada, em direção ao rosto dele: queria ter dado um soco em seu nariz de moça, ter deformado aquela sua cara perfeita demais; talvez o tivesse feito se Maxwell piscasse um olho, e só um olho, de novo para mim. Mas não piscou mais olho algum, não sorriu, apenas me entregou o recibo do pagamento, me estendeu o cartão que serviria de chave, disse O número do quarto, senhor, é 407. Eu estava atônito. Disse Obrigado,

fui em direção ao elevador, à esquerda da recepção. Ainda não tinha entendido tudo o que acontecera. A minhas costas, ouvi Maxwell dizer, atrasado, ele disse Aproveite a estada em nosso hotel. Talvez essa última frase trouxesse um acento lúbrico, mas eu não tinha certeza. Eu estava cansado, a viagem tinha sido longa; eu podia estar exagerando as coisas. O elevador chegou, entrei. Depois fui pelo corredor arrastando a mala; seu peso já havia quintuplicado. Dentro do quarto, deitei na cama e pensei Preciso descansar. Suspirei.

# UM PRATO PARTIDO

Não, você não conseguiu evitar: antes de começar a passar roupa, engoliu com água um de seus preciosos comprimidos brancos, depois, no mesmo copo, se deu um pouco de whisky. Suspirou. Cecilia passou por suas pernas, alheia como sempre, foi até o prato de ração. Você abriu a tábua de passar no meio da cozinha, ligou o ferro na tomada que há sobre a pia; do quarto, trouxe cinco camisas e uma calça. Eu estava deitada na cama, mas você não olhou em minha cara: sabia que estava aborrecida com sua viagem. Fez o russo de sempre tocar no pequeno aparelho de som sentado sobre a banqueta. A música soava como se fosse tocada por um porta-joias, daqueles que ainda tenho, mas que quase não existem mais, que dispara uma melodia quando se abre a tampa: impotentes, os alto-falantes, moldados em plástico, deformavam os instrumentos, como água jogada sobre uma tela em que a tinta ainda não secou. Mas você não o desligou, você, sempre tão exigente, se conformou e o russo continuou cantando; eu odiava aquela merda. O ferro de passar já estava quente, pronto,

você começou. Quando terminou a primeira camisa, percebeu que tinha errado: devia ter posto alguma música mais animada para tocar: teria lhe dado mais ânimo, passaria mais rápido a roupa. Mas você não tinha resistido, não resistia ao choramingo do russo. Aquela música lhe dizia, lhe dava razão, desde as caixinhas de som, com a voz dos instrumentos distorcidas, ela lhe dizia É isso mesmo, camarada, a vida é uma grande merda;

era nisso que você acreditava, que a vida é uma grande merda. E foi assim que, apesar do comprimido, você chegou à terceira camisa, entre um gole e outro de whisky: melancólico, com a sensibilidade ridiculamente exagerada.[7] A música acabou e ainda faltavam a calça e uma camisa; felizmente você não pôs mais nada para gritar desde o porta-joias moderno, digital, nem repetiu os lamentos do russo. No silêncio, continuou,

passou as últimas peças de roupa. A calça, que tinha deixado para o final, não foi tão problemática como de costume. Terminou, desligou o ferro da tomada. Levou as camisas para o quarto, penduradas em cabides, voltou à cozinha. Deixou o ferro esfriando sobre a pia e guardou a tábua de passar. Bocejei, sem ter sono; estava agora no outro quarto, sentada na frente da televisão;

você apareceu, parou na porta, disse Preciso arrumar minhas coisas. Eu não tinha perguntado nada, já sabia o que precisava saber; não lhe respondi nem olhei para você. Ao lado, em nosso quarto de dormir, você começou, mais uma vez: os preparativos para outra viagem. Pôs as cinco camisas e a calça em uma pequena mala. Juntou ainda cuecas e meias e algumas camisetas, que não tinha se dado ao trabalho de passar. Eu sabia como era, já tinha visto, já presenciara aquele ritual mais de uma vez.

---

[7] Você olhava com ternura os vincos que, nas mangas, mesmo depois da lavagem no ciclo longo: lavagem-molho-lavagem-molho-lavagem-enxágue-enxágue-centrifugação, os vincos que ainda persistiam no tecido, em linha reta do ombro até o punho. E você se emocionava, ia quase às lágrimas: conforme os amassados iam sumindo debaixo do ferro quente, o vapor subindo com cheiro de amaciante. Passava a camisa como se afagasse a roupa, roçava os botões com uma carícia entre lânguida e erótica, sentia que provocava cócegas ou arrepios nas costuras, tudo isso por causa do russo.

Em determinado momento você parava, parou, olhou para a mala, sentiu que se esquecia de alguma coisa. Repassou mentalmente todos os itens: pasta de dentes, escova de dentes, sabonete, desodorante, a máquina de barbear, creme hidratante, seus sagrados comprimidos, a pequena garrafa metálica com whisky, um caderno, uma caneta preta, o documento de identidade, as passagens aéreas, o endereço do hotel. Estava tudo lá, mas você não conseguia evitar a sensação de que esquecia alguma coisa; como não encontrou o que era, concluiu que não faltava nada. Cecilia se sentou na cama, o observou com uma curiosidade embotada;

Amanhã o dia vai ser longo, você pensou. Fechou a mala. De propósito, assustou o animal tirando a mala de cima da cama e a largando no chão; Cecilia saiu correndo. Certo, está pronta, você disse ou pensou, se virou para a porta e deu com os olhos em mim, parada ali, sob o batente. Só então percebeu, você viu:

meus seios estavam soltos sob a blusa fina. E ficou inquieto. Eu não me mexi; continuei de pé, em silêncio, sem olhar diretamente para você. A luta entre a gravidade e a tensão da pele, sob o tecido da blusa, a luta que criava a curva que meus seios faziam debaixo do pijama, terminando pontudos: você me olhava, observava tudo atentamente, sem disfarçar. Talvez se lembrasse da maciez firme, como fruta madura, quisesse pegar com a mão. Saí, desliguei a televisão no outro quarto, depois voltei, parei no mesmo lugar, debaixo do batente, na porta, como você costumava fazer;

Vem cá, eu disse. Como sempre uso soutien, mesmo de noite, para dormir, depois que eu disse Vem cá, você imaginou que a falta era proposital. Mas se enganava. Ainda que não soubesse do engano, você não veio, não aceitou o convite; como um bicho desconfiado, um animal com medo: continuou sentado na cama. Esperou. Você nunca entendeu as mulheres, nunca me entendeu. Eu dei os dois passos que nos separavam, me sentei em seu colo, passei o braço esquerdo por trás de seu pescoço. Então era de novo sua vez: fiquei quieta, esperei. Esperei que dissesse, ou fizesse, ou que pelo menos fingisse. E você me beijou, vencido. Por mais que não quisesse, me beijou, não aguentou mais, não se conteve e beijou minha boca;

mas me beijava como se escrevesse com a mão esquerda, desajeitado. Tinha tempo que não sabia o que fazer comigo, ou como fazer direito. Não sabia o que dizer, para onde olhar, o que querer, em que parte de meu corpo devia pousar a mão; meu corpo ressentido, que um dia, de repente, sobre uma maca, se transformou para você em um estranho, permanente enigma. Você me beijou, bisonhamente, e não lhe escapou que seu beijo era o fracasso. Contava com os lábios, direto dentro de minha boca, sua língua procurando a minha, você contava de toda nossa ruína, de tudo em que falhamos juntos. Mas, ainda assim, a carne acordou em você, protestou,

seu pau endureceu sob minhas coxas, cresceu até que eu o senti. E então já era tarde, mais uma vez. Você, completamente perdido, subiu com as mãos debaixo da blusa de meu pijama. Suas mãos encontraram e moraram em meus seios; ainda que o gesto fizesse sentido apenas para você, eu o suportei, não o proibi, nem impus impedimento. Meu corpo inteiro se recusava, mas eu permitia, eu me violei e tirei a blusa, me deitei na cama. Você se deitou a meu lado. Beijou de novo minha boca. Eu não o beijava mais. Pus a mão sobre sua calça:

como se fosse um exercício, eu me obriguei, tirei de sua calça o pau já pronto, duro. Segurei você em minha mão até fazer seus beijos cessarem, seus olhos se fecharem. Me sentei de novo sobre a cama; simulei em você o prazer que eu guardava entre as pernas, mas que não iria lhe dar. Grato, você não solicitaria mais nada, nem tentaria;

passivamente, apenas aceitou, aceitaria qualquer coisa que eu quisesse lhe dar. Logo me arrependi. Bati punheta cada vez mais rápido, querendo apenas que terminasse; prática e eficaz, me transformei em uma máquina de fazer gozar. Não lhe disse nada, não sorri, não olhei para você. Mesmo sabendo, pois é claro, você sabia, percebia; mesmo sabendo que eu tinha me arrependido, que não queria mais seu pau em minha mão, que não queria depois sua porra sendo emitida em desordem sobre a cama, sobre mim; mesmo assim você não disse, não me livrou, não fez com que eu parasse:

aceitou até o fim a esmola que eu lhe dava sem vontade alguma. Talvez fingisse que não era assim. Quando você se tornou a convulsão, quando foi o gemido contido pela metade e lançou esguichos mornos de porra sobre si mesmo, sobre o lençol, agradeci quieta por não ter demorado. Sua porra escorria por minha mão. Você voltou a respirar. Me limpei no lençol. Depois olhei, procurei em mim, vi se tinha conseguido sair ilesa de seu orgasmo. Pus a blusa de volta. Me deitei, virei de lado, de costas para você. E não resisti,

Vem cá, eu disse de novo, e disse Me abraça. Na manhã seguinte você iria me deixar. Me abraçou. Cecilia tinha reaparecido; nos olhava desde o chão. Nos próximos dias eu seria de silêncio, estaria sozinha. Você pôs o nariz em minha nuca, sentiu meu cheiro. Preciso viajar por alguns dias, você tinha dito, Tenho que ir. Fechei os olhos. Não demorou muito e você já estava dormindo.

# LUTERO E AS DOZE FREIRAS DO CONVENTO DE NIMBSCHEN

Bernardo acorda. As costas doem. Sente o pau duro, preso debaixo da roupa; a cama está vazia. Já é o dia seguinte. Na noite anterior: bebeu duas doses de whisky, fumou enquanto dava uma volta pelo quarteirão, cagou com um atraso de doze horas, dormiu. A cama não é boa: o colchão está velho, as molas, cansadas; por isso as costas doem. As paredes são da cor de salmões anêmicos. Bernardo se levanta, vai até o banheiro,

mija: resolve a rigidez do pau sem foder, sem bater punheta; apenas mija. O estômago também dói; é como se estivesse com as tripas amarradas por barbantes, apertadas até a dor, desde o esôfago até o cu. Lava o rosto, escova os dentes. É hoje, ele pensa. Toma um banho, engole um comprimido de efedrina com a água da torneira. Tira roupas limpas da mala, devidamente amassadas, se veste,

sai. É cedo, mas a cidade já arde debaixo do sol. Bernardo sua enquanto anda por Nova Harz. Os alemães se foderam, pensa com satisfação, sim, se foderam; fundaram sua pequena Alemanha em um vale quente e úmido, ridiculamente brasileiro. Ele para em uma esquina. Uma boulangerie o convida a desatar os nós que constrangem seu estômago. Bernardo aceita, talvez apenas para demorar um pouco mais, para alargar o tempo; entra. A mulher que o atende tem os olhos azuis. Bernardo pede Café, com pouco leite, por favor, confirma Sim, por favor, com pouco leite, e confirma também É, na xícara grande. Se serve com uma fatia de pão de centeio, escuro, e várias fatias de um embutido defumado com ares prodigiosos, manteiga francesa, geleia de um sabor incógnito, que, ele sabe, vai deixar no prato sem ter experimentado, e cinco sachês com açúcar orgânico. Se senta a uma mesa colada à janela, no canto,

come sem vontade. Come, paga, sai de novo para a rua, acende um cigarro. Anda. Comer, é claro, não solucionou o embrulho feito com suas tripas; Bernardo já suspeitava de que seria assim. O sol secou seus cabelos: o banho já está vencido, se desfaz em suor. O cigarro termina rápido. Ele não quer ir, mas continua. Segue o caminho por inércia; preferia voltar para casa. Então é por isso que seu estômago late, raivoso, desde quando acordou, lança em sua boca uma saliva amarga, espessa; não é o jejum, já resolvido, nem as duas doses do whisky da noite passada: seu estômago dói porque Bernardo quer desistir. Mas segue, vai, continua,

caminha paralelo à Wurststrasse, pela 20 de Abril. Faz a curva depois de cruzar a Bismarck-Schönhausen, atravessar o braço do Sar, chega na praça Goethe. Ali está o Hospital Luterano, visível; é um enorme caixote enlouquecido por centenas de janelas paralelas, obsessivamente escavadas nas paredes, fraturadas entre os tijolos. A rua de paralelepípedos, que sobe oposta ao hospital, deve ser a que procura, o caminho sinuoso que leva ao cemitério. Mas Bernardo não segue: em vez disso, para; na entrada do hospital, ao lado da guarita construída em estilo alemão, para e diz Bom dia,

pergunta Onde fica o Cemitério Luterano. A mulher estaca a vassoura que tem nas mãos, olha a cara de Bernardo, calcula sua inteligência e apenas lhe responde porque, no último instante, percebe: ele não é da cidade. Ela sorri, então. Depois do sorriso a mulher diz É ali, mas volta atrás, pergunta O cemitério, e responde de novo, repete É ali, explica É só subir, aponta com o cabo da vassoura a pequena rua de paralelepípedos, diz Não tem como errar. Sem outra solução, Bernardo diz Obrigado,

sobe a rua estreita. Vai devagar, como se estivesse cansado, caminha vacilando entre desolado e arrependido. Mas sobe, segue. Passa por uma casa; sobre a porta, está escrito Secretaria. Dez passos depois, vê a escadaria que termina em igreja. A construção é obsessivamente simétrica, com janelas ogivais e um relógio redondo, no alto, marcando aparentemente a hora certa. Continua pela rua de paralelepípedos. Com passos cada vez mais curtos, ele sobe, segue. E então chega, lê

E Deus lhes enxugará dos olhos toda lágrima, e a morte já não existirá, já não haverá luto, nem pranto, nem dor, porque as primeiras cousas já passaram. É isso o que está escrito, talvez em mármore, na entrada do Cemitério da Comunidade Luterana de Nova Harz. Apocalipse 21.4. Bernardo lê, pensa É um consolo inútil, como são todos. Mas, ele, Bernardo, o ateu descrente, é claro: ele pode estar enganado; não entende desses mitos nada além do que leu no Kierkegaard sobre Abraão. Pode ser que alguém com um pouco mais de fé se console com essa idiotice, Bernardo considera, pensa,

mas não se mexe. Parado na entrada do Cemitério Luterano, apenas olha as árvores que sobem lá dentro, depois do portão, os túmulos que vão trepando desordenados pelo terreno em aclive. Respira. Ele sabe: é preciso que entre, que dê o primeiro passo, passe o portão. Está atrasado. Procura alguma coragem antiga, esquecida. Já não pode voltar, não pode desistir agora. Porque chegou, chega, está muitos anos atrasado, mas chegou,

Bernardo finalmente veio. Em algum lugar, debaixo de alguma daquelas árvores, que provavelmente são ciprestes, pensa Em algum lugar lá dentro está enterrada Brigitte Döringer. O túmulo dela está, em completa mudez, esperando por ele, a morte dela está ali inscrita, datada, grafada em pedra, a morte pessoal e intransferível de Brigitte Döringer, definitiva e sem remissão. O sol vai sendo filtrado por nuvens pouco densas; no entanto, Bernardo ainda sua. Põe e tira as mãos dos bolsos. Em algum lugar ali dentro está enterrada Brigitte Döringer. Ele avança.

# MOSCOU

# PREFÁCIO

Escrever uma biografia é um processo retrospectivo, começa de trás para a frente. Ninguém escreveria sobre Beethoven se não fossem as nove sinfonias, as sonatas para piano e os últimos quartetos de cordas. Não existiriam biografias sobre Kant se ele não tivesse escrito *Crítica da razão pura*. Da mesma forma, eu não teria dado à luz este livro se Anton Stein não tivesse estudado no Conservatório de Kiev, composto mais de uma centena de obras em diversos gêneros e se inscrito nas páginas da história da música.

Não faz sentido pensar uma biografia assim que nasce uma criança. Nada há em um recém-nascido para ser contado, ainda nada de extraordinário aconteceu. Nem mesmo se tem como saber se justamente aquela criança vai completar, ao longo da vida, atos ou obras que farão seu nome ser lembrado. Porém, é a partir da criança que uma boa biografia se inicia. O discurso biográfico remonta o trajeto, explica como o biografado tornou-se o que é, como veio a fazer-se relevante.

É assim, do modo tradicional, que está organizado este livro, cronologicamente. Não se adere aqui a quaisquer modernismos, que apenas turvam o entendimento sem oferecer nada em troca. Para maior clareza, o texto foi estruturado em quatro capítulos:

Capítulo I    Infância e juventude;
Capítulo II   O período ucraniano;
Capítulo III  O adeus;
Capítulo IV   Morte e imortalidade.

Por fim, são necessárias algumas linhas para três agradecimentos cruciais. Ao Conservatório do Teatro Carlos Gomes, à família de Anton Stein e ao governo da Ucrânia consigno minha dívida pela paciência, pelo patrocínio e suporte que me foram indispensáveis, sem os quais não existiria este livro.

CAPÍTULO I

# INFÂNCIA E JUVENTUDE

Anton Ilitch Stein nasceu em Kamenets-Podolsky, Ucrânia, em 21 de agosto de 1935. Era primo de Leonid Zakharovitch Stein, o grande enxadrista soviético. A ele, de certa forma, Anton Stein deveu a grande virada de sua vida. Explicar as circunstâncias em que isso se deu, no entanto, seria adiantar demais a história. Por enquanto, basta dizer que os dois primos cresceram lado a lado, com os vastos campos ucranianos como paisagem de fundo.

Aos cinco anos de idade, por influência da mãe, Anton Stein aprendeu a tocar violino. Se fossem seguidos apenas os desígnios paternos, teria crescido sem a música, provavelmente seguindo seus passos como burocrata do Partido Comunista. Esta biografia, este livro, então, não teria qualquer relevância. No entanto, Anton Stein mostrou um talento prodigioso com o violino, depois com o violoncelo.

Sua relação com a música logo foi além do virtuosismo assombroso como instrumentista. Em meio aos exercícios, às repetições de escalas, a pizzicatos e spiccatos, Anton Stein começou a compor. Consta em

GUREVITCH que ele "era surrado toda vez que uma escala se transformava em uma melodia original, composta instantaneamente, por instinto" (GUREVITCH, Mikhail. *Russkiye kompozitory*, v. II. Moscou: Oniony, 1976. p. 54). É muito provável, conforme pesquisa empreendida por mim, que os fatos nunca tenham ocorrido com a brutalidade sugerida. De qualquer forma, está claro que não houve orientação ou incentivo para que as melodias improvisadas pela criança fossem anotadas e depois trabalhadas, desenvolvidas em peças musicais.

Ainda assim, o impulso criativo, a necessidade de expressão não cedeu, continuou acompanhando Stein ao longo dos anos. Em entrevista à *Revista Concerto* (ano 2, v. 4. Porto Alegre: Euterpes Editora, 1979. p. 32), ele relatou que, adolescente, passara a fazer contribuições originais às peças que executava em apresentações públicas. Durante um recital em Khmelnytskyi, a plateia não apenas percebeu, mas desaprovou o improviso inesperado do jovem violoncelista. Como contou Stein na entrevista citada, "um burburinho correu pelo teatro e, aos poucos, foi se transformando em vaia". Neste dia, debaixo das vaias, Anton Stein decidiu que seria compositor. Suas criações, registradas no pentagrama, legitimadas dessa forma, não precisariam mais se intrometer clandestinamente nas composições alheias para terem ouvintes.

Em 1955, Anton Stein entrou para o emblemático Conservatório de Kiev. Fundado em 1913, o conservatório contou com padrinhos como Rachmaninov, Tchaikovski e Glazunov. Ao que consta, a família Stein entendeu que era inevitável que Anton seguisse a carreira musical. Quando ele entrou para o Conservatório de Kiev já não tinha mais a oposição paterna.

No conservatório, estudou com Boris Lyatoshinsky e Levko Revutski, aos quais nunca se cansou de mostrar gratidão (por exemplo, em STEIN, Anton Ilitch. *Três gênios da música*, Edição do autor, s/d, em que se debate a importância musical dos dois mestres, junto com a de Basilio Kaczurak). Stein teve como colegas de conservatório também alguns nomes ilustres, como Leonid Hrabovski e Valentin Silvestrov, que marcariam permanentemente sua forma de pensar a música, seja pela afinidade de ideias ou pela oposição.

Em viagem realizada em maio de 1997, sob patrocínio do estado ucraniano através de seu Ministério de Relações Exteriores, pude proceder a entrevistas com amigos e familiares de Anton Stein. Durante os primeiros anos no Conservatório de Kiev, a amizade entre Silvestrov e Stein foi descrita como "íntima, afetuosa e leal". No entanto, como em um bom romance russo, a paixão dos dois pela mesma mulher teria decretado o rompimento, o rancor que os separaria até o final.

A mulher em questão era Natalia Razinski, irmã de Volodimir Razinski, colega de Anton Stein e de Valentin Silvestrov no Conservatório de Kiev. Volodimir Razinski não alcançou a mesma fama e notoriedade de Stein e Silvestrov, isso está claro. Terminados os estudos no conservatório, mudou-se para Lviv, onde trabalhou em uma escola rural. Em entrevista gravada por mim, afirmou que a música não fazia mais parte de sua vida, que a arte sem um objetivo maior é vazia. Segundo ele, como "não se come música, não se lavra a terra com livros, não se escapa da chuva com um quadro ou uma escultura", a conclusão é óbvia, ou seja, a arte é desnecessária.

A irmã de Volodimir Razinski, Natalia Razinski, motivo da contenda entre Silvestrov e Stein, havia morrido três anos antes de minha viagem, em 1994, deixando três filhos. Não há muito o que contar sobre o triângulo que se formou, do qual ela foi um dos vértices. Razinski afirmou que a irmã havia queimado as cartas que recebera de Anton Stein e de Valentin Silvestrov. Segundo ele, é possível que seu coração tivesse pendido para um ou para o outro com verdadeiro afeto, mas, ao final, foi a imposição paterna que prevaleceu, ela se casou com um primo e esse foi o final da história. A amizade entre Silvestrov e Stein, no entanto, nunca mais se refez.

A despeito de quaisquer questões pessoais, a ruptura entre os dois grandes compositores ucranianos pode ser explicada em termos meramente musicais. Anton Stein não concordou com o tonalismo neoclássico adotado por Silvestrov em suas composições, enquanto Silvestrov não aprovou o uso do serialismo e do atonalismo, a presença constante das dissonâncias na música de Stein.

Citando EWEN, "Anton Stein tinha uma convicção profunda, a de que era preciso que o atonalismo se mesclasse ao tonalismo, tornando a música frágil, precária, mas tremendamente humana" (EWEN, David. *Maravilhas da música universal*, v. II. Rio de Janeiro: Globo, 1982. p. 329). Seria preciso, portanto, que, em momentos críticos, de grande tensão emocional, a música não resistisse ao modo tonal tradicional e se desfizesse no mais completo atonalismo, para depois ressurgir deste, como a luz brotando do seio da noite. Essa posição teórica, adotada por Stein muito cedo, criou por vezes alguma confusão e sua música chegou a ser equivocadamente nomeada como pantonal.

Para Valentin Silvestrov e seus discípulos, Stein escrevia uma música cerebral em excesso, desapegada dos sentimentos mais profundos da alma humana. No mundo desconcertado, dominado pela técnica, Silvestrov seria o semeador da paz e da meditação, o mensageiro do recolhimento, com sua volta ao sentimentalismo melódico, enquanto Stein seria o burocrata musical, moderno e tecnicista.

Por outro lado, para os seguidores de Hrabovski, por exemplo, a escrita de Stein pecava pelo excesso de romantismo, pela insistência em não abandonar a melodia. Segundo esses, Anton Stein resgatava uma tradição musical que deveria ser superada a qualquer custo. Anton Stein foi acusado também de anacronismo por Anton Webern, Karlheinz Stockhausen, Pierre Boulez, György Ligeti, ou por seus seguidores, de acordo com os quais, além de não ter conseguido se libertar completamente do tonalismo clássico, Stein era pouco arrojado e respeitoso demais com suas dissonâncias.

Como está visto, a posição de Anton Stein na música moderna é controvertida, paradoxal e, infelizmente, bastante mal compreendida. O próprio compositor, por meio de entrevistas, ou quando atuava academicamente, se esforçou em dirimir as dúvidas, em esclarecer a posição que ocupava dentro da história da música. Após sua morte, tive acesso a manuscritos inéditos deixados por Stein, que versam sobre teoria musical e harmonia, também a incontáveis páginas de comentários e explanações sobre suas próprias composições. Ainda não houve meios de trazer à luz, devidamente organizadas e editadas, essas obras teóricas, que circulam atualmente apenas em círculos muito restritos.

Essa é, pois, uma tarefa que me cabe, que me imponho, a de organizar, editar e publicar o legado teórico de Anton Stein para que se faça justiça e se estabeleça toda a amplitude de sua genialidade. Por enquanto, porém, restrinjo meu foco na biografia do grande mestre. No próximo capítulo, tratarei do que ficou conhecido dentro da obra de Stein como o "Período ucraniano".

# MAS ESCOVE OS DENTES ANTES DE SE DEITAR

Roberto não ligou para casa, não falou com a mulher, apenas telefonou para Constantina. Depois que deu por encerrado o dia, atravessou o hall do hotel, subiu para o quarto, tirou os sapatos e se deitou na cama: telefonou para ela como prometera. Constantina disse Alô, sofreu a pausa silenciosa de costume. Depois contou aleatoriamente sobre suas últimas 24 horas: tinha ido à faculdade, tinha cuidado do bebê da vizinha mais uma vez, tinha almoçado lasanha, tinha gozado duas vezes por causa de Roberto e depois dormido. Sonhou, em preto e branco;

o sonho era que Roberto não voltava mais da viagem. Por causa de uma mulher, Constantina explicou, disse Você decidia ficar morando aí nessa cidade, não voltava mais. Sua voz não parecia triste, nem preocupada com a possibilidade de o sonho se tornar realidade. E ela disse ainda que sonhou, sempre sem cores, em preto e branco, Constantina disse Sonhei também que sua mãe não estava morta. Roberto não estranhava mais:

É em preto e branco, ela disse, Constantina, uma vez ela disse Todos meus sonhos, e também quando imagino, ou me recordo de alguma coisa:

é tudo em preto e branco. Por exemplo, ela continuou, explicou Eu vejo você saindo do trabalho, vindo para cá, para meu apartamento, vejo você dentro do ônibus, e todas essas imagens, em minha cabeça, elas não têm cores, está tudo como em um filme antigo. Achando poética a anomalia neurológica de Constantina, Roberto respondeu, falou Bem que eu gostaria de ser em preto e branco, ou em tons de cinza; acho que me cairia bem. Constantina concordou, disse Você é um homem cinza, mas então Não, ele disse, espere um pouco, e decretou Isso não é possível. Não: que você sonhe, imagine, se lembre de tudo em preto e branco, isso não pode ser. Você está mentindo outra vez, Roberto acusou,

completou Ou então você tem um tumor cerebral, em estágio avançado. Fingindo alarme, ele propôs Precisamos marcar um médico, pode ser que você não tenha mais muito tempo de vida. Constantina pegou a garrafa de vodca, que Roberto pusera no congelador ao chegar. Ele riu da cara dela, séria demais, e de seu silêncio súbito. Ela se serviu em um copo comum, bebeu, de um gole só, se serviu de novo e passou a Roberto a garrafa que começava a ficar coberta com gelo. Sinto muito, Constantina disse, mas não tenho tumor nenhum. Todo mundo sabe: a vodca não muda de estado no congelador, mas toda vez Constantina ensinava de novo, dizia didaticamente O ponto de congelamento do álcool etílico é −117°C. Roberto se serviu, bebeu também de um gole só, se serviu outra vez. Se não quiser acreditar, não precisa, Constantina disse, bebeu a outra dose, concluiu Mas é assim que acontece comigo, e desde que era criança,

todas as cenas que se passam em minha cabeça são em preto e branco, ela disse. Roberto não conseguia se conformar. Mas um dia descobriu, era possível: mais gente além de Constantina sonha em preto e branco. Ele disse isso a ela, algumas noites depois, contou de sua pesquisa. Ela parou de lavar a louça, olhou para Roberto, vitoriosa, disse É claro; enxugou depois as mãos no pano de prato e, tentando ser irônica sem conseguir, perguntou Mas é mesmo. Roberto respondeu Sim, disse É mesmo, bastante gente tem o distúrbio dos sonhos sem cores, e depois completou Porém tem um problema nessa sua história: as pessoas que sonham em preto e branco nasceram na década de 70, ou antes;

você, por ser ainda quase uma criança, deveria sonhar em cores, em alta resolução e com qualidade digital. Segundo as precárias pesquisas feitas por Roberto, os sonhos em preto e branco acometeriam somente as pessoas que assistiam à televisão em aparelhos sem imagem colorida. Ele disse isso a ela, explicou. Constantina voltou a lavar a louça, riu satisfeita e falou, sem virar a cabeça em sua direção, como se conversasse com os pratos, com os talheres sujos, falou Eu tinha uma televisão antiga, quando era criança, que ficava em meu quarto, e ela era em preto e branco. A imagem não era boa, explicou, mas pelo menos não precisava dividir o sofá da sala com ninguém, nem brigar para assistir ao que queria, e você sabe bem o que é que eu queria ver naquela época. Sim, Roberto disse e sorriu,

ele já tinha ouvido Constantina falar daquela televisão. Foi o aparelho com o qual ela se instruiu vendo os primeiros filmes pornográficos, nas madrugadas de sábado para domingo. Roberto os viu na sala, os mesmos filmes, porque não tinha televisão no quarto; sua instrução não foi tão precoce como a dela. A evocação dessa época, dos tempos em que transavam sozinhos, com suas próprias mãos, dedos, travesseiros, trancados nos quartos ou nos banheiros, a evocação dessa época costumava ser um material altamente eficaz como preâmbulo ao sexo adulto dos tempos atuais:

deixava Constantina excitada imaginar Roberto correndo ao banheiro para bater a segunda ou a terceira punheta da noite; e ele nunca deixou de desejar a criança que ela foi. Sim, teria trepado com a Constantina de onze, doze anos, treparia com ela agora se o tempo desse um soluço e o jogasse para trás: abriria a porta de seu quarto, em uma daquelas madrugadas de filmes pornográficos, se deitaria em sua cama e foderia com ela. Contava isso a Constantina, repetia, e ela dizia Que horror, dizia Pervertido. A partir desse estágio já não havia volta:

acabariam trepando, com toda a urgência, e desmesuradamente. Mas dessa vez não podiam; Constantina contou seus sonhos, contou que eram em preto e branco, e depois Roberto desligou o telefone. Não estavam sequer na mesma cidade. Sozinho, no quarto do hotel, Roberto tentou. Se despiu, reviu, imaginou os corpos que já tinha desnudado na vida, entre os quais o de Constantina. Bateu punheta. Mas não: naquela noite ele não gozou.

# HALL

O saguão do hotel em Blumenau era tudo ao mesmo tempo: bar, restaurante, recepção, hall, corredor de passagem e sala de estar. Sem paredes nem divisórias, os ambientes se dividiam apenas por conta de um fenômeno já explicado pela Gestalt: cadeiras com mesas, aglomeradas no canto direito, eram lidas por meu cérebro como Restaurante; os sofás, no centro, arranjados em forma de U, significavam Sala de Estar; as mesas e cadeiras altas, enfileiradas no espaço que sobrava entre os sofás e o restaurante, eu reconhecia facilmente como Bar; e a recepção, por ser mais importante e estar, discreta, alocada no final do saguão, dispensava a Gestalt e tinha, sobre o balcão, pendurada por fios de náilon pretensamente invisíveis, uma placa que rotulava, dizia, em caixa-alta:

RECEPÇÃO. No lado do saguão que dava para a rua, as paredes eram placas de vidro que iam do chão até o teto. Em algum ponto impreciso, o vidro deixava de ser parede, ou janela, e se transformava em portas automáticas; não havia transição, ou distinção visível além do aviso Bem-vindo, colado no vidro à altura dos olhos. Durante algum tempo indeterminável, mas suficientemente longo para que o nomeie aqui como ocioso, me distraí sentado a um dos sofás que formavam o U da sala de estar: eu observava os hóspedes que iam e vinham, esperava um deles bater a cara em uma janela, achando que era porta. A vida precisa de alguma diversão, às vezes. Mas nenhum hóspede se chocou contra o vidro, nenhum nariz foi quebrado;

frustrado, deixei o sofá, fui para uma das mesas que estavam enfileiradas ao lado, um longo ponto de exclamação que meu cérebro tinha entendido gestalticamente como Bar. Sentado, percebi que minhas chances de ser servido eram remotas. Me levantei. Caminhei com má vontade até o balcão do bar. A diferença no preço do whisky 8 anos em relação ao 12 anos fazia imaginar uma mais-valia mal calculada, se a tabela de preços, afixada na parede, ao lado de um espelho, estivesse correta. Uma mulher apareceu atrás do balcão, sorriu, disse Boa noite;

Uma dose de whisky 12 anos, eu pedi, sem sorrir, e acrescentei Com uma pedra de gelo, por favor, só uma pedra. A mulher retrucou Pode se sentar, sirvo o senhor na mesa; fiquei sem entender por que ela não tinha ido antes até lá, me dizer Boa noite, sorrir aquele seu mesmo sorriso, me mostrar o cardápio e me perguntar Pois então, senhor, o que vai querer. Voltei a minha mesa. Mas, como tudo tende a dar errado, trinta segundos depois se sentou, à mesa a meu lado, uma velha com cara de sapo-boi e eu pensei Que bela merda,

porque não gosto, ou melhor: eu tenho medo de gente velha. Se algumas pessoas têm medo de cachorro, as crianças têm medo de palhaço, os covardes, eu incluso, têm medo de morrer, os mancos têm medo de cair: eu tenho medo de gente velha. E quando a mulher do bar, sem um crachá devidamente alfinetado sobre o seio esquerdo, para que eu pudesse ler seu nome impresso e plastificado, quando ela trouxe o whisky, a velha com cara de sapo avalizou meu medo, me deu razão e Mocinha, ela disse, chamou com uma voz de homem. O que tem para comer, a velha perguntou; bebi o primeiro e generoso gole. A velha bocejou na cara da mulher, da mocinha, assim que ela chegou a sua mesa, estendeu o cardápio junto com o mesmo sorriso gasto que me oferecera antes e disse Boa noite;

por causa do bocejo, não escapei de testemunhar toda a destreza do protético nos remendos dentro da boca da velha, os dentes colados um por um na dentadura. Sim, estava perfeita a prótese, apenas um pouco frouxa. A velha tinha esquecido os óculos, pediu para que a funcionária do bar lesse, enumerasse cada um dos pratos do cardápio. Escolheu, por fim, o creme de aspargos. E uma cerveja, ela disse, a velha, e eu pensei Porca imunda,

estraguei com um gole só o resto do whisky. Além da velha com cara de sapo, voz de homem, me assombrava no bar também o Bach. De caixas de som invisíveis, escorria a música do João, o João Sebastião, vulgo Bach, aquela merda toda escorria sem cessar, uma música depois da outra: partitas, sonatas, concertos, prelúdios, gigas, sarabandas, minuetos, gavotas, toda a palhaçada barroca sendo regurgitada sobre mim e meu copo. Porcarias de Brandemburgo, idiotices para flauta, aberrações para orquestra de cordas; desejei ser surdo. E sempre com o barulhinho irritante do cravo, ao fundo, tocado com a obstinação que têm as crianças retardadas aos seis anos de idade. Quando a sopa da velha chegou, um violoncelo se esganiçava tentando cantar como uma soprano,

eu pedi a segunda dose. Fiquei consternado imaginando o que aconteceria no estômago da velha, o oceano de cevada fermentada da cerveja se revoltando após as primeiras colheradas do creme de aspargos brancos. Gases seriam exalados por todos seus orifícios. E foi assim mesmo, a noite terminou, catastrófica, com a velha se entregando libidinosamente às flatulências e à pulsão oral ainda não saciada. Porque sim, depois da cerveja e do creme de aspargos, a velha se pôs a conversar, ela precisou exercitar o grande e dispensável artifício humano: a fala ou, mais precisamente, a conversa fiada. Eu me obstinei em ser a criança autista e alcoólica que venho sendo há anos, desde sempre; me mantive calado, sério, anestesiado, o homem estranho e inacessível na mesa ao lado. Então ela teve, a velha, ela teve que capturar a mulher do bar para conseguir se satisfazer. Bater papo, falar, dizer, conversar.[1] Puta merda,

eu odeio a intimidade latina quando se mistura à solidão. Faltava vergonha às duas: se agarravam mutuamente, como náufragos desesperados, obscenas, à frente de todo mundo. Me levantei. Não aguentei mais: Marlene, a velha com voz de homem, Fabiana, a atendente, e o Sebastião, o João Bach e sua chacona para violino. Boa noite, eu disse,

pois a educação é um hábito, não uma escolha. Me levantei, empurrei a cadeira de volta para junto da mesa, disse Boa noite, para a mulher e para a velha, Boa noite, eu disse, e é claro: elas não responderam. Continuaram falando sem previsão de acabar. Passei pela recepção do hotel; estava vazia: Maxwell, o recepcionista, não estava lá. Chamei o

---

1    A velha disparou, com sua voz de homem,

que estava no quarto 151 que se chamava Marlene que esperava o filho que estava outra vez atrasado que o marido já havia morrido fazia quatro anos que o filho que esperava e que estava atrasado era músico que devia fazer muito calor no dia seguinte porque a noite estava estrelada que sua digestão não era muito boa principalmente à noite que ela não devia ter pedido o creme de aspargos mas que não resistiu que não assistiu à novela que se esqueceu de trazer absorventes na mala que sim ela ainda menstruava apesar da idade cada vez mais irregularmente mas ainda menstruava que esperava que o colchão da cama do quarto do hotel fosse macio que precisava em geral dormir pelo menos dez horas por noite;

a segunda dose de whisky terminou, eu quis pedir a terceira, mas a funcionária do bar estava ocupada, respondia à velha, intervinha, dizia

que seu nome era Fabiana que o filho estava doente que ela tinha faltado ao trabalho no dia anterior justamente por causa do filho que estava doente que o creme de aspargos era muito nutritivo que uma sopa não é difícil de digerir mesmo à noite que ela não bebia não bebia nada que tivesse álcool que isso era por causa da igreja que estava ficando cada elevador. Entrei. Bach tinha morrido cego: concluí disso que o destino não perdoa as atrocidades que cometemos. Meus ouvidos rejubilaram com o silêncio do quarto; apenas o ronronar constante do ar-condicionado era audível ali dentro.

---

dia mais quente que era o fim do mundo que nunca mais pôde assistir à novela depois que tinha começado a trabalhar no bar do hotel que havia duas farmácias perto do hotel onde certamente a velha poderia comprar absorventes que as mulheres de qualquer forma nasceram para sofrer que não se lembrava de quando havia sido a última noite em que tinha dormido mais de cinco horas seguidas que seu marido não tinha morrido que ainda era casada mas às vezes pensava que seria melhor se ele estivesse morto que a vida no entanto é assim mesmo.

# NEM AS CRUZES, OS NOMES, NEM OS ANJOS, NADA

Bernardo estava certo: o Cemitério Luterano de Nova Harz não é grande. A rua principal delineia sua frente, depois se quebra, enverga, sobe perpendicularmente, rente à extremidade direita do terreno, e se divide no alto, já na parte plana, em outras três ruas. Desde a entrada, os túmulos vão trepando pelo solo em aclive, com suas cruzes, lápides, vão montando de forma desordenada, brotam entre as árvores e depois chegam à parte mais nova do cemitério, lá em cima. As árvores: são mesmo ciprestes, agora Bernardo não tem mais dúvida, ele os observa, são ciprestes velhos e bastante altos; dão ao cemitério um ar menos opressivo, ainda que não remedeiem a exuberância das mortes plantadas, bulbos que florescem em lápides frias. De qualquer forma, independentemente da impressão, da aparência do cemitério: Bernardo estava certo,

não será difícil encontrar Brigitte Döringer ali. Se não sabe a quadra em que está enterrada, o número da campa, a rua, ainda assim, dado o tamanho diminuto do Cemitério Luterano, não será impossível passar túmulo por túmulo, lápide por lápide, até achar o nome dela. É esse o plano que Bernardo tinha traçado e que se confirma agora plenamente exequível. O ajuda ainda em sua tarefa o fato de ela ter sido enterrada ao lado do pai, dos avós, de algum tio-avô: são várias lápides com o mesmo sobrenome gravado, Döringer, uma ao lado da outra, perfeitamente visíveis. Adota uma abordagem objetiva e direta, clara,

Bernardo divide o cemitério em partes, depois cada parte em subpartes, que são compostas por unidades indivisíveis: os túmulos. Tudo o que precisa fazer é ir de parte em parte, passando por todas as subpartes, perscrutando cada uma das unidades; então, em algum momento, inevitavelmente, Bernardo estará diante, descobrirá a lápide dela, seu túmulo. O raciocínio é terrivelmente lógico, sua estratégia é matemática até à dor, portanto positiva: necessariamente ele vai encontrar. Traçado o plano, Bernardo começa,

sobe, passa em revista as campas que ficam no aclive, a parte velha do cemitério. Bernardo vai subindo, ouve o vento que balança as árvores, mas não o refresca; ainda que o céu se nuble, o sol se canse, continua quente. A camiseta branca adere a seu corpo, molhada de suor. Mosquitos arremetem contra sua pele, levam porções de sangue, talvez transmitam alguma doença que só descobrirá passado o período de incubação. O calor se soma à coceira. Bernardo quer um copo de água, ou uma cerveja gelada, quer um cigarro, quer uma poltrona confortável, o ar-condicionado ligado no máximo. Mas ele precisa continuar,

continua, passa à segunda parte do cemitério, a suas subpartes e unidades. Repara: há apenas uma velha ali, na cidade da morte, além de ele mesmo. Estão sozinhos, os dois. Ela poderia ser sua avó, com quem não fala há anos; fisicamente são muito parecidas: os corpos estão ruinosos. Também se assemelham pela adulação macabra aos mortos, mas todos os cristãos são assim, isso não dá mais para mudar. A velha tem um balde, uma escova, alguns panos encardidos tombados a seu redor;

curvada sobre um túmulo, ela o lava. Trabalha incansavelmente, alheia ao calor, aos mosquitos; parece mais bem-disposta do que Bernardo. Depois para, a velha, se coça com a mão extraviada por baixo da saia, com naturalidade, como se arrumasse o cabelo despenteado pelo vento. Começa a descer; ela terminou de lavar a sepultura, recolheu no balde a escova e os panos sujos. Vai descendo e depois some,

Bernardo fica sozinho. É a última parte de sua divisão lógico-geométrica do cemitério. Não sabe há quanto tempo está lá, vasculhando as mortes. O calor continua, sua sede aumentou; não se arrisca, no entanto, não toma água em uma das torneiras espalhadas pelo cemitério. Seus olhos já estão cansados de ler as lápides, as inscrições, os nomes, as datas, as dores, as consignações típicas de descanso e paz, escritas sempre em alemão. Às vezes Bernardo tropeça em uma raiz exposta e ouve as árvores gargalharem com suas folhas abanadas pelo vento inútil. O sol reaparece, acena de trás das últimas nuvens com ironia. Do medo inicial de encontrar Brigitte Döringer, Bernardo passou ao cansaço de a procurar, campa após campa, agredido pelos ciprestes, pelos mosquitos, pelo calor:

ele, o único ser vivo naquele campo das mortes, ele está cansado e também vacila em direção à terra. Ainda que não desista, continue, comece a vasculhar a última subparte da última parte, ele já desconfia, já suspeita de que alguma coisa deu errado: sua lógica infalível falhou em algum momento impreciso. Porque os túmulos pelos quais passa, no alto do cemitério, em sua parte nova, trazem datas de morte recentes demais. Quando Brigitte Döringer morreu, certamente, esta parte do cemitério ainda não havia sido construída, esta plantação mais nova de gentes. Mas Bernardo continua, vai até o fim, passa as lápides de forma automática, lê Erben, Grempel, Hoffman, Eschembach, Schmidt, ainda leva um susto, lê Doering, mas não, ele continua, segue até o fim e não acha,

não encontra, não chega. É ridículo, Bernardo pensa. Brigitte Döringer está ali, em algum lugar, devidamente enterrada, com uma lápide que anuncia seu nome, seu nascimento, sua morte, e ele não consegue enxergar, ler, não conseguiu encontrar. E também não encontrou o pai dela, ou os avós: ninguém. Nada. Passou ao lado dos túmulos, disso não há dúvida, seus olhos leram os nomes deles, mas Bernardo não os viu, não enxergou, não entendeu, não parou. Seguiu inutilmente até o final do cemitério e agora acabou,

foi derrotado. Quer se sentar debaixo de uma daquelas árvores, fumar um cigarro. Ficará ouvindo o riso que desce dos galhos, as gargalhadas justas dos ciprestes caindo sobre ele. Pega os cigarros mas vacila, Bernardo não sabe: se pode fumar ou não em um cemitério, se será falta de respeito aos mortos dar a primeira tragada, bater as cinzas no chão, entre um túmulo e outro. Na dúvida, e contrariado, não acende o cigarro, não fuma, e também não se senta debaixo de árvore alguma, nem bebe água, nem mata os mosquitos, nem maldiz a sorte, ou praguea:

Bernardo vai embora, apenas isso. Desiste e vai embora. O sol se escurece de novo atrás das nuvens. Bernardo desce, vai pela rua principal, passa ao lado das lápides; ele as lê mais uma vez, rapidamente. Está com raiva. O calor cede um pouco com o sol morto. Bernardo continua e, quase no portão do cemitério, ele se lembra do Plano B. Em vez de revistar o cemitério túmulo por túmulo atrás de Brigitte Döringer, pode simplesmente ir até a secretaria, pedir as informações, a localização exata de sua campa. Sai então, passa o portão,

vai em direção à casa onde está escrito SECRETARIA. Bernardo passou por ela enquanto subia a rua de paralelepípedos; a secretaria não fica dentro do cemitério, mas no caminho que leva até ele. Bernardo não quis, não quer entrar ali, ter que perguntar, dizer, contar. Por isso andou pelo cemitério inteiro, debaixo do sol e dos mosquitos. Queria resolver tudo sozinho. Mas na secretaria há o registro com o nome dela, Brigitte Döringer, a data de sepultamento, a quadra e o número da campa; cada corpo enterrado no cemitério tem uma cova correspondente no arquivo, uma ficha dentro de uma gaveta, de um fichário, como em um universo paralelo onde a morte fosse mero fetiche burocrático. Devia ter feito isso antes, Bernardo pensa, censura a si mesmo, e vai, passa o portão, sai do cemitério, desce a rua de paralelepípedos até a secretaria.

CAPÍTULO II

# O PERÍODO UCRANIANO

Anton Stein completou os estudos no Conservatório de Kiev em 1961. Atendeu com genialidade as condições obrigatórias para a obtenção do diploma, com a composição do *Concerto protótipo*, Op. 1, e do *Quarteto de cordas*, Op. 2. O *Concerto protótipo*, como o nome já sugere, propõe, dentro da literatura do concerto tradicional, uma experimentação fundindo o concerto para piano, a sinfonia e o concerto grosso. Segundo UPTON e BOROWSKI, nesta obra "Stein transita com muita habilidade, quanto à forma e à orquestração, entre o barroco, o clássico e o romântico; no entanto, harmonicamente, o concerto resultante não deixa dúvidas de sua clara inclinação modernista" (BOROWSKI, Felix; UPTON, George P. *O livro das grandes sinfonias*, 2ª ed. revista e ampliada. Rio de Janeiro: Editora Globo, 1979. p. 213).

Também no *Quarteto de cordas*, Op. 2, Anton Stein busca referências na história da música, mais precisamente no advento do sistema temperado, lembrando os prelúdios e fugas do *Cravo bem temperado*, de Bach. Mais uma vez, quanto à estrutura, Stein compôs um quarteto de cordas tradicional, na forma sonata, ainda que em um só movimento. No entanto, harmonicamente, o quarteto, ao modular pelas 24 tonalidades, maiores e menores, cria, através desse cromatismo, um efeito sonoro que se distancia do tonalismo tradicional, ainda que, estritamente, a obra não possa ser considerada atonal.

Apresentadas em concertos no âmbito do próprio conservatório, ainda em 1961, as duas obras garantiram a Anton Stein as notas máximas e a medalha Ivan Kirkiliov de mérito. Não obstante, o concerto e, principalmente, o quarteto de cordas não foram acolhidos apenas com entusiasmo. Como seria comum dali para a frente, as composições de Stein sofreram duras críticas e geraram certa confusão. Não sendo inteiramente conservadoras, mas também não sendo puramente modernas, as composições revisitam o passado e a partir dele apontam para o presente, transcendendo para o futuro. Ao que consta, nem todos estavam de acordo com essa abordagem.

Depois de obter o diploma, Anton Stein foi convidado a dar aulas no próprio Conservatório de Kiev. Porém, como atestam algumas cartas da época a que tive acesso, a função de professor deprimia e angustiava o jovem compositor. No começo de 1963, Stein deixou o conservatório. Se considerarmos que, na época, Anton Stein não tinha ainda conquistado qualquer estabilidade financeira ou artística, a decisão parece arrojada, ou temerária, e realmente não foi isenta de consequências.

Em entrevista já mencionada anteriormente, dada à *Revista Concerto*, Anton Stein descreveu as atividades que empreendeu após a saída do conservatório. "Comecei a dar aulas particulares, sem grande êxito", cita, "fiz transcrições para piano de músicas do folclore báltico, também sem êxito nem empolgação. Uma relação meramente comercial com a música, da qual eu já tinha fugido quando deixei o conservatório, era impossível para mim" (*Revista Concerto*, ano 2, v. 4. Porto Alegre: Euterpes Editora, 1979. p. 33). Stein, depois de alguns meses, desistiu das atividades como professor particular e como arranjador. Passo inesperado dentro de sua biografia, começou a trabalhar como porteiro de um edifício de serviços públicos na movimentada avenida Praskóvia, em Kiev.

Ainda assim, durante esses anos, que vão de 1963 a 1965, Stein não deixou a composição de lado. As partituras dessa época, em sua maioria, foram escritas durante o horário de trabalho. Foi na guarita do prédio da avenida Praskóvia que surgiram as sonatas para piano Opp. 7 e 11, apelidadas de "Frias". Também desses anos são as peças para piano e violoncelo, reunidas nos Opp. 6, 14 e 16, o *Quarteto de cordas nº 2*, Op. 9, além da *Sinfonia interrompida*, Op. 13, para orquestra de cordas. Ainda que as obras desse período não contem com a maturidade das composições posteriores, principalmente na questão harmônica, já estão ali esboçados os traços que caracterizariam a música de Anton Stein.

Em 1965, depois de um curto noivado, Stein se casou com Liudmila Miroshenko. Ela havia sido sua aluna no Conservatório de Kiev, três anos antes. Pouco se sabe sobre a relação dos dois até o casamento. Ao que parece, teriam se reencontrado no edifício onde ele trabalhava como porteiro. Após se casarem, Stein recusou as facilidades propostas pelo pai de Liudmila, forçando os dois a levarem uma vida precária e inconstante. Ele continuou servindo como porteiro, compondo sua música em meio ao trânsito dos funcionários que trabalhavam no prédio.

Mais de uma vez Liudmila teria proposto a volta de Anton para o conservatório. Também mais de uma vez, entre seus conhecidos e familiares, ela conseguiu alunos interessados em ter aulas de violoncelo. Mas Stein se recusou a voltar a lecionar, fosse no conservatório ou em aulas particulares. Também se recusou a tocar em teatros, ou em concertos populares, onde teria que executar o que costumava chamar de "música de cabaré".

Stein foi trilhando um caminho que o afastava cada vez mais de tudo o que tinha sonhado. Sua carreira como compositor era completamente ignorada, sua música não era ouvida nem conhecida, e para fazer frente a isso Anton insistia no emprego de porteiro, compunha mais e mais obras e completava assim o círculo vicioso do anonimato.

Desse período são as canções reunidas no Op. 21 e dedicadas a Liudmila Miroshenko. O título *Canções francesas* soa enigmático se considerarmos que os poemas utilizados são de Georg Trakl, escritos em alemão, mas fica mais compreensível ao ouvirmos as canções, principalmente as de número 2, 5, 8 e 9, cuja harmonia impressionista remete à linguagem corrente em Debussy. Liudmila, que havia se formado em canto no Conservatório de Kiev, se recusou a vida inteira a cantar qualquer uma das *lieder* de Stein.

Nas principais notas biográficas publicadas sobre Anton Stein (GUREVITCH, Mikhail. *Russkiye kompozitory v. II.* Moscou: Oniony, 1976; SILVA E SOUSA, António. *Compêndio de música do Leste Europeu.* Lisboa: Artífice, 1988; e SOMMELIER, Jean-Claude (org.). *Vies russes.* Lyon: Fontaine, 1992), Liudmila costuma aparecer esfumaçada e quase inexistente, ou então como responsável pelo caos emocional e pelo mar de angústia em que o compositor submergiu lentamente. No entanto, o papel de Liudmila na vida de Anton Stein é mais amplo e complexo. Pode-se, ao contrário do que se costuma fazer, inverter o ponto de vista e outorgar a Stein a culpa pela infelicidade dela, pela precariedade financeira e emocional do casal e, finalmente, pela ruína do casamento.

Sobre esse fundo harmônico dissonante e lúgubre de um cotidiano de relativa penúria, surge a figura de Arkady Filippenko. Ele, compositor ucraniano que passara também, como Stein, pelas aulas de Revutski e Lyatoshinsky no Conservatório de Kiev, tinha se compadecido da situação marginal de Anton Stein e conseguido que realizasse algumas apresentações. Suas composições foram executadas, com o próprio Stein ao violoncelo, para uma plateia pequena, mas composta por personalidades importantes dentro do cenário musical de Kiev, como o crítico Vassily Apernovitch e o grande pianista Sviatoslav Richter.

O contato de Anton Stein com Arkady Filippenko deu novo fôlego a sua criação. O período que vai de 1969 a 1972 é marcado pelo surgimento de obras importantes, como a *Hipótese não confirmada*, Op. 28, para oboé e violoncelo, e as *Variações*, Op. 30, para piano solo. Nessa composição, por aproximadamente setenta minutos, "um tema harmonicamente exótico, com originais apenas três compassos, é transformado das formas mais singulares e cria um monumento à tradição romântica do século XIX, revisitada e despida pelas intervenções harmônicas e dissonâncias características de Stein" (FLEUR, Laïs Anne. *O piano no século XX:* compositores e obras. Rio de Janeiro: Modernista, 1999. p. 122). Também desses anos é o *Quarteto de cordas nº 3*, Op. 37, dedicado a Anna Filippenko, filha de Arkady Filippenko.

O quarteto Op. 37 ganhou notoriedade por questões extramusicais. Apresentado em novembro de 1971, no círculo musical de Arkady Filippenko, teve uma recepção tão fria quanto o inverno ucraniano. Anton Stein então recolheu as cópias da partitura utilizadas para o concerto de estreia, pretendendo talvez reformular o quarteto, ou reservá-lo para tempos mais receptivos. No entanto, Liudmila, após uma discussão com Stein, teria rasgado todas as cópias, rascunhos e anotações da composição, que nunca pôde ser apresentada uma segunda vez.

Independentemente da veracidade do fato, se foi mesmo Liudmila quem rasgou o quarteto, por ciúmes ou raiva, ou se foi o próprio compositor quem o fez, é esse gesto que marca o fim de um período na vida e na obra de Anton Stein. Em pouco mais de um ano, toda sua história tomaria um rumo inesperado, mas salvador. Fica então essa cena imaginada, as partituras de um quarteto de cordas sendo rasgadas, o vento levando os pedaços do papel desde as mãos de Liudmila ou de Anton, como cinzas de um adeus definitivo. Porém Stein ainda não tinha como saber o que lhe guardava o começo do ano 1973.

# NÃO TENHA MEDO DA ENERGIA ATÔMICA, POIS NENHUM DELES PODE PARAR O TEMPO

Como não tinha o que fazer, resolveu mexer nas coisas dela. Constantina havia dito Não vou estar em casa quando você chegar; mas disse também que era para Roberto esperar. E ele esperava. Estava possivelmente na faculdade, em algum seminário ou aula extraordinária; ele não tinha como saber. Enquanto Constantina tardava, ele resolveu mexer nas coisas dela,

sem qualquer propósito, ou desconfiança, sem procurar por nada específico, apenas por fastio. Atrás da porta do quarto, que era também a porta de entrada, visto que o apartamento de Constantina era apenas aquela pequena sala-quarto, uma cozinha e um banheiro; atrás da porta: Roberto encontrou três camisetas com jeito de usadas, uma bolsa, duas calças, três soutiens, uma camisa e um casaco de moletom.[2] Abriu as gavetas do guarda-roupa, uma a uma.

---

[2]  Quando Roberto era criança tinham lhe dito, ensinado que aquilo não estava certo: os ganchos atrás da porta eram apenas para guardar as roupas correntes, as que estavam em uso, não

Tudo naquele minúsculo apartamento tinha o cheiro de Constantina, forte, impregnado, marcado. Foi ao banheiro, vasculhou o pequeno armário, debaixo da pia; Constantina logo ficaria sem papel higiênico, constatou, o último rolo era o que estava em uso e já ia pelo final. Voltou para a sala, ou quarto,

se deitou na cama. A cama era sua também. Um livro surrado de física, um caderno, uma calcinha e um soutien estavam deitados lá em cima, em meio aos lençóis, além de ele mesmo. Pegou a calcinha, ficou brincando com ela; estava suja. Constantina não sabia: Roberto não gosta de rendas, ele prefere as calcinhas feitas de algodão puro. Se desse a hora de ir embora para casa, sua casa, e Constantina não tivesse ainda chegado, se Roberto precisasse ir embora e ela não tivesse aparecido, sim: talvez gozasse antes de ir, esporrasse na calcinha usada, contasse com porra a espera, em vez de escrever um bilhete ciumento mas civilizado. No entanto, ainda era cedo:

em vez de bater punheta, Roberto abriu o caderno que estava a seu lado sobre a cama. Se Constantina tinha ido à faculdade, havia esquecido: o caderno e também o livro de física. Nas folhas, dentro do caderno, Roberto encontrou fórmulas matemáticas que nunca entenderia. E também havia vários caralhos voadores desenhados, duros, com asas, lembrando querubins renascentistas, cupidos explícitos e altamente eficazes. Era engraçado de ver: voavam, os paus alados feitos com tanto esmero por Constantina, eles voavam pelas páginas, em bandos ou isolados, entre as fórmulas matemáticas, voavam para todos os lados, pássaros duros com as asas saindo de algum ponto impreciso, acima do saco, as duas bolas bem marcadas ali dentro.

---

para ser uma extensão do guarda-roupa ou do cesto de roupas sujas. A Constantina também ensinaram a mesma coisa, certamente, talvez com mais afinco por ser mulher e as mães serem machistas, mas ela era livre e se dava o direito de não seguir o que lhe haviam ensinado. Roberto leva tudo a sério demais, obedece, segue pela vida inteira as regras que lhe impuseram enquanto era criança; Constantina, ao contrário, parece sempre rir de tudo, por mais que olhe com gravidade para o mundo, para as pessoas: nunca segue as regras, os conselhos, as leis. Ela dizia que não tinha sido uma criança difícil; Roberto sempre duvidava disso.

Algumas folhas para a frente, três pontos de exclamação fizeram Roberto parar, prestar atenção, ler a palavra grafada em caixa-alta que ia antes deles:

Entropia, Constantina tinha escrito, sublinhado e exclamado três vezes, Entropia. A palavra exaltada, ele já a conhecia, é claro, mas não se lembrava o que significava. Leu o que estava escrito abaixo, a letra redonda de Constantina dizia Grandeza termodinâmica que mede, em um sistema isolado, seu grau de irreversibilidade. Ela adorava Termodinâmica. Roberto continuou lendo Não ocorrem processos que levem à diminuição da Entropia em um sistema fechado. Virou a página e o texto estava brutalmente interrompido,

os pequenos caralhos voadores davam ali lugar a um pau que, sozinho, ocupava a página inteira do caderno. O desenho era tão realista quanto o desejo desmesurado e a técnica precária de Constantina tinham permitido. O pau se arrojava para cima, com veias intumescidas percorrendo seu comprimento exagerado; a glande parecia a ponto de explodir, golfar para fora do caderno jatos de porra quente. Em diagonal, acompanhando a ereção do desenho sobre a folha, Constantina tinha escrito O Demônio de Maxwell;

a expressão estava circulada diversas vezes, como para ela não se esquecer. Depois a caligrafia redonda de Constantina voltava, continuava na página seguinte A segunda lei da Termodinâmica diz que o trabalho pode ser convertido por inteiro em calor, mas o calor não pode ser transformado completamente em trabalho. Tanto faz. Roberto fechou o caderno, saiu da cama. Constantina chegou em seguida;

estava mais calada do que o normal. Roberto logo teria que ir embora, a mulher o esperava em casa: sairiam para jantar com dois amigos dela. Ele encenou aborrecimento, Constantina tirou a roupa. Não tinha dito nada além de Oi. Ela tirou a roupa toda e se deitou na cama. Abriu as pernas diante de Roberto, as coxas marcadas pelos cortes cicatrizados. Ele entendeu. Constantina deixava, deixou: que Roberto a comesse, sem preâmbulos e com pressa, de qualquer jeito, apenas para apaziguar o bicho que ela pressentiu dentro dele, que a espera tornara mais urgente. Ele não soube dizer Não, não soube contornar o oferecimento dela, conversar, beijar sua boca, perguntar se estava tudo bem:

Roberto pôs o pau para fora, meteu como se batesse punheta, sozinho e indiferente. Quando ele terminou, ela disse Desculpa por ter me atrasado. Constantina não explicou onde estivera, se na faculdade, ou então onde, não disse com quem, nem por que chegara tarde; apenas se desculpou. Olhando o teto, deitado a seu lado, Roberto contou que tinha mexido em suas coisas, lido seu caderno, olhado seus desenhos;

Constantina achou graça. Depois explicou, ou contou, ensinou para Roberto tudo o que ele podia saber sobre a Entropia. Gozar, como morrer, ela disse, didaticamente, é um processo irreversível. Os mortos não ressuscitam, assim como o sabonete com que tomo banho, uma vez dissolvido na água, não volta sozinho a ser sabonete. A Entropia é triste, Constantina concluiu, disse Ela estabelece que estamos fodidos, que ao fim vai tudo à merda. Nada volta a ser o que era antes, suspirou. Mas Roberto opinou, apontando para as coxas de Constantina, Seus cortes sugerem o contrário,

ele disse É como se a carne, por estar cicatrizada, tivesse vencido a Entropia. Não, Constantina respondeu, não é assim. A Entropia sempre aumenta, ela decretou; Roberto não se opôs. Aquietado pela estada dentro dela, não queria saber mais, nem discutir. Naquela noite ela contou ainda quem tinha sido James Clerk Maxwell, contou também sobre o Demônio. Roberto ouviu calado. Depois foi embora. Os olhos dela ficaram aguados quando ele se levantou da cama, disse que precisava ir. Na porta, evitando beijar sua boca, ela pediu,

pela primeira vez Constantina disse Por que não passa a noite aqui. Roberto deu o que ela já tinha, respondeu Não posso. Em um sistema fechado, a Entropia tende aos maiores valores possíveis. Constantina sabia, não tinha esquecido: ele era casado, tinha outra vida para a qual precisava voltar. Tudo o que fazemos aumenta a Entropia do universo. Todas as noites Roberto tinha que ir embora. E, no fim, a Entropia chega ao máximo, nada se mexe: o tempo para.

# QUARTO

Meus dias em Blumenau terminavam invariavelmente na frente da televisão. Depois de comer qualquer porcaria como se jantasse, depois de fumar, das doses de whisky no bar do hotel, eu subia para o quarto, me despia inteiro ou pela metade, me deitava sozinho na cama de casal e me legava às imagens projetadas desde dentro do televisor pendurado na parede. Às vezes emendava às doses de whisky algumas garrafas de cerveja de fabricação local; na manhã seguinte, como se o mundo fosse perfeito, as garrafas que eu esvaziara reapareciam cheias, na pequena geladeira embutida dentro do guarda-roupa. A televisão, naqueles dias, era minha grande alegria;

me divertiu muito, por exemplo, ver os gordos obesos, e a descrição, para ser exata, precisa ser redundante: me divertiu muito ver os gordos obesos chorando diante de pedaços de bolo em um episódio do programa que dava barras de ouro para quem desengordasse mais depois de doze semanas. Não havia como ficar indiferente diante daquilo. Os apresentadores, um casal de corpo apolíneo, tinham oferecido iguarias confeitadas aos participantes gordurosos, submetidos, já havia semanas, a uma dieta biafrana. Em uma empatia perfeita, eu compartilhava do prazer sádico do idealizador do show, que fluía desde a tela até mim de forma tão eficaz que foi preciso cortar o programa e apresentar os anúncios publicitários: iogurtes de baixa caloria, água mineral e desodorantes femininos que hidratam as axilas. Na continuação, a recompensa para os espectadores que não mudaram de canal durante as propagandas:

um dos gordos não se conteve; comeu, com as mãos, pois é claro que, na busca pelo efeito mais brutal, a produção do programa não disponibilizou garfos e facas junto com os pratos de doces; ele comeu, ao som de *Carmina Burana*, mais precisamente de O Fortuna, um pedaço de bolo de chocolate incrivelmente lambuzado com cremes coloridos, comeu, desesperado, com as mãos, comeu inteira a porção hipercalórica correspondente a uma semana de dieta, comeu, feito um animal, e depois chorou. Nada foi perdido pelas câmeras; o registro das imagens foi impecável e maravilhosamente editado. E eu achei graça, ri, sozinho no quarto, satisfeito,

eu xinguei aquelas pessoas, que eram desconhecidas para mim, disse Gordos safados, disse Rolhas de poço, e chamei o balofo que não se conteve e comeu o pedaço de bolo, que estragou uma semana de dieta e de exercícios, de sofrimentos, eu o xinguei de Porco filho da puta. E ri mais, achei mais graça, só fiquei com pena quando o programa acabou. Outro show com que a televisão me entretinha nas noites de Blumenau, me prendia acordado até tarde, mostrava rosados e flácidos norte-americanos que haviam transformado suas casas em depósitos inacreditáveis de toda sorte de porcariadas:

jornais velhos, bonecas, caixas de papelão e copos de plástico, roupas, sapatos, pilhas intermináveis de objetos inúteis atravancavam salas, quartos, cozinhas e não deixavam espaço no chão para que se pudesse ir de um cômodo da casa a outro. A compulsão explorada neste programa não tinha relação com a comida, mas era ainda a mesma coisa, igual: utilizavam o medo e a angústia que faz alguém acumular gordura ou jornais velhos para entreter telespectadores e fazer publicidade com atores absolutamente normais, bonitos e sadios. Como no show dos gordos, o ponto alto era também o sofrimento, captado com eficiência profissional por mais de uma câmera, em closes precisos, com edição dramática; tudo para maximizar o divertimento. Se no programa dos adiposos a apresentação ficava a cargo de um casal musculoso de professores de educação física, no programa dos guardadores compulsivos o papel de juiz admoestador cabia, naturalmente, a uma psicóloga:

bonita e elegante, com o corpo esguio, saia justa até os joelhos, cabelos longos, camisa em tons pastel, era ela, a psicóloga apresentadora, o arquétipo do bom senso e do equilíbrio. Impassível, a mulher profissional entrava nas casas denunciadas por parentes, por amigos, e promovia a catarse material dos objetos guardados debaixo de tanto zelo; ela esvaziava minuciosamente o sentido de angústias que haviam sido gestadas ao longo de vidas inteiras, tornava absurdas as solidões em que estavam trancados os acumuladores de todos aqueles lixos, provocava choros e crises de nervos. E esse era o clímax orgástico de cada episódio, os choros e as crises que a psicóloga fazia emergir para as câmeras. Eu ri até às lagrimas na noite em que uma velha abraçou ternamente uma pilha de jornais. Foi estupendo:

a apresentadora psicóloga, profissionalmente humana e conhecedora da história pregressa da mulher que abraçava os jornais amarelados, ela disse, inflexível, como se fosse deus ou Freud, ela disse Você tem que abortar este filho também. A mulher chorava na televisão, eu ria sobre a cama, a psicóloga enfiava um fórceps pelo peito da velha para arrancar de novo o filho morto: pegava os jornais das mãos da mulher e os arremessava longe, cinematograficamente. A acumuladora se desesperava cada vez mais. Corri para o guarda-roupa, peguei mais uma cerveja de dentro da pequena geladeira, me deitei na cama e arrotei o gás do primeiro gole, contente e muito divertido, no exato momento em que a mulher não aguentou mais e caiu no chão, desmaiada. Quando o sono etílico não me vencia e eu seguia intacto diante da televisão, madrugada adentro, assistia ainda ao programa dos concursos de beleza infantis:

ao contrário dos outros shows, este não se propunha a curar anomalias. Em vez disso, a monstruosidade era criada, construída meticulosamente diante das câmeras, passo a passo, ao exagerar os padrões de beleza até o doentio, ou bizarro. Meninas de oito, nove anos apareciam diante das câmeras com uma vaidade imprópria, eram filmadas nos camarins dos concursos de miss infantil se portando como estrelas de cinema; depois a tela da televisão despejava sobre mim as pequenas putas desfilando com afetação, os seios falsos, os dentes postiços, os cabelos de mentira e as roupas provocantes, ousadas, costuradas para provocar o desejo masculino. Esse era o ápice do programa, seu toque grotesco,

os pais se empenhando incrivelmente para transformar as filhas em prostitutas mirins. Cedendo ao impulso que me propunha sem sutilezas o show televisivo, eu, depois das doses de whisky no bar do hotel, das cervejas subtraídas da pequena geladeira dentro do guarda-roupa, eu acabava por imaginar o harém composto por aquelas crianças, suas roupas provocantes, seus trejeitos estudados e falsos, sim: todas aquelas meninas de menos de dez anos de idade desfilando ao redor de minha cama, depois tirando suas roupas, os seios falsos caindo pelo chão, seus corpos completamente lisos e sem pelos se esfregando no meu. Era inevitável a pergunta, querer saber se aquelas mães que acompanhavam as filhas aos desfiles, às vezes contra a vontade das crianças, se elas realmente não sabiam: em alguma madrugada, em algum quarto de hotel, ou na sala de alguma casa absolutamente normal, um homem poria o pau para fora das calças e se masturbaria diante da televisão;

não era possível que elas, as mães, não soubessem. Certamente houve muitas esporradas enquanto uma daquelas crianças chorava por não ter ganhado o concurso de beleza, talvez eu mesmo tenha gozado vendo aquilo ou a menina de cachos perfeitamente falsos e precisos, com os lábios pintados de sangue, fazendo uma pose ambígua para a câmera, com a faixa de miss pendurada em diagonal passando sobre os peitos de mentira. A graça talvez residisse na proporção do corpo, ainda não adulta; na petulância falsa, com alguma ingenuidade traindo cada gesto que falhava em ser o gesto que uma mulher faria;

ou talvez a graça estivesse em alguma coisa que nunca vou entender. Se eu sobrevivia ao final do show das crianças adultas, se ainda continuava acordado, o próximo programa trazia atores pornôs tentando se passar por pessoas normais. Era assim: as situações mais escabrosas ou inesperadas se armavam. Por exemplo, uma dona de casa com peitos de plástico era seduzida pelo jardineiro musculoso, ou a filha adolescente com mais de trinta anos de idade, com saia e meia fetichistas, trancada no quarto infantil com uma amiga do colégio, cedia profissionalmente a um impulso lésbico. Mas o incrível, o paradoxal, principalmente por serem claramente atores de filmes pornográficos, era que não havia sexo algum, não de verdade, apenas uma simulação mal ensaiada e jogos de câmera;

assim, a dona de casa com os peitos emborrachados tinha o jardineiro colidindo atrás dela, mecanicamente, mas o pau dele estava em algum lugar bem longe das câmeras, da cena, a quilômetros de uma ereção e de morar dentro da boceta meticulosamente depilada da atriz. Porém, se alguém chora com o drama previsível de um filme hollywoodiano, é possível também ficar excitado com um semipornô feito para a televisão a cabo; é claro que eu fiquei, que eu ficava de pau duro. A arte, ainda que a arte não artística, depende do entendimento, mas principalmente do desespero daquele que a consome;

foi isso o que entendi perfeitamente bem em Blumenau. E havia ainda o programa do garoto transexual, o dos bebês com deformações físicas, o dos homens que se vestiam de mulher, o das garotas bulímicas, o dos casos de estupro alienígena, o documentário das mortes bizarras; a lista segue mais longa do que minha memória. Ela já tinha me dito, em casa, e tinha razão, ela sabia desde o começo, tentou mais de uma vez me convencer: um programa era melhor do que o outro, mais sádico, mais divertido, mais grotesco. Naquelas noites sozinho em Blumenau, eu entendi, assisti a todos eles, fui feliz assistindo a todos eles.

# DESDE AQUI OS ÍMPIOS NÃO PASSARÃO

Os cemitérios são estabelecimentos de negócio, um tipo de comércio; alguém ganha dinheiro enterrando gente como outros ganham assando pães, dirigindo tratores ou afinando pianos. O cemitério da Comunidade Luterana de Nova Harz não era diferente. No preço pago pela morte estava prevista a vinda esporádica de algum parente, ou amigo, ou curioso, alguém perguntando Onde é que está; não era favor algum o funcionário que pesquisaria, indicaria o endereço do túmulo procurado. Então, é claro, Bernardo não queria, mas devia ter ido antes até a secretaria do cemitério,

ele devia ter logo atravessado a porta, dito Bom dia, perguntado Onde é que está. Teria sido mais simples do que procurar Brigitte Döringer passando túmulo por túmulo, lendo cada lápide. Ele chegou à casa pela qual tinha passado antes, na subida para a entrada do cemitério, subiu os três degraus, leu a placa que anunciava SECRETARIA. Mas não entrou. Pensou Puta merda, depois disse, ele falou Puta que pariu. De terça a sexta-feira, das 8 às 17 horas, estava escrito, pregado na porta fechada;

era sábado. Mesmo assim bateu à porta. Havia uma terceira placa pendurada que dizia, ironicamente, ENTRE SEM BATER; ele tentou, girou a maçaneta, forçou a porta. Mas estava trancada. Porque era sábado. A secretaria do cemitério funcionava apenas De terça a sexta-feira, das 8 às 17 horas, Bernardo leu de novo. E bateu outra vez à porta, esperou, bateu mais, esperou. Agiu como se não soubesse ler, ou como se houvesse morrido alguém, infarto fulminante, ou acidente de trânsito, atropelamento, tiro, choque elétrico, câncer, como se estivesse com o corpo nos braços, precisando de uma cova onde o largar. Em um caso desses, certamente, o procedimento seria outro, ele se deu conta, porque ninguém atendeu, abriu a porta,

ninguém apareceu. Por isso voltou no dia seguinte. Bernardo percorreu de novo a Heringstrasse até a 20 de Abril, viu Nova Harz assassinada pelo domingo, as lojas do centro fechadas, as ruas vazias. Rodeou a praça Goethe, passou a guarita do Hospital Luterano. Subiu a pequena ladeira coberta de paralelepípedos. Ali, no meio do caminho, de novo a secretaria do cemitério e sua porta fechada; na terça-feira, quando reabrisse, voltasse a funcionar, ele já teria ido embora da cidade. Continuou. Na entrada do cemitério, cruzou sem ler a inscrição apocalíptica. Foi direto pela rua principal, começou tudo de novo, sua busca, mais uma vez,

lápide por lápide, túmulo por túmulo ele se pôs a procurar o nome, Brigitte Döringer. Bernardo estava confiante. Tinha dobrado a dose usual de efedrina naquela manhã: uma sensação de plenitude inesperada ocupava todos os espaços dentro dele. O ar corria de um lado para o outro, atarefado; o sol, aparado pelos ciprestes, não era tão ardido como lá embaixo, na cidade. Ele andava pelo cemitério, sozinho, e sentia prazer nisso. Como no dia anterior, a busca pelo túmulo de Brigitte Döringer lhe pareceu simples:

a lógica lhe garantia, jurava mais uma vez que, se andasse por todas as ruas do cemitério, necessariamente passaria ao lado da lápide, da campa que procurava. Era uma questão matemática, tudo se resumia a um mero cálculo: a razão entre o número de túmulos e as horas que estava disposto a passar ali dentro, buscando, vasculhando a morte. O resultado dessa operação dava o tempo exato que precisaria gastar em cada túmulo para encontrar aquele em que estava enterrada Brigitte Döringer. Bernardo passou então, mais uma vez, pelas ruas do cemitério, todas, do começo até o fim,

ele esfregou de novo os olhos em cada lápide. A morte estava ali guardada, numerada, demarcada em pequenos lotes pagos, alugados ou comprados, às vezes reservados ainda em vida, o nome dos proprietários inscritos com orgulho na pedra; não precisava da secretaria, dos arquivos, não tinha que perguntar nada a ninguém. Era simples. Bernardo, desta vez, andou também pelo meio das quadras, traçou retas paralelas às ruas, por entre os túmulos;

na parte íngreme, seguiu a ordem caótica das campas, os caminhos sinuosos que as covas lhe infligiam. Não tinha mais medo de achar; também não estava ansioso pelo encontro. Bernardo andava, caminhava, cumpria matematicamente cada centímetro do cemitério de modo fatalista, sabendo que, apesar do fiasco do dia anterior, necessariamente encontraria, leria o nome, Brigitte Döringer, mais cedo ou mais tarde. Mas a tarefa era monótona, repetitiva,

às vezes Bernardo se distraía. E divagava. Pensou que os cadáveres que não via, mas que estavam anunciados nas lápides, todos eles: se dissolviam, sofriam reações que os levava a estados cada vez mais desordenados, mais distantes da estruturação mínima para que houvesse a vida humana. A Entropia tende sempre ao máximo, Bernardo se lembrou, nunca diminui:

o corpo se transformava em pó, mas o pó não pode se transformar de novo em corpo. Que escrevessem nas lápides, depois dos nomes e de suas duas datas, em vez dos dizeres corriqueiros Descansa em Paz, Descansa em Deus, ou Descansa na Paz de Deus, ali sempre em alemão, que escrevessem, gravassem na pedra a fórmula da variação da Entropia, tragicamente uma desigualdade; seria mais acertado. Aí está a paz de deus, com letra maiúscula, o Deus;

esse é todo o descanso que os mortos têm, Bernardo pensou. Foram todos à merda. Se a física é uma forma de descrever a natureza e se o Deus criou a natureza, então os católicos se foderam, os luteranos, os calvinistas, os evangélicos, todos esses, eles tomaram no cu. Porque a coisa toda está bem clara: o Deus deixou um recado direto e explícito: foram todos, os mortos, eles foram todos à merda. Sim, é isso mesmo, com o Deus ou sem o Deus, ninguém vai ressuscitar. Não se pode estuprar a natureza, ou violentar as leis do Deus, não se pode burlar a física, Bernardo proclamou em seu discurso imaginário, quimicamente estimulado;

as coisas dão errado, por mais que se peça, reze, implore, ele já sabia disso há tempos. Não há o que conserte a morte. E foi assim que Bernardo terminou. Enquanto filosofava, devaneava, ele passou pela última fileira de túmulos, na parte plana do cemitério, acabou de novo. Mais uma vez não tinha encontrado. A sepultura, onde a lápide anunciaria Brigitte Döringer, o túmulo onde ela estaria enterrada, de novo Bernardo não o achou. Mesmo após andar o cemitério inteiro pela segunda vez. Ele se sentou em um banco,

acendeu um cigarro. Não se perguntou desta vez, não pensou se podia fumar ou não; apenas acendeu o cigarro, tragou, devolveu a fumaça para o ar. Na sombra de um dos tantos ciprestes, longe do sol, ficou olhando Nova Harz se esparramar, lá embaixo. De novo não tinha encontrado Brigitte Döringer. Dera errado, mais uma vez. E no dia seguinte, segunda-feira, o cemitério estaria fechado; era também o dia em que iria embora de Nova Harz, voltaria para casa. Tinha acabado, não dava mais. Seu estômago roncou. Não havia muito o que pudesse fazer além de ir embora, tomar um banho, comer alguma coisa, arrumar as malas. O cigarro acabou,

Bernardo se levantou. Sim, ele foi embora. Não tinha encontrado o túmulo de Brigitte Döringer. Foi descendo o cemitério, passando os túmulos em direção à saída. De novo leu os nomes, as datas inscritas em algumas lápides, rapidamente, enquanto caminhava. Mas não encontrou.

CAPÍTULO III

# O ADEUS

Quando se analisa retrospectivamente uma biografia, é fácil encontrar momentos decisivos, gestos que contêm todo o futuro em forma embrionária. Mas a vida, enquanto é viva, não permite qualquer simulação de ordem, não há como saber as consequências dos atos mais simples. Assim, quando Leonid Stein, qualificado para o campeonato de xadrez que seria realizado em Petrópolis, convidou seu primo, Anton Stein, para acompanhá-lo ao Brasil, este último não tinha, não poderia ter, a mínima suspeita de tudo o que decorreria desse convite aceitado pronta e irrefletidamente. É fácil para mim, o biógrafo, eu que conheço o final da história, dizer que aceitar o convite de Leonid foi um dos momentos mais importantes, decisivos da vida de Anton Stein, um daqueles pontos supremos em que os caminhos fazem curvas, tomam outra direção. Porém Stein se propôs a acompanhar o primo através do Atlântico sem saber toda a amplitude de seu gesto.

Era o ano de 1973 e Leonid Stein já ganhara três vezes o Campeonato Soviético de Xadrez, figurando entre os dez maiores enxadristas de sua época. Para o campeonato a ser realizado em Petrópolis, no Rio de

Janeiro, ele era considerado um dos grandes favoritos. Mas aqui está de novo a vida, caótica, lembrando aos biógrafos que nada é tão simples e tão certo como pode parecer. Leonid Stein morreu em 4 de julho de 1973, aos 38 anos, em um quarto do hotel Rossiya, em Moscou, antes de embarcar para o Brasil. As fontes existentes para consulta divergem sobre a causa da morte. Algumas apontam para um ataque do coração, outras sugerem que efeitos adversos das vacinas que havia tomado para a viagem a Petrópolis teriam causado o óbito do enxadrista.

De qualquer forma, o importante é que, mesmo após a morte trágica de Leonid, Anton Stein não desistiu da viagem e foi, sozinho, para o outro lado do mundo, para o Brasil. Antes da partida, escreveu um trio com piano, em Dó Maior, absolutamente neoclássico, que não recebeu número Opus nem foi apresentado publicamente. O trio, em três movimentos, tem o previsível título "O adeus", escolhido pelo próprio Stein, mas é, como a tonalidade maior já faz supor, um adeus cheio de esperanças, seja em relação ao passamento de Leonid Stein ou à viagem ao Brasil. Ainda que seja difícil afirmar categoricamente, o casamento com Liudmila, nunca oficialmente desfeito, mas já transformado em um inferno conjugal havia anos, foi o principal motivo de Anton não apenas ter aceitado acompanhar seu primo ao Brasil, mas de não ter desistido da viagem após sua súbita morte.

No dia 8 de agosto de 1973, Anton Stein deu início à longa jornada que culminaria neste novo e inesperado mundo. Os primeiros passos de Anton Stein em terras brasileiras são difíceis de reproduzir, ou seguir. Ainda pouco conhecido fora da Europa Oriental, os jornais da época não prestam qualquer testemunho de suas andanças pelo país, ou de suas primeiras apresentações. As cartas que remeteu nos meses seguintes a sua chegada, além de poucas, quando comparadas umas às outras se mostram prenhes de inverdades, contradizendo-se mutuamente, variando as versões dos fatos de acordo com a conveniência e o destinatário. O que parece certo é que Anton Stein não esteve em Petrópolis, onde ocorreu o campeonato de xadrez do qual Leonid nunca participou. Em vez disso, vagou pelo sul do país, apresentando-se como violoncelista em diversas cidades do interior.

Por mais que não fosse conhecido, seja como compositor ou como intérprete, Anton Stein causou fascínio nos pequenos teatros e salas de concerto por onde passou. Ele se beneficiou enormemente de uma característica marcante da identidade brasileira, que considera superior e mais refinado tudo o que é estrangeiro, simplesmente por ser estrangeiro. Assim, ter nascido na Ucrânia e dominar precariamente a língua portuguesa contribuíram para fazer dele uma estrela nas primeiras vezes em que se apresentou.

Nesses recitais, Anton Stein tocava quase sempre acompanhado de um pianista local, às vezes amador, outras vezes estudante dos últimos anos de algum conservatório. Com um virtuosismo contido, traço genuíno de Stein, contrariando as tendências da escola russa, o repertório musical apoiava-se nos clássicos de grande impacto emocional e de fácil digestão, como Tchaikovski, Rachmaninov e Arenski. No entanto, logo Stein acolheu em seu repertório, talvez como uma forma de sedução a mais, a melodiosidade eslava de Heitor Villa-Lobos, ignorando completamente as composições de Camargo Guarnieri, Gilberto Mendes e outros compositores nacionais.

O rastro de Anton Stein fica mais fácil de acompanhar a partir de 1975, quando fixou residência em Blumenau, interior de Santa Catarina. Após lecionar por apenas alguns meses no Conservatório do Teatro Carlos Gomes, ele logo acumulou também o cargo de regente e diretor artístico. No ano seguinte, 1976, ligou-se a Ada Schönbrunn, uma das professoras do conservatório. Mesmo que não fosse possível oficializar a união, por Anton já ser casado, passaram a morar juntos e, em 1979, nasceu Claudia, a única filha do casal.

Apesar do desconforto público gerado pela união de Anton e Ada, em pouco tempo Stein passou a ser a maior autoridade musical da cidade. A qualidade dos concertos organizados por ele foi logo reconhecida e sua fama extrapolou as fronteiras geográficas de Blumenau. Foi nesse ponto, com a vida assentada, íntima e profissionalmente, que Anton Stein voltou a compor, depois de um intervalo de seis anos.

A primeira obra produzida no Brasil, o *Quarteto de cordas nº 4*, Op. 38, marca o início de um novo período na música de Anton Stein. Escrito em apenas um movimento, o quarteto, apesar de ter nascido em dias ensolarados na vida de Stein, é paradoxalmente "obscuro e introspectivo, com os temas altamente desenvolvidos, características estas que viriam a marcar a última fase do compositor" (DOWNES, Stephen. *Music and decadence in european modernism:* the case of central and eastern Europe. Cambridge: Cambridge University Press, 2010. p. 270). Com o tempo indicado como *Adagio funebre*, a música se desenrola oscilando entre compassos binários e ternários, um longo e controlado grito de dor que termina, nos últimos dezesseis compassos, com a indicação de *Presto*, em uma torrente de semicolcheias formando um repentino caos.

Mais amenas, ainda assim de cores bastante sombrias, são as peças para piano reunidas no Op. 49, composições inspiradas em clássicos da literatura portuguesa e brasileira. Dessas, a mais célebre, *Mundo muito malfeito, marquês* (com os primeiros dezesseis compassos reproduzidos a seguir), foi inspirada em *Os Maias*, de Eça de Queirós, e premiada no 3º Concurso São Paulo de Composição, o que lançou o nome de Stein nacionalmente. A obra, segundo BARCELLOS, "alcança a expressão precisa do desalento, do cansaço, da desistência e da renúncia diante de um mundo que se mostra irrecuperável, com mazelas que não são remediáveis. Stein, com o lamento do piano, vai, em desencanto, muito além das palavras de Eça de Queirós, apropriando-se de expressões que apenas a música pode conceber, que o escritor, por mais talentoso que seja, nunca imitará" (BARCELLOS, Joana. *Música e poesia*. Porto: Edições Afrontamento, 2002. p. 77).

A trajetória de Anton Stein chegava ao auge. Era diretor artístico e regente do Teatro Carlos Gomes, em Blumenau, professor do conservatório, violoncelista dono de técnica invejada, além de compositor premiado. É este um daqueles momentos críticos para o biógrafo, quando, beneficiado pelo olhar retrospectivo, fica fácil dizer, ainda que embasado em documentos, relatos e alguma bibliografia especializada, que Anton Stein conseguira tudo o que queria, tudo o que havia sonhado e que, certamente, não esperava encontrar fora de sua terra natal. Mas o biógrafo precisa sempre estar atento, tomar cuidado com as armadilhas, pois nada na vida é tão simples.

Segue ainda um próximo e derradeiro capítulo.

# GUARDE AS TESOURAS EM DIA DE TEMPESTADE

Telefona de novo para Constantina. Mais um dia acabou. O telefone toca, chama uma, duas vezes. Ela atende, diz Alô, pergunta Alô; ele responde Alô, e isso basta, não precisa dizer seu nome, se identificar, explicar quem é. A voz de Constantina muda quando identifica a de Roberto, o reconhece: fica mais suave, perde a seriedade do Alô dado inicialmente. Ela está quase bêbada, ele também; mas o álcool, em Constantina, provoca uma felicidade difusa, enquanto em Roberto apenas o faz mais cinza. Constantina fica em silêncio;

Roberto conta da viagem. A cidade é muito bonita, ele mente. Inventa planos que não tinha, apenas para ter algo a dizer. Roberto conta Amanhã vou cruzar o rio, vou passear pelos bairros da outra margem. Exagera, diz O hotel é muito bom, mente de novo Precisávamos vir juntos um dia para cá. Constantina ouve, diz Sim, diz Ah, diz Hum, e continua ouvindo, sem contar, sem dizer, sem perguntar nada; ela apenas ri, a cada pausa que Roberto faz, depois de dizer Sim, ou Ah, ou Hum, ela tem um riso involuntário, como se estivesse gripada e espirasse. Ele logo fica sem assunto.

Roberto não tem mais o que contar, nem quer falar; se escora na cabeceira da cama e diz É sua vez,

pede Me conta alguma coisa. Constantina diz, com a voz macia, falando muito baixo, cheia de pausas, ela diz Tem chovido bastante por aqui, sussurra Tenho ido às aulas, e reclama Mas aquilo lá está tão chato. Ela conta ainda que continua cuidando do bebê da vizinha, que dormiu muito tarde porque ficou vendo televisão. Meus olhos estão inchados, ela diz, se você tivesse tocado a campainha em vez do telefone, eu não teria aberto a porta: você não pode me ver com esta cara. Roberto lembra que está viajando, que só pode telefonar; ela diz É claro, diz É verdade, se pergunta ou afirma Como eu ia esquecer. Roberto pensa que é um bom momento para terminar a ligação,

é hora de dizer Até logo, ou Até depois, desejar Fique bem, de pedir a Constantina, como se brincasse, mas falando sério, pedir Se comporte até eu voltar, depois desligar o telefone. Mas não, Roberto não se despede, não diz Tchau, não termina a chamada; não consegue. Continua com o aparelho telefônico colado no rosto, uma extremidade na boca e a outra no ouvido, cada vez com mais sono, mais distante, mais bêbado. Segue um silêncio curto, que Constantina de repente rasga: ela ri e diz Não, repete Não, nega como se afirmasse alguma coisa,

depois ela completa, Constantina, ela diz Não era para você se preocupar com o que eu disse no outro dia. O que ela disse no outro dia, aquilo com o que não era para Roberto se preocupar, o que disse foi uma variação da declaração clássica: eu te amo. Constantina, talvez mais constrangida do que apaixonada, sem olhar para Roberto, ela sussurrou Estou pensando em como posso dizer que amo você. Depois chorou, Roberto a consolou, eles treparam. Agora, com muita naturalidade, entre risos, Constantina se desculpa Não era para você se preocupar:

não foi exatamente aquilo o que eu quis dizer. Mais uma vez Constantina ri, como se desse outro espirro, e completa, confirma para que

Roberto não tenha dúvidas, diz Você entendeu alguma coisa errado. Ele responde É possível, porque sabe: sempre pode ser que alguma coisa tenha sido entendida da forma errada. Mas quando se diz Eu te amo, e foi praticamente o que Constantina disse, Eu-te-a-mo, parece muito difícil que haja um entendimento equivocado do sentido dessas três palavras, dessa oração tão direta e de significado, a menos que se pense demais, de significado bastante óbvio e universal. Constantina continua,

ela diz Acho que você não me conhece, e espirra outro riso rápido pelo telefone. O silêncio de Roberto, a princípio, é uma exclamação interrogativa, algo como Mas que merda é essa; depois vira uma filosofada de segunda categoria. Ele certamente não conhece Constantina. Como também não conhece a mulher com quem convive há anos, contidos os dois entre as mesmas paredes, com quem dividiu os piores dias e também alguns dos melhores. Ninguém conhece ninguém, ao fim, ninguém entende nada. Constantina não ouve o que roda pela cabeça de Roberto, é claro, para isso ela precisaria deixar de ser um personagem e se pôr a ler este livro;

ela não se preocupa com a confusão dele, não se incomoda com seu silêncio. Acha graça, ri de Roberto ter entendido tudo errado; ri e ele diz Me explica. Por favor, ele pede, me explica, Constantina, e repete Por favor. Roberto tem medo do que ela dirá. E o que ela diz é Eu sou uma menininha boba, é como explica para Roberto, completa É só isso o que eu sou. É a vez de Roberto rir. Ele ri e concorda, diz Você é mesmo muito boba. É que me apaixono muito fácil,

Constantina diz Eu sempre me apaixono fácil demais. Ela continua, fala Mas choro um pouco, sofro, e depois isso passa, essa paixão, ou o amor, sempre passa. Roberto continua sentado na cama, as costas na cabeceira; o dia se apagou lá fora, o quarto escureceu, mas ele não acendeu a luz, não a acende. Com o aparelho telefônico colado na cara, apanha das palavras de Constantina, é surrado por elas. O telefonema não irá se salvar, ele percebe, não tem solução;

Roberto diz, ou pede Não precisa continuar. Mas Constantina continua, como se não tivesse ouvido, depois que começa não para mais. É assim, ela diz, continua explicando para Roberto, ou explicando para si mesma, conversa sozinha e ele a ouve, ela diz É assim: estou apaixonada por você, mas também por aquele cara que tem os piercings na boca, e por um outro também, se eu pensar bem. Sim, ela conclui, acho que não lhe contei: estou gostando de um professor da faculdade. Do que ele dá aula, Roberto pergunta, consciente de que está tendo a reação errada; Constantina responde, não o salva do ridículo, ela diz Teoria dos Materiais, e ainda confidencia, como se falasse com uma amiga, diz Todo final de aula ele me chama para ir a sua casa. Neste ponto, Constantina volta a rir;

mas o riso, agora, tem uma função diferente, não apenas de preencher silêncios: o riso de Constantina tenta convencer Roberto de que tudo o que contou, e eles mesmos, tudo é leve, extremamente leve, que nada neste mundo é para ser levado a sério. Mas é tarde demais:

a leveza de Constantina joga Roberto contra o chão e o esmaga. Ele encenava seu papel de modo sério, mas a peça em que estava inserido era uma comédia. Constantina riu, ri, é a primeira a testemunhar a grande piada. Roberto é um personagem cômico, mas achava que não, que tinham lhe dado outro papel, algum daqueles importantes, que ficam marcados na cabeça das pessoas. Ele entendeu tudo errado,

Constantina tinha razão. Roberto diz Desculpa, não vou ficar ouvindo isso, e desliga o telefone. Acaba abruptamente com a ligação: não diz Tchau, ou Boa noite, não deseja Fique bem. Está com raiva. Desliga o telefone. Sai do quarto,

acende um cigarro. Se põe a dar voltas no quarteirão do hotel. Roberto tinha entendido tudo errado. Acaba o cigarro, acende outro. Dá mais uma volta no quarteirão.

# BAR

Maxwell, o recepcionista, ele se aproximou rápido, como se tivesse, fosse me dar algum recado importante. Disse, sem um sorriso prévio, disse Boa noite, senhor Franz, depois perguntou Como está sendo sua estada em nosso hotel, e perguntou ainda Que tal seu dia. Estranhei ele se lembrar de meu nome, mas disse Boa noite, respondi Está tudo bem, agradeci, não disse nada sobre meu dia: é claro, não era da conta dele. E para forçar Maxwell a voltar mais rápido para seu balcão, na recepção, adotei minha melhor postura de autista:

fiquei quieto, olhando fixamente para o copo de whisky sobre a mesa, negando a existência de qualquer outra forma de vida além da minha. Eu podia muito bem ter dito Não tive um dia bom, me desculpe, não estou querendo conversar; mas não sei como se diz, como se faz, não sei o sorriso que vai colado às palavras para a coisa toda não ficar grosseira. Por isso apenas fico, fiquei quieto. Era o último dia, a viagem a Blumenau tinha acabado, eu não tinha conseguido o que queria:

estava com um humor pior do que o normal. Maxwell percebeu. E minha tática de guerrilha muda funcionou: quando teve claro que eu não conversaria, sequer olharia em sua cara, ele se pôs em retirada. Virando o corpo no movimento de ir embora de volta para a recepção, sorriu, com cara de deboche, e disse Isso não está certo,

completou É muito whisky. Depois Maxwell sorriu mais, falou Precisa começar a beber menos e a fazer um pouco mais de. Foi embora, saiu; não esperou minha reação, voltou normalmente para o balcão, seu balcão de recepcionista, como se tivesse simplesmente me dado um recado. Pensei que estava louco, eu, louco, que tinha passado o limite tênue da realidade coletiva. Maxwell, com aquele sorriso no rosto, tinha feito, com ambas as mãos, aquelas suas mãos femininas, de unhas delicadamente cortadas à perfeição, e tão brancas, ele tinha feito o gesto que terminava a frase,

tinha dito com as mãos a palavra que não quis, por capricho, dizer em voz alta. Sexo. Ou transar, foder, trepar: foi o que quis dizer com sua mímica, explícita o suficiente. Precisa começar a beber menos e a fazer um pouco mais de sexo, Maxwell disse, juntando as palavras com os gestos, disse, já se afastando da mesa onde não tinha sido solicitado, sem dar tempo para minha reação. Mas o chamei de volta,

não disse seu nome, Maxwell, mas chamei Recepcionista, repeti mais alto e ridículo Recepcionista, quase gritei Recepcionista. Ele não olhou para mim. Continuou, andou em direção à recepção. Um hóspede o esperava. Ele se entrincheirou atrás do balcão: sério, sem o sorriso debochado na boca, aquele que me dera; Maxwell, com sua pose de gentleman, atendeu o hóspede, foi gentil, dava para ver que estava sendo gentil: solícito, polido, irrepreensível. Eu disse Filho da puta, disse Veado, disse Quem esse monte de merda está achando que é. Cuspi tudo isso sobre a mesa, raivoso, bebi de uma vez o whisky que tinha no copo, senti o corpo inteiro tenso, o macho em mim acordado, pronto, os músculos dispostos,

mas não, é claro que não: nada aconteceu. Como sempre, não me levantei, não saí do lugar. Olhei em volta e ninguém notara o acontecido, o gesto de Maxwell, seu sorriso, minha raiva. O hóspede tinha saído da recepção e agora ele estava sozinho; ainda assim, não me olhava, fingia que nada havia se passado. Continuei sentado. Quieto. Repeti o mesmo padrão de sempre,

porque não sei me levantar da mesa e ir quebrar a cara de alguém, nunca soube pegar o puto pelo pescoço e fazer com que engolisse, palavra por palavra, tudo o que dissera e não devia ter dito. O impulso eu conhecia, aquilo que me fez tomar o whisky todo de uma só vez, que me fez dizer Filho da puta, dizer Veado, que retesou meus músculos; mas o ato, o gesto, não: não sabia como fazer, como derrubar a mesa, como dar o soco, como agarrar a garganta e apertar até conseguir que o ar faltasse nos pulmões. A raiva morreu, morria em mim sem gerar vingança: estéril. Se ao menos Maxwell, quando o chamei, disse Recepcionista, repeti mais alto, quase gritei comicamente Recepcionista, se ele tivesse parado, tivesse se virado, voltado até minha mesa, então eu teria ainda alguma chance:

teria feito o que sei fazer bem, teria me vingado com orações completas, armadas com sujeito, verbo e predicado, eu, perfeitamente lógico e racional em minha raiva. Mas Maxwell não me ouviu, fingiu que não me ouviu, continuou andando. Engoli o desaforo em seco. Depois pensei Não se quebra a cara de alguém por uma besteira dessas. Ponderei que eu já estava nervoso antes, estava irritado: era a última noite em Blumenau e tudo tinha dado errado. Eu respirei, tentei rir, pensei Está tudo bem.[3] Me levantei,

---

[3] Me lembrei do outro Maxwell, James Clerk, o físico, e me lembrei de seu Demônio. Eu poderia me levantar e ir até a recepção, sorrir, mostrar para Maxwell, o recepcionista, que tinha senso de humor, que tinha entendido sua brincadeira, que não estava ofendido; apoiados os cotovelos no balcão, eu, descontraído, contaria a ele sobre o experimento hipotético do Maxwell físico, diria Mas o trabalho de medir a velocidade das moléculas aumenta a Entropia dentro da cabeça do Demônio, explicaria Isso compensa a queda da Entropia do gás e, ao fim, a segunda lei da Termodinâmica continua válida. Se o pai dele fosse físico, como eu tinha formulado no dia em que cheguei ao hotel, Maxwell saberia do que estava falando, entenderia minha explicação, talvez a corrigisse, a melhorasse, sorrisse e terminaríamos a noite conversando amistosamente.

reconheci a mulher que tinha me atendido: era Fabiana, a mesma atendente que na outra noite ficara tagarelando com a velha com cara de sapo e voz de homem, a velha da sopa de aspargos com cerveja ao som do Bach, que felizmente haviam emudecido. Me levantei, fiz um gesto qualquer que Fabiana entendeu como se dissesse Obrigado; ela já tinha anotado o número de meu quarto, eu podia ir embora. De pé, me pondo em movimento, senti as doses de whisky dançando em meu corpo, atrapalhando meus passos;

tentei uma linha reta em direção ao balcão da recepção. As luzes do hall brilhavam desajeitadas, como estrelas caídas; pendente em cima da cabeça de Maxwell, a placa dizia RECEPÇÃO. Fiquei com vontade de rir, sem motivo, pois as luzes e a placa não tinham graça alguma, mas fiquei com vontade de rir, muita vontade, e ainda assim não ri: tampouco soube o que fazer, ou o que dizer:

cheguei à recepção e fiquei parado, olhando a cara de Maxwell, a placa sobre sua cabeça. Fiquei estático, mudo, idiota. Ele, ali tão sério, tão profissional, tornava absurda a minha lembrança dele mesmo, Maxwell, indo a minha mesa, minutos atrás, insinuando algo atrevido acompanhado de um gesto obsceno; como podia ser, eu me questionava, confuso, que lógica havia nele, gratuitamente, fazer um gesto obsceno para um hóspede, no bar, no meio do hall do hotel. Eu não encontrava resposta e então ele me perguntou,

Maxwell, completamente razoável, atrás de seu balcão de recepcionista, ele perguntou O senhor deseja alguma coisa. Sem risos, sem gestos, sem ironia, sem insinuações, perguntou Posso ajudar. Olhei sua cara; tentei não ver o recepcionista do hotel, mas o demônio, o filho da puta, o homem dissimulado com mãos de moça, as unhas aparadas e polidas. Consegui. Satisfeito, perguntei O hotel tem alguma norma contra os hóspedes subirem acompanhados. A pergunta, depois de feita, me espantou;

eu não sabia de onde havia saído a ideia, a indagação que acabara de fazer ao recepcionista. Podia ter feito algumas daquelas perguntas de praxe que um hóspede faz na recepção do hotel, por exemplo A que horas o café da manhã é servido, ou O hotel possui serviço de despertador, ou Há algum adaptador de tomadas que possa pegar emprestado;

mas não. E, em vez de pedir desculpa, calar a boca, chamar o elevador, subir para meu quarto, eu continuei. Tenho me encontrado com uma mulher, inventei, disse Você sabe, repeti Tenho me encontrado com uma mulher, e completei Mas ela é casada. A idiotia me vencera, tomava conta de mim. Eu disse Queria que ela subisse comigo, expliquei Queria que ela dormisse no meu quarto uma noite, e disse de novo Você sabe. Minha reserva acabava na manhã seguinte, eu estava de partida, aquela era a última noite; talvez Maxwell estivesse ciente disso. Ainda assim me olhou sério. Eu disse Amanhã, perguntei Pode ser, disse Acha que teria algum problema, amanhã à noite. Ele me respondeu,

profissional e polido, discreto, Maxwell disse Não. Duvido muito que haja algum empecilho, senhor, ele respondeu como se dissesse O café da manhã é servido das sete às dez e trinta, e ficou aguardando a próxima solicitação, que não houve. Porque fiquei satisfeito. Pensei que, por pior que tivesse sido a ideia, as coisas estavam de novo no lugar que deviam: Maxwell era apenas o recepcionista, respeitoso e eficiente, e eu era o hóspede, livre e respeitado, o hóspede cujos desejos deviam ser satisfeitos como os de uma criança mimada. Maxwell me desejou Boa noite, me chamou de novo pelo nome, disse Boa noite, senhor Franz;

subi para o quarto. No elevador, me senti ridículo. Foi instantâneo. Principalmente porque Maxwell se mantivera sério, profissional. Agora, era certo: ele comentava com Fabiana, no bar, repetia as minhas palavras. Os dois riam, ririam de mim. Sabiam que eu tinha mentido, que na manhã seguinte terminava minha diária, que não existia mulher alguma. Mas o elevador chegou a meu andar: não havia mais o que pudesse fazer.

# OS GARFOS FICAM
# DO LADO ESQUERDO
# DO PRATO

Não telefonou para mim, mas para o trabalho, você disse Bom dia, não se identificou, não disse que era você quem ligava, pediu Preciso falar com a coordenadora. Era cedo ainda, mas àquela hora eu já tinha acordado, sozinha, tinha recolhido a merda de Cecilia da caixa de areia, tinha contado os dias no calendário; e você já tinha tomado o café da manhã, já tinha caminhado duas vezes até a praça da Prefeitura, pela margem do rio, já tinha parado junto à ponte velha e olhado as águas achocolatadas correrem para o mar, já tinha fumado dois cigarros. E já tinha, principalmente, pensado. Então voltou para o hotel, telefonou para o trabalho, sem ter telefonado antes para mim, nem depois você me telefonou; não tinha mais dúvidas:

disse Bom dia, e disse Preciso falar com a coordenadora. Depois que ouviu pelo aparelho o inconfundível Sim, a voz dela, sua chefe, você perguntou Como está, perguntou Como estão todos, perguntou Como está o trabalho. Todo mundo sabe: você não gosta de pedir favores. A coordenadora lhe respondeu Bem, Bem, e Bem, contou alguma novidade velha e sem importância, apenas para manter o telefonema funcionando, comentou de contratos novos e usou a palavra Fraude. Era a primeira vez que se falava em fraude para designar os problemas de contabilidade que você não conseguira solucionar antes de viajar. Tinha ficado séria a questão, parecia que se agravava, mas você não se importou;

foi direto ao assunto, você nunca foi bom nas preliminares: disse Preciso de mais um dia de folga. A coordenadora lhe respondeu que ainda estavam apurando as contas, que os auditores ainda tentavam achar se a diferença era decorrente de uma fraude interna, ou se era apenas um erro; ela lhe disse que haviam aparecido outras pequenas falhas em meses anteriores, descobertas durante a auditoria, outras divergências, mais deslizes contábeis. Você não quis entender, perguntou Que relação isso tem com minha folga. A coordenadora não respondeu, apenas falou, animada, Bem que eu disse que você estava precisando viajar, que, quando começasse a passear, a ver coisas novas, não ia mais querer voltar. Você lembrou Não é exatamente um passeio o que vim fazer aqui, mas de novo não soube ser convincente; ela lhe disse Não precisa mentir para mim, e você não lhe contou que razões o obrigavam a prolongar sua ausência,

apenas repetiu Preciso de mais um dia de folga. A coordenadora lhe disse Não, disse Você vai ficar aí quantos dias precisar: um, dois, três, uma semana inteira, quanto tempo quiser. A razão de sua benemerência era tortuosa e ela tentou esconder, não lhe contar. No entanto, você acabou sabendo: a partir do dia seguinte, não estaria mais de folga, como tinha solicitado, mas oficialmente afastado de suas funções. Tentando diminuir a gravidade da situação, a coordenadora forçou um riso falso pelo telefone, explicou com racionalizações eufêmicas: que seria melhor assim, que você não seria descontado em seu salário, que não gastaria suas folgas anuais, que a apuração das falhas prosseguiria mais rápida sem você por perto. Por fim, lhe disse Mas é só uma sugestão, disse Se você quiser voltar, é só dizer, mas você sabia que ela estava mentindo. Dois anos antes você mesmo havia instaurado e conduzido um processo semelhante, de falha em serviço com possível participação dolosa do funcionário envolvido; dois anos antes você pessoalmente tinha informado ao funcionário investigado que ele estava sendo afastado, sem eufemismos, sem desculpas, sem mentiras; e dois anos antes você entregou a carta que decorrera da investigação, onde era comunicada a demissão por justa causa, com a empresa ainda se ressalvando o direito de iniciar um processo judicial contra o funcionário, se assim julgasse pertinente. Não disse nada disso à coordenadora, não a lembrou de que já tinha lido o romance todo, do começo até o fim;

ao contrário, você fingiu algum contentamento, agradeceu. Aceitou como um favor absurdo e infundado a extensão de suas folgas, que viravam autênticas férias, engoliu a história satisfeito, se fazendo de imbecil. A coordenadora lhe disse então, tão cínica quanto você, como sempre foi, ela lhe disse Aproveite, disse Se divirta bastante, disse Não se preocupe com nada aqui no trabalho. A auditoria não tinha data para terminar, o processo, a investigação, a apuração das contas; portanto você também estava sem data, livre para continuar fuçando seus cemitérios por tempo indeterminado: eu que me fodesse, sozinha com o gato, largada em nosso apartamento. Você desligou o telefone, sem pedir que a coordenadora mandasse um abraço para os funcionários do setor, como é educado fazer, também não disse que ela ficasse bem, não lhe desejou qualquer coisa boa. Apenas se despediu, desligou o telefone,

mas não telefonou para mim. Você não me avisou que ficaria mais tempo fora. Nem me contou sobre o hotel, a cama, a televisão, o bar, o hall, não me contou das cotias que andavam nas margens do rio, em bandos, não me disse que a catedral era diferente da maioria das catedrais que tinha visto pelo mundo, por motivos mais interessantes do que sua arquitetura, não falou da cerveja, produzida na própria cidade, que era boa, não inventou para mim planos de atravessar a ponte velha e ir visitar os bairros da outra margem, não disse que precisávamos viajar juntos da próxima vez. Não sei se você estava aliviado ou preocupado,

por que razão não telefonou para mim depois. Por um lado, você tinha conseguido o que queria, prolongar sua estada, mas, por outro, sua situação no trabalho estava pior do que quando tinha saído de folga, pegado o avião, ido embora para a puta que o pariu. Acendeu um cigarro, você, ainda na cama, e se lembrou: é bom fumar deitado, mesmo não tendo acabado de transar. Tragou a fumaça, a soltou devagar, em direção ao teto, e teve um momento de lucidez:

você viu claramente: odiava seu trabalho. Se fosse demitido, depois que a vergonha passasse, pois sim, certamente, você sentiria muita vergonha, mas, depois que ela passasse, você não se lamentaria; disse para si mesmo Pode ser a chance de eu corrigir minha vida. Alguma lógica estranha o fazia pressentir que, se isso desse errado, o emprego que tinha, o trabalho assalariado, com horário de entrada e saída registrado no ponto eletrônico, com três folgas anuais, fins de semana com descanso remunerado, se isso desse errado, a vida se inverteria e todo o resto daria certo, você estaria completamente livre;

eu que me fodesse de novo, é claro. O primeiro passo, no entanto, era não se precipitar; você não pediria demissão. Ao contrário, ficaria afastado pelo tempo que quisessem, ganhando seu salário sem trabalhar. Se, no final da auditoria, da apuração, o resultado fosse o mandarem embora, você iria, sem cara de choro ou de bobo, sem pedir Por favor. Teria guardada para sua chefe, para todos no trabalho, você teria uma imensa gargalhada pronta para cuspir em suas caras. E, se ao fim não o demitissem, você mesmo o faria assim que o chamassem de volta.

CAPÍTULO IV

# MORTE E IMORTALIDADE

Em 1982, os ex-alunos do Conservatório do Teatro Carlos Gomes reuniram-se e promoveram um encontro de confraternização que envolveu recitais, ciclos de debates e culminou em um grande concerto de encerramento. Realizado no Teatro Carlos Gomes, o concerto final contou com a apresentação da *Sinfonia clássica*, em Ré Maior, Op. 25, de Prokofiev, do *Prelúdio para orquestra*, Op. 45, de Anton Stein, e do *Concerto para piano nº 3*, em dó menor, Op. 37, de Beethoven. A solista, ao piano, era Brigitte Döringer, ex-aluna do conservatório e de Heinz Werner.

A Anton Stein coube o ensaio e a regência da orquestra de ex-alunos, muitos dos quais tinham passado por suas aulas. Apesar de não possuir uma técnica impecável, a pianista convidada deixou Stein vivamente impressionado. No fim do encontro de ex-alunos, Stein e Döringer traçaram planos para recitais a serem realizados no ano seguinte, 1983, com ele ao violoncelo e ela ao piano. A parceria que ali começava se mostraria muito importante para a obra de Stein, ainda que traga dúvidas e algumas complicações para as páginas seguintes de sua biografia.

A ideia de Anton Stein para os recitais com Brigitte Döringer era executarem, com o patrocínio do Estado, apenas obras de sua autoria, percorrendo cidades não só de Santa Catarina, mas também de São Paulo e Rio de Janeiro. Stein possuía uma vasta gama de composições, incluindo diversas obras para violoncelo e piano, mas queria apresentar algo inédito, que marcasse a nova fase, brasileira, de sua carreira. Foi nesse contexto que surgiu o que muitos críticos consideram a obra máxima de Anton Stein, os *24 Teoremas*, Op. 53, para violoncelo e piano.

Nesta obra, com duração aproximada de 1 hora e 35 minutos, o compositor retomou a visita às 24 tonalidades, maiores e menores, já empreendida de forma experimental no *Quarteto de cordas*, Op. 2, de 1961. Em *24 Teoremas*, Stein "sistematiza e elabora peças musicais, chamadas por ele de 'Teoremas', nos mesmos moldes dos prelúdios e fugas de Bach, como também dos prelúdios de Chopin, entre outros exemplos possíveis. No entanto (...) além do modernismo que impregna a obra de Stein, há ainda, que não encontramos nos moldes dos clássicos que o precederam, um questionamento dramático do sentido e da função do conceito de tonalidade na música atual" (KRASCHENKO, Bohdan. *Modernismo:* os últimos compassos de uma utopia. São Paulo: Edusp, 2000. p. 117). A obra resultante, com uma riqueza incansável de novas sonoridades, é um monumento teórico de grande complexidade, exigente tecnicamente em relação aos intérpretes, mas ainda assim uma peça musical de extrema beleza e interesse estético.

A obra foi estreada no Teatro Carlos Gomes em junho de 1983, com Stein ao violoncelo e Döringer ao piano. A recepção calorosa da plateia de Blumenau provavelmente se deu mais pelo respeito e admiração consignados ao compositor do que pelo completo entendimento da composição. Algumas semanas mais tarde, *24 Teoremas* foi apresentada em São Paulo, onde a crítica foi dura e impermeável, não enxergando na peça de Stein nada além de um passeio por uma estrada gasta, que não levava mais a lugar algum.

O ciclo de recitais planejado terminou sem começar. Além de Blumenau e São Paulo, Anton Stein e Brigitte Döringer não fizeram outras apresentações. No entanto, a parceria artística entre os dois rendeu outros frutos, além de *24 Teoremas*. Inspirado pela expressão singular de Döringer ao piano, Stein compôs *Sonata*, Op. 55, e *Variações sem tema*, Op. 56, ambas dedicadas à pianista, que apresentou as obras em recitais no Teatro Carlos Gomes, no começo de 1984. Há ainda, inacabado, com apenas a primeira e a segunda partes concluídas, um concerto para piano também dedicado a Brigitte Döringer, que permanece inédito.

A música de Stein tinha chegado a seu ponto culminante. Plenamente seguro de sua arte, de suas convicções artísticas, as últimas composições marcam a síntese, a conclusão do que Anton Stein havia buscado a vida inteira. "É raro encontrar o artista que, ao fim de sua existência, tenha conseguido alcançar o ponto que havia traçado para si como meta. Anton Stein é um desses afortunados, com seu nome inscrito ao lado do nome de gigantes" (BERTRAND, Michel. *Esboços e rascunhos:* a música, a vida e algo mais. Blumenau: edição do autor, 2012. p. 17). A fusão da tradição romântica com a música nova havia sido alcançada com maestria soberba. Anton Stein logrou ser plenamente moderno e contemporâneo, sem ignorar o passado.

No entanto, a relação de intensa cooperação artística entre Stein e Döringer não tardou a ser malvista. Como ela morava em São Paulo, as discussões e os ensaios musicais com o compositor eram esporádicos e, por isso, para que o tempo fosse otimizado, tais encontros se davam na casa de praia que Stein mantinha em Navegantes. Mas Brigitte Döringer era casada e tinha um filho, assim como Anton Stein. A confusão sobre a relação dos dois apenas aumentou depois da tragédia que marcou suas vidas. É o destino que age abreviando o livro, cumprindo os caminhos.

Mas, se o senso comum inflama as histórias que inventa com combustíveis romanescos, o biógrafo tem sempre que se manter imparcial e restringir-se aos fatos. Em dezembro de 1984, voltando de Navegantes, na estrada que liga o litoral de Santa Catarina a Blumenau, Stein e Döringer sofreram um acidente de carro. O compositor faleceu no local.

Anton Stein foi velado na Câmara Municipal de Blumenau e depois seu corpo foi transladado para a Ucrânia, para ser enterrado em Kamenets--Podolsky, cidade onde nasceu. Não surtiram efeito os protestos de Ada Schönbrunn e de toda a cidade para que o corpo do compositor ficasse em Blumenau.

Em 2004, foi inaugurada uma placa de bronze no Teatro Carlos Gomes. Nela, Stein é imortalizado como grande maestro e compositor ímpar, recebendo os agradecimentos e homenagens póstumas não apenas da cidade de Blumenau, mas de todo o país.

Muito ainda resta a ser catalogado, no que diz respeito à obra de Anton Stein, tanto como compositor quanto como crítico e teórico. Aos poucos, com o acesso que me vem sendo franqueado pela família de Stein aos manuscritos e demais objetos pessoais do compositor, principalmente a sua vasta biblioteca, é não apenas possível, mas provável que venham à luz novas obras teóricas e composições. Exemplo dessa afirmação é a descoberta de uma sinfonia inédita, datada de 1978, apresentada sob minha regência no Teatro Carlos Gomes, durante as comemorações pelo 70° aniversário de nascimento de Stein, em 2005.

Não importa a origem ou o destino, o país onde nasceu ou onde morreu Anton Stein. Dentro do cenário da música erudita contemporânea, ele fica como uma das figuras mais importantes, cuja influência será sentida pelas gerações futuras.

# EM CADA TÚMULO
# NÃO HÁ MAIS QUE
# UMA ESPERA

Não foi como Bernardo tinha imaginado. A porta estava fechada. Bateu; esperou abrirem. Por algum motivo pensava que os luteranos vestiam roupas pretas: achou que encontraria alguém com a aparência de um quaker do século XVII. A porta se abriu, ele entrou. Era terça-feira e Bernardo estava na secretaria do Cemitério Luterano de Nova Harz. Mas não era como tinha imaginado,

a mulher, baixa e adiposa, com roupas comuns, não olhou em sua cara, não disse Bom dia. Ela simplesmente abriu a porta, deixou ele passar e foi para trás do balcão. O lugar tinha ares de repartição pública, era feio e sujo. A gorda, fortificada atrás de seu balcão, continuou muda, não disse Pois não, não perguntou Posso ajudar, não pediu Só um minuto, por favor; nada: continuou muda, entretida em algum afazer que Bernardo não conseguia identificar, escondida atrás das duas torres de papéis sentadas sobre o balcão,

torres de papéis iguais às que se erguiam no chão, ao redor de Bernardo, pilhas e mais pilhas atadas com barbantes, tendendo ao teto como estalagmites que se equilibravam precariamente, umas sobre as outras. E tudo amarelado pelos anos, com tons de verde peludo impresso pelas temporadas de chuva de Nova Harz. As paredes tinham infiltração, áreas onde, cansada, a tinta havia se soltado, se rebelado em bolhas ou desistido e caído pelo chão. Bernardo pensou Puta merda, chamou a gorda, disse Por favor,

ele chamou e ela fingiu que não ouviu. Um gato preto passou pelas pernas dele, se esfregando. Ele a chamou de novo, perguntou Bom dia. O gato atravessou o cômodo, se roçou nas pilhas de papéis. Bernardo pensou que ali, em algum lugar, constava o nome dela: Brigitte Döringer; em alguma daquelas torres, nas quais o gato se coçava, arqueando o dorso e ficando na ponta dos pés, indo de um lado para o outro, se esfregando nas quinas gastas dos documentos, ronronando alto como se tivesse os pulmões lotados de catarro e fosse morrer a qualquer instante: em alguma daquelas torres estava o nome dela, o número da sepultura onde a tinham enterrado. Mas a gorda não se importava. O gato desapareceu. Bernardo se desesperou,

se aproximou do balcão e ia escolher: qual das duas pilhas de papéis derrubaria primeiro para a gorda lhe prestar alguma atenção. Não deu tempo, no entanto. Pela porta lateral, entrou um homem, encarou Bernardo com cara de idiota, disse Pois não, senhor. Em que posso ajudar, perguntou ainda, surpreso. Mas Bernardo não respondeu, não de imediato; em vez disso, mirou as pilhas de papel pelo chão, sobre o balcão, equilibradas também em cima de duas cadeiras; apontou com os olhos a gorda, com o pano sujo na mão, limpando uma janela; olhou o gato, subitamente reaparecido, deitado ao lado de uma lixeira; ele mirou, apontou, olhou para tudo aquilo, cinematograficamente, e depois olhou para o homem funcionário, como se o culpasse, repreendesse, quisesse dele uma explicação ou uma desculpa. Mas o homem fez apenas um gesto, depois convidou,

Quer me acompanhar até a secretaria, ele perguntou e Bernardo percebeu que tinha se enganado. Sim, não sabia como, mas estava claro: ele tinha se enganado: aquela sala não era a secretaria do Cemitério Luterano. A gorda não era a secretária, portanto. Bernardo voltou a ter esperança. Estamos mudando um pouco as coisas por aqui, o homem disse, Precisamos de mais espaço. Bernardo não estava interessado. Logo percebeu que não tinha se equivocado de tudo:

as pilhas de papéis por todos os lados eram realmente o arquivo inteiro do cemitério. Estava sendo remanejado, o funcionário explicou, Precisamos de mais espaço, disse, repetiu como se pedisse desculpas. O homem tinha os olhos coloridos de um azul de céu claro, os cabelos loiros até o ridículo; o jeito era de caipira, Bernardo pensou. Era ele o secretário do Cemitério Luterano, o responsável pela burocracia da morte. Entraram na secretaria. O homem secretário escolheu, aparentemente ao acaso, uma das duas mesas que havia ali, se sentou na cadeira atrás dela e disse, junto com o gesto de esticar o braço, disse Pode se sentar;

depois ofereceu, perguntou Quer um copo de água. Bernardo disse Não, obrigado, e ele ofereceu então café, perguntou E um café. Bernardo negou também, só com a cabeça. Está cada vez mais quente, a cada ano fica pior, o homem secretário comentou sem necessidade alguma. Bernardo disse Preciso encontrar alguém que está enterrado aqui. Preciso da indicação de onde está enterrada, em que quadra, em que rua, ou o número da campa, qualquer coisa, Bernardo completou. Dizer apenas isso bastou:

foi deflagrada uma disenteria de perguntas descabidas no caipira loiro. Nunca esteve aqui antes, ele perguntou, e perguntou também Nunca viu o túmulo, e Sabe dizer qual era o número da quadra. Bernardo respondeu, pacientemente, escolheu entre os advérbios de negação: Não, Tampouco, Nem, Nunca, Jamais, ou respondeu apenas balançando a cabeça, para um lado e para o outro. A pergunta mais óbvia, e indispensável, o secretário deixou para o final: Brigitte Döringer era a resposta, Bernardo disse o nome dela,

pela primeira vez em sua vida não precisou soletrar, não teve que explicar que o G não era seguido de um U, que o T era duplo, que havia um trema sobre o O, e outro G sem U: Brigitte Döringer, Bernardo disse e o funcionário entendeu, grunhiu Certo, repetiu Certo, enquanto desenhava o nome dela sobre o vidro da mesa, com uma caneta tampada. E depois se levantou, ele, o caipira ariano, o secretário, largou a caneta e se levantou, foi até a porta. Venha, ele disse. Bernardo não foi. O homem convidou de novo, disse Vamos; Bernardo não se mexeu. Vou ajudar você, explicou, chamou com a mão, indicou o cemitério lá fora;

Bernardo não se levantou, não foi. Pôs no rosto sua cara de deboche. Buscou com os olhos os dois pontos azuis no rosto do homem; quando os encontrou, Bernardo disse Acredite, já fiz isso e não adiantou. O secretário não entendeu, Bernardo explicou, falou Já andei esse cemitério inteiro, duas vezes, e é impossível: não dá para achar assim. Você precisa pegar os arquivos, encontrar o nome dela, Bri-gi-tte-Dö-rin-ger, e me dizer onde está enterrada, só isso. Então eu vou sozinho, Bernardo concluiu e o funcionário abriu um sorriso. Parado na porta, com a mão ainda chamando, ele repetiu Venha, repetiu Vou ajudar você;

vencido, Bernardo foi. Se levantou, saiu da secretaria atrás dele, do homem funcionário, se enfiou de novo dentro do Cemitério Luterano. O caipira andava na frente, Bernardo o seguia com má vontade. O gato preto apareceu de novo: ao lado de um túmulo aparentemente abandonado, ele se lambia, a cabeça triangular enfiada entre as pernas abertas, trabalhando rápido com a língua. Brigitte Döringer, não é isso, o homem perguntou, Bernardo não respondeu, apenas continuou andando, seguindo. Era para termos acabado ontem, o secretário disse, mas chegamos apenas na metade:

vai ser mais fácil perguntarmos a Herr Schäffer.[4] Não tem como, ele completou, com o arquivo daquele jeito, ficarmos revirando os registros à procura da dona que você quer. Herr Schäffer sabe onde cada um foi enterrado. Bernardo continuou calado, seguindo atrás dele sem outra solução. Depois da arrumação virá um técnico, o funcionário continuou, contou como se anunciasse um grande evento, Um técnico da capital para pôr os arquivos todos dentro do computador. Bernardo continuou mudo,

o homem secretário se lamentou As coisas estão mudando muito rápido, está tudo mudando demais. Iam por uma rua lateral, que margeava o cemitério, ao mesmo tempo dentro e fora dele; subiam em direção à casa onde duas crianças brincavam e uma velha pendurava roupa no varal que ameaçava cair a qualquer momento. A única coisa que nunca muda, o secretário disse, parou para poder dizer melhor, A única coisa que nunca muda é isto aqui, e apontou a lavoura de lápides ao lado. Voltando a andar, explicou desnecessariamente, disse É a morte, perguntou Ahn, pedindo aprovação, e completou com um riso idiota, declamou Não há técnico da capital que informatize essa merda. Bernardo não achou graça,

o homem funcionário não insistiu. Chegaram à casa e ele perguntou para a velha Cadê Herr Schäffer. Não disse Bom dia, ou Com licença, apenas perguntou Cadê Herr Schäffer, depois falou Vai buscar o velho. As crianças

---

4    Herr Schäffer era o coveiro do cemitério, o secretário explicou depois. Antes dele, era seu pai quem cuidava dos enterros, abria as covas, e ainda antes eram o avô e o bisavô os responsáveis pelos mortos. Foi o bisavô quem, em 1854, fez o primeiro sepultamento, inaugurou a primeira sepultura. Mas nenhum Schäffer está ou será enterrado naquele cemitério: dá azar, eles dizem. O único filho homem que Herr Schäffer teve, no entanto, havia dado um jeito de acabar com a tradição fúnebre da família. Ele estudou engenharia, se mudou para a Alemanha, para Stuttgart, e trabalhava em uma fábrica de automóveis. Assim, está claro: não será ele, depois de Herr Schäffer, quem recheará as covas do Cemitério Luterano. O problema da sucessão do coveiro levou ao ápice da história, como se o secretário a tivesse contado unicamente para poder dizer a frase final, que era: A morte em Nova Harz, quando Herr Schäffer se aposentar, vai ter que parar.

correram para dentro da casa; Bernardo ficou aliviado. Qual era mesmo o nome dela, o secretário perguntou, Bernardo não precisou responder,

Brigitte Döringer, o homem se lembrou sozinho, repetiu Brigitte Döringer. Herr Schäffer apareceu, veio andando devagar detrás da caminhonete com os quatro pneus murchos, coberta com um manto de poeira. E quem era essa dona, afinal, o homem funcionário perguntou. O velho gritou de longe, tirando o cigarro da boca, perguntou Vai ter enterro hoje. Ela era minha mãe, Bernardo respondeu. O caipira disse Ah, sim. As crianças saíram correndo pela porta da casa, rindo. Vamos ver, o homem falou, deu um passo em direção a Herr Schäffer. E a velha xingou, lá de dentro, com a cara na janela, ela disse Schweinerei.

# SE COMER DEMAIS
# À NOITE, SONHA
# COM TATU DEPOIS

Roberto pegou o telefone, digitou nele mais uma vez o número de Constantina. Ela demorou para atender. Mas, como sempre, sua voz, quando ouviu a dele, se liquefez, ele não precisou dizer nada além de Alô para que ela soubesse: era ele, Roberto, de novo, quem telefonava. Mas antes de Roberto telefonar para Constantina, um banho foi tomado,

um cigarro foi fumado, com o corpo já seco, mas ainda nu, deitado sobre a cama. O teto foi olhado, analisado em suas cicatrizes até então imperceptíveis, enquanto a fumaça do cigarro foi tragada e devolvida para o ar. O pau foi provocado até que ficasse duro, sem propósito algum, em vão, apenas para isso, isto: para que ficasse duro. Uma cerveja tipo Blumenau foi sacada da pequena geladeira dentro do guarda-roupa, o cigarro foi jogado na privada, o barulho peculiar da brasa se extinguindo violentamente na água foi ouvido. E o mesmo corpo foi posicionado de frente para o espelho preso à parede, ao lado da televisão: o pau ainda duro, ou quase, não mais apontando para cima, apenas se alongando paralelo ao chão; os cabelos desarrumados, a cerveja Blumenau na mão, a cara de bobo:

quem era aquele ali refletido no espelho, afinal. Roberto voltou ao banheiro, engoliu dois comprimidos de efedrina com a cerveja. Então não se conteve, telefonou para Constantina, ela disse Alô, ele disse Alô, depois perguntou O que estava fazendo. A última ligação tinha sido catastrófica, Roberto não sabia o que esperar de Constantina. Ela respondeu Procrastinando, usou uma de suas palavras preferidas,

ela disse Estava apenas procrastinando. Depois explicou Tem tantos trabalhos que preciso entregar, tanta coisa que fazer para a escola. Era assim o paradoxo que ela armava: quanto mais obrigações tinha, menos vontade sentia, principalmente quando as obrigações diziam respeito à escola, que era como ainda chamava a faculdade de Engenharia Mecânica, escolha que para Roberto continuava sendo um dos grandes mistérios de Constantina. Ao fim, ela concluiu, disse Mas;

Constantina concluía dizendo Mas, no lugar de Então, ou Portanto, ou Logo, Roberto já estava acostumado; ela dizia Mas, às vezes seguido de ponto final, e essa era sua forma de concluir, de dizer Assim, e retomar o raciocínio do início, fechar o elo da lógica. Roberto disse Sim, disse Entendo, apenas porque tinha que dizer alguma coisa; Entendo, ele disse e imaginou Constantina deitada na cama de casal, que era também o sofá, na sala que era também o quarto, ela se contorcendo de preguiça como um enorme gato persa. Para Constantina, não havia diferença: viver e procrastinar acabavam sempre por coincidir. E foi só isso, veio o silêncio,

os dois, Roberto e Constantina, ficaram mudos. Como não estavam juntos, não podiam desta vez resolver o silêncio misturando os corpos, um para dentro do outro, que era como sabiam fazer. Cada um segurava o telefone colado ao rosto, se mantinha ali, esperava o outro, mas nada. Havia um enorme lago vazio, sem água, entre eles. Foi um alívio quando Constantina começou a chorar, acabou com o silêncio, preencheu a ligação com algo como um ruído eletrostático. Roberto não precisou perguntar, pedir que explicasse, Eu não queria parecer tão boba por amar você, ela logo disse. Fungou o nariz, chorou, explicou Não sei por que falei aquilo tudo, no último telefonema, chorou mais, disse Era mentira, fungou outra vez o nariz, era tudo mentira. É só você quem eu amo, ela disse. Parou de chorar. Não há mais ninguém, Constantina concluiu, a voz já seca. Certo:

ela não queria assustar Roberto, pôr sobre ele o peso teórico de o amar; também não queria se sentir frágil, entregue, sem solução em uma relação que não se fechava apenas sobre os dois, porque Roberto era casado. Certo. Ele ouviu calado, continuou calado. Aquele objeto estranho, o amor, do qual ela tinha lhe negado a guarda no último telefonema, quando disse Estou apaixonada por você, mas também por aquele cara que tem os piercings na boca e por um professor da faculdade; aquele objeto estranho, este: o amor, ela devolvia de novo para Roberto, dizia É só você quem eu amo, estendia as mãos com o amor ali, escorrendo entre seus dedos, e dizia Pegue, rápido, é seu, todo seu. Volúvel e imprevisível, Constantina mudava tudo outra vez. Talvez ela fosse louca,

ou talvez tudo fosse culpa dos hormônios, esses deuses químicos tão dados a desregramentos. No entanto, todas as mulheres são loucas. Constantina continuou Achei que o que disse no outro dia, achei que aquilo era o que você precisava ouvir. Não quero que tenha nenhuma obrigação comigo, ela sussurrou como quem pede ou sugere. Certo. E o choro voltou quando disse Fiquei com medo de que, se você se sentisse preso, acabasse se afastando de mim. Certo e muito justo. A verdade, Constantina concluiu, é que estou desesperadamente apaixonada por você. Certo, muito justo e até plausível,

mas Roberto tinha ficado, depois do último telefonema, com tudo ao contrário, o mundo inteiro de ponta-cabeça. Teria agora que ajeitar as coisas outra vez. Precisava digerir, reordenar. Porque Constantina amava

Roberto de novo do modo tradicional: exclusivo, ilimitado, sem espaço para mais ninguém. Ele continuou mudo ao telefone. O choro de Constantina parou outra vez. Ela perguntou Você nunca percebeu, ele não respondeu, ela continuou, acusou, inquiriu Ou você fingiu esse tempo todo que não via, concluiu Porque não é possível, não tem como. Depois do choro, das declarações de amor, vinham, no mesmo envelope, as recriminações e, logo em seguida, seriam encaminhadas as solicitações, as exigências do amor. Roberto ainda tentava entender, pôr de volta as coisas nos lugares de antes, mas não deu tempo:

Constantina quis, exigiu, precisou Me diz o que você sente, por favor, é o mínimo que você pode fazer. A força e a autossuficiência que conquistara ao declarar Estou apaixonada por você, mas também por aquele cara que tem os piercings na boca etc., aquela força ela perdia, deixava cair no chão ao devolver a Roberto a exclusividade do tal amor. Cambaleante, buscava chão firme, algum lugar seguro onde pudesse pisar, pedia Eu preciso saber o que esperar de você. Me diz o que fazer. Roberto não respondeu, continuou em silêncio;

coube a Constantina voltar a preencher o telefonema com o choro. Ela disse, pediu Me diz se não me ama, chorou mais, Me diz se me ama, chorou ainda, Me diz se não sabe, continuou chorando, fungou mais o nariz e suplicou Mas me diz alguma coisa, pelo amor de deus. Preciso saber o que esperar de você, ela justificou, repetiu Me diz o que fazer. Roberto não respondeu, não ajudou, não disse. Esquematicamente, é possível anotar alguns pontos cruciais:

1. diante da incongruência da situação, de todo aquele absurdo, era óbvio: isso que chamam de O Amor é uma sandice das grandes;

2. ainda assim, Constantina aceitava as coisas como eram, em nenhum momento pedia para que Roberto escolhesse, para que se separasse, saísse de casa, largasse a mulher: isso era muito importante;

3. adicionalmente, trepar com Constantina era como andar pelo céu;

4. assim, pelo ponto 1 em oposição aos pontos 2 e 3, facilmente se concluía, ele podia concluir:

estava fodido. Se, após o último telefonema, parecia não haver mulher que pudesse substituir Constantina, a situação tinha mudado para o oposto após ela declarar É só você quem eu amo: Roberto ficou mudo, elencou uma série de mulheres possíveis, disponíveis, analisou a situação do ponto de vista concreto, se fez objetivo. Então, diante do pedido de Constantina, Me diz se me ama, e também Me diz o que fazer, ele, Roberto, não conseguiu dizer nada além de Eu não sei. Sim, foi o que disse,

Eu não sei, e explicou Não sei mais o que é que sinto, e, cada vez mais seguro, acusou Não sei o que pode vir de você ainda, Constantina. Não era fácil, mas era prazeroso: bater em Constantina com as palavras causava uma incrível sensação de bem-estar, de poder. Depois que Roberto disse Não sei o que é que sinto, parecia que, como em um jogo de xadrez, havia conseguido uma vantagem, havia encurralado o adversário: passava a ditar o ritmo da partida. E, por mais que soubesse, ele não conseguia se importar:

depois que terminassem a ligação, Constantina tomaria analgésicos e remédios para dormir, beberia a vodca do congelador, ou qualquer outra bebida alcoólica, choraria de verdade. Quando acordasse e Roberto ainda doesse nela, iria comer até não poder mais, iria em seguida devolver tudo pela boca, na privada ou na pia do banheiro. Ela pensaria que o perdera, que era culpa sua. Talvez aparecessem novos cortes em suas coxas, simétricos, paralelos às cicatrizes antigas, abertos meticulosamente, um a um. Roberto podia imaginar Constantina chorando, se embebedando, tomando remédios, vomitando, se cortando, ele podia prever a hecatombe nela, mas não conseguiu, não disse, não lhe deu uma palavra. Quando o telefone já estava mudo por tempo suficiente, Constantina falou Tudo bem;

não houve mais choro. Desligaram. A ela ainda coube, antes, dizer Me desculpa por ter estragado tudo. Roberto não contestou, não disse que nada havia sido estragado. Para não perder o controle, a partida de xadrez, para não deixar de sentir o incrível bem-estar, o poder: ele não disse que era claro que continuariam juntos, que telefonaria no dia seguinte, que, quando voltasse de viagem, tudo ainda seria como antes. Roberto não disse Fique tranquila, não disse Está tudo bem. Ao contrário, fez a voz tão séria e triste como pôde e se despediu, disse Se cuide, Constantina.

# ARRUMAR A CAMA

Bateram à porta. Antes que eu pudesse dizer Sim, ou Não, perguntar Quem é, ela já tinha entrado no quarto. Bateu à porta, enfiou um cartão codificado no leitor que substituía a fechadura e entrou. Ela: a mulher que fazia a limpeza do quarto do hotel, arrumava a cama, repunha as garrafas de cerveja tipo Blumenau na pequena geladeira embutida dentro do guarda-roupa. Certamente não imaginava que, àquela hora, eu ainda estivesse ali dentro. Mas estava:

ela fez uma cara de espanto quando me viu. E disse, eu de pé ao lado da cama desfeita, ela com seu carrinho de limpeza repleto de frascos com líquidos coloridos: azuis e verdes, também escovas, vassouras, panos de chão, fronhas e lençóis dobrados, sabonetes, rolos de papel higiênico; ela disse Desculpa, senhor, e foi dando passos para trás, em direção à porta. Volto mais tarde, ela completou, torcendo o corpo para me dar as costas, e eu disse Não, pedi Não, por favor. Já estava saindo, expliquei. Mas não, não saí,

continuei parado, olhando para ela. Não me mexi, não fui embora, não deixei o quarto livre para que fosse arrumado, limpo. O uniforme não beneficiava seu corpo, talvez de propósito, para não incitar o desejo dos hóspedes. Tinha o cabelo preso no alto da cabeça, certamente como ordenava o regulamento do hotel. Devia ter entre trinta e 35 anos. Parado no meio do quarto, eu reparava em cada detalhe. Pensei que cor seria aquela dos olhos, se azul-escuro, ou cinza, ou talvez verde-musgo, ou se uma cor sem nome que resultava da mistura do azul, do cinza e do verde-musgo; os cabelos eram pretos, provavelmente lisos, provavelmente compridos. Ela se parecia, me dei conta ao fim, a camareira, ela se parecia com a Branca de Neve de algum dos raros livros que me deram na infância,

mas era uma versão crua e maltratada.[5] A ilusão era irresistível, inevitável: a pele branca demais, as maçãs do rosto avermelhadas, talvez artificialmente, pintadas com maquiagem, os olhos não muito claros, os cabelos pretos e ainda mais alguma coisa que eu não sabia o que era. Mas não disse a ela, não falei Você se parece com a Branca de Neve, é claro que não. Também não continuei olhando; eu a incomodava com meu olhar. Com um sorriso artificial plantado na cara, apenas perguntei Então a culpa é sua;

eu disse isso e comecei a me movimentar, ladeando a cama, indo em sua direção. Ela não respondeu, levantou uma sobrancelha, apenas uma, a direita, em um acento circunflexo, deu um passo para trás, encostando as costas no carrinho emperrado na porta; eu repeti, disse Então a culpa é sua, e fui para mais perto dela. Sempre tão limpo, arrumado, os lençóis sempre

---

5    Sim, ela era uma Branca de Neve que o caçador também não matou, mas estuprou antes de dizer que fosse embora para a floresta e não voltasse nunca mais. Ela obedeceu, fugiu, encontrou a casa onde moravam os anões, trabalhou para eles em regime de escravidão: limpava em troca de comida. Um dia tentaram assaltar a casa, um homem vestido de bruxa, a arma escondida dentro de uma cesta de maçãs, e ela reagiu. Levou um tiro. No hospital, se apaixonou por um dos enfermeiros. Eles se casaram quando descobriram que ela estava grávida: tiveram quatro filhos, um seguido do outro. Por fim, como o príncipe encantado não ganhava o suficiente, ela completava o orçamento da casa como camareira, limpando e arrumando os quartos do hotel.

tão esticados, eu disse, volto de noite e está tudo sempre como novo. Ela desfez o circunflexo da sobrancelha, mas não desgrudou do carrinho de limpeza, acuada, sem conseguir sair do quarto; continuei E ainda tem a mágica das cervejas, na geladeira, ali no guarda-roupa: eu esvazio as garrafas e no dia seguinte elas aparecem cheias de novo, no lugar onde estavam as outras. É você, então, a responsável por tudo isso, terminei de dizer,

percebi que ela não tinha entendido nada. Trocamos, em um balé grotesco, de lugar: ela passou a estar no meio do quarto, ao lado da cama, e eu perto da porta, junto ao carrinho da limpeza que bloqueava a saída. Ela começou a arrumar a cama. Não me olhava. Eu ri, como se engasgasse. Ela virou a cabeça para mim, mas os olhos ainda estavam ancorados nas dobras do lençol. Eu disse Esses quartos de hotel são tão impessoais; ela continuou, se mexeu ao redor da cama, esticou a colcha, eu disse A decoração é tão fria, tão profissional. Ela não disse uma palavra, não me olhou, não sorriu: talvez por isso eu tenha dito A gente só devia foder com putas aqui dentro. Fiquei mais surpreso do que ela com o comentário que saiu de minha boca, as palavras que foram embora de minha garganta sem eu tomar conhecimento de que as dizia; mas disse,

eu disse A gente só devia foder com putas aqui dentro, por mais que não quisesse, eu disse. E então não podia fazer mais nada além de dar um sorriso com a cor amarela, armar minha cara de bobo, fingir que, apesar de tudo, eu era aquele que acreditava ser: um homem sério, que sabia guardar os comentários impróprios para si mesmo. Sorri amarelo, fiz minha cara de bobo e fingi que o que tinha dito era apenas uma filosofada qualquer, séria e não ofensiva. Não resolveu muita coisa. A arrumadeira continuou a fazer a cama: repuxava aqui e ali a colcha tingida de tijolo; seus movimentos ficaram tensos, duros como se ela estivesse pronta para revidar um ataque, para gritar por socorro se eu desse um passo em sua direção. E isso foi muito pior, ela ficar calada, continuar a arrumar a cama, sem me olhar, incomodada, talvez com medo;

se tivesse me olhado, acentuado a sobrancelha direita de novo com um circunflexo, se tivesse feito cara de nojo, se tivesse me xingado: teria sido melhor para nós dois. Porque então eu teria pedido Desculpa, teria dito Não queria ofender você, teria simplesmente empurrado o carrinho para fora do quarto, passado a porta, ido embora. Mas ela fingiu que não ouviu o que eu disse, ficou quieta, se preparou para se defender fisicamente de mim, retesou os músculos, armou na garganta o grito pedindo socorro. Eu não consegui trazer de volta a versão educada de mim, o homem que tinham me treinado para ser:

Você deve pegar muito lençol esporrado, toda manhã, eu disse. Aposto que as pessoas não pensam nisso quando trepam, não pensam em você arrumando a cama em seguida, vendo as manchas, sentindo o cheiro. Seu silêncio ficou mais tenso, mais duro. Acuada dentro do quarto, ela arrumava e rearrumava ao infinito a mesma dobra da colcha sobre a cama feita, ajeitava os travesseiros já ajeitados; não olhava para mim, não ousava vir em minha direção, onde estava o carrinho da limpeza e a porta do banheiro, que ainda tinha que ser limpo. Ela sentia medo e eu continuei,

disse Ninguém deve se preocupar com a camareira quando. Não terminei a frase, disse Ninguém deve se preocupar com a camareira quando, e fiz com as duas mãos o gesto que queria dizer transar, foder, trepar. Ela continuou fingindo que não me ouvia, que não viu minha mímica, fingiu que eu não estava ali. Então perguntei Estou certo, ela não respondeu, eu disse São todos uns safados, dei um riso forçado, disse Filhos da puta, e ela ainda sem responder. Se eu fechasse a porta, a beijasse à força,

se a deitasse sobre a cama arrumada, me pusesse sobre ela, forçasse suas pernas a se abrirem,

se pusesse meu pau para fora, tirasse sua calcinha,

se segurasse seus braços, impedisse que se debatessem,

se obrigasse que seus olhos me vissem, encarassem meu rosto sobre o seu, se arrancasse seus peitos de dentro do vestido: chupasse, mordesse, marcasse cada um deles,

se por fim, vencendo sua resistência, se eu me impusesse dentro dela, forçasse meu pau, fendesse seu corpo, lacerasse a boceta em cortes que a lembrariam por dias que estive ali, dentro dela,

e se com as mãos eu estancasse, entre as mordidas e as lágrimas, estancasse o grito que encheria o quarto do qual fui embora assim que a mulher que arrumava a cama começou a tremer. Fui embora, empurrei o carrinho que estava na porta, ganhei o corredor: suas mãos tremeram e eu deixei, fugi do quarto. Desci pelo elevador, até o térreo. Atravessei o hall com uma diagonal. Cheguei à rua, acendi um cigarro. Andei sem me importar para onde ia, apenas segui, fui. E continuei andando.

# OS ANJOS

Herr Schäffer não podia se lembrar de tudo. Sim, era absurdo esperar isso de qualquer um, principalmente de um velho, Bernardo ponderou; seria impossível: ele se lembrar de cada morto que largara na terra, de cada cova, enterro, nome, data. O caipira secretário perguntou a Herr Schäffer, o coveiro fez cara de quem pensa, de quem fuça as próprias memórias, remexe nas lembranças, e por fim disse Não, repetiu Não. O velho não se lembrava, não se lembrou onde tinha posto Brigitte Döringer. O secretário admoestou Herr Schäffer, como se faz com os cachorros, disse Mas não é possível, disse Faça uma força, exclamou Pelo amor de deus, perguntou Como é que não se lembra,

mas o velho não se lembrou, Herr Schäffer, ele não podia se lembrar de tudo. Havia outras soluções, é claro. O secretário disse Amanhã, olhou sério para Bernardo, repetiu Amanhã, e ainda mais uma vez, dando as costas a Herr Schäffer, sem se despedir, sem agradecer, ele disse Amanhã. Prometeu, como se isso valesse de alguma coisa, prometeu Amanhã, disse Todos os arquivos, as pastas, os dossiês, toda aquela papelada, amanhã, vai estar organizada, no devido lugar. Então vai ser mais fácil encontrar a sepultura, explicou sem necessidade, pois era óbvio: com os arquivos todos ordenados, as informações indexadas, seria simples achar o registro do sepultamento de Brigitte Döringer, fosse por ordem cronológica ou alfabética, e no registro constaria, estaria lá: a rua, o número da quadra e da campa. Volto amanhã de manhã, então, Bernardo disse, respondeu, o secretário pediu Não, disse Por favor, venha à tarde,

Bernardo anuiu, confirmou Certo, venho logo depois do almoço. Veio. Mas, antes, parou na praça Goethe. Está ainda lá, parado, olhando o monumento plantado em homenagem ao poeta.[6] Tem medo. Espera que os arquivos do Cemitério Luterano ainda não estejam arrumados, como prometeu o secretário, que todas aquelas pilhas de papéis não tenham sido ordenadas, devidamente catalogadas, tornadas acessíveis. Tem medo porque, consequência da ordem, como em um enunciado positivista, ele vai necessariamente desembocar no túmulo de Brigitte Döringer, sem escolha, sem escapatória;

estando o arquivo inteiro organizado, ele será escoltado pelo homem funcionário, talvez por Herr Schäffer também, assim que chegar ao cemitério: vão levar Bernardo até um túmulo e, com um sorriso de satisfação no rosto por terem encontrado, pela sepultura de Brigitte Döringer não estar perdida, vão sorrir e dizer Aí está, senhor. Por isso procrastina, se senta em um banco da praça Goethe, vê os carros passarem em vez de subir direto a rua de paralelepípedos. Ele diz para si mesmo Ainda é cedo, diz Ainda não voltaram do almoço, diz A secretaria certamente ainda não abriu. E sente o estômago embrulhado,

---

6    A escultura é um emaranhado convulso de corpos, cabeças, braços e pernas. Bernardo identifica Fausto e Margarida, pensa que a cabeça que sai por um dos lados do monumento talvez seja a do Werther, ou do Wilhelm Meister, ou talvez do Mefistófeles. O pouco que leu do Goethe foi realmente muito pouco: não dá para identificar todos os personagens, entender o propósito da obra. O autor, Herbert Föcks (1915-1999), conforme a placa ao pé da escultura, ele devia ser um homem muito perturbado, Bernardo pensa satisfeito, acha que com isso explica alguma coisa.

volta a sensação do primeiro dia, de que nós bem apertados, feitos com barbantes, constrangem seu estômago. Bernardo sente uma vontade ineficaz de se virar para o lado e vomitar, sem pudores, de deitar a vida fora pela boca, de arrotar, de arriar as calças, no meio da praça, e se esvaziar pelo cu, até não sobrar mais nada: nem lembranças, nem sonhos, nem projetos, nem desejos: nada, cagar a vida inteira como se fizesse o preparo para uma colonoscopia. Mas Bernardo sequer consegue saber o que é isso que chama de A Vida Inteira. Queria poder, naquele preciso instante, ter a lucidez necessária para refazer seus passos, todos eles, ou pelo menos os principais, desde o dia em que saiu de entre as pernas de Brigitte Döringer até a chegada àquela praça, Goetheplatz, em Neue Harz, ele, Bernardo, ali, sentado em um dos bancos, olhando os carros passarem;

mas não consegue, é claro que não. Ninguém jamais conseguiu. A vida não é para ser entendida, nem apreendida. Bernardo se levanta do banco, sai da praça, atravessa a rua. Não tomou resolução alguma, apenas segue adiante, automaticamente. Ainda está com medo. Passa o Hospital Luterano, sobe a rua de paralelepípedos. Chega à secretaria, mas tinha razão:

é ainda cedo demais, o horário de almoço não terminou. A porta está fechada, o homem secretário provavelmente ainda come, ou dorme a sesta. Podia se sentar na sarjeta, esperar a porta se abrir, fumar um cigarro enquanto isso; mas não. Bernardo continua andando, não para, sobe a rua, passa a inscrição apocalíptica: entra pela quarta vez no Cemitério da Comunidade Luterana de Nova Harz. De novo ele foge do sol, procura, entre os túmulos, as sombras dos ciprestes, sente a brisa escassa que quase falha em remediar o calor. Sem propósito, vaga, vai andando a esmo pelo cemitério,

passa pelos mesmos túmulos mais uma vez. Evita pegar a rua principal, evita tomar qualquer caminho. Se esgueira entre as sepulturas, vai subindo o cemitério até o alto, em zigue-zague, como uma assombração.

Foge dos mosquitos, que atacam em esquadrilhas. Saindo pela rua lateral, dá em um jardim. Lá embaixo está a cidade, rumorejando aflita. O jardim, ele percebe, é o espaço reservado para as crianças:

é ali que elas ficam, as crianças, os minimortos, plantadas no jardim, também lado a lado, como os adultos, mas separadas deles. Bernardo pensa que a explicação deste cemitério dentro do outro cemitério é tanto geométrica quanto econômica; não há como encaixar esses pequenos túmulos no meio dos outros sem desperdiçar o espaço que, como na cidade dos vivos, tem o seu preço: também entre os mortos cada metro quadrado precisa ser muito bem pago. Bernardo passa pelas lápides, lê as datas, faz a subtração, constata: algumas crianças morreram alguns dias depois de nascerem, talvez não tenham nem aberto os olhos; outras duraram mais, cresceram, começaram a falar, foram para a escola, aprenderam a ler, a escrever, tiveram festas de aniversário, saíram em fotografias, inspiraram sonhos e só depois morreram. Do que morre, afinal, uma criança, ele se pergunta; a resposta é óbvia: as crianças morrem das mesmas mortes de que morrem todos, os adultos, os velhos, os animais de estimação,

vai tudo à merda, em algum momento, e as crianças não fogem à regra. Mas, se entre elas, ali no jardim, se a dor parece ter sido maior, se a morte se mostrou mais pornográfica, também é maior o esquecimento. Bernardo olha ao redor, vê as pequenas sepulturas, percebe: apenas uma delas tem flores frescas. É claro, os pais choraram, mas depois treparam de novo, ninguém aguenta chorar pela vida inteira, nem ficar sem foder para sempre só porque uma criança não vingou, deu de morrer; de tanto treparem, inevitavelmente outras crianças nasceram, cresceram e terminaram de enterrar aquelas que estão ali, esquecidas com toda a justiça que há no mundo. Mas tanto faz. Bernardo cansa, sai da plantação das crianças, do jardim,

começa a descer o cemitério. Já deve ter acabado o horário de almoço, ele pensa, a secretaria do cemitério deve estar de novo aberta: o caipira secretário está lá dentro, os arquivos estão arrumados, ele tem sua resposta. Bernardo desce, passa os túmulos, vai em direção à saída. Não há mais sol, nem calor, nem mosquitos, mas corta caminho entre os mortos, refaz o zigue-zague da subida. Ainda lê uma lápide ou outra, alguns nomes chamam sua atenção, coalhados de consoantes, às vezes com encontros vocálicos prodigiosos, ele os lê, sem parar,

continua descendo. É hora de descobrir onde Brigitte Döringer está enterrada. Nervoso, Bernardo sente vontade de acender um cigarro. Mas não fuma, não para. Agora achou coragem. Continua, vai, ele avança, desce, se esgueira entre os túmulos em direção à saída, à secretaria, e é então que acontece. Bernardo encontra. Não mais procurava, mas lá está, ele encontra,

encontrou. Sua vida mais uma vez é como um filme barato, hollywoodiano, cheio dos piores clichês: começa a chover justamente quando encontra. Estava ali, o tempo todo, no final de um caminho de terra onde a grama já tinha desistido de cobrir o chão, uma pequena rua sem saída, que não leva a lugar algum, com ciprestes em ambos os lados: estava ali, o tempo todo. Ele passou uma, duas vezes pela rua nos outros dias, mas só agora viu, reparou nos túmulos virados para o outro lado. Por algum motivo que não entende, as lápides, as sepulturas estão posicionadas ao contrário, de costas para quem passa pela rua, com a frente dando para os outros túmulos. Ao fundo, ouve, vem vindo, crescendo, ele consegue perceber, cada vez mais claro, Tchaikovski vem galopando com uma orquestra inteira por entre as nuvens. A câmera se distancia, a chuva aumenta, desaba sobre Bernardo, parado diante de um túmulo, a música se alastra e FIM, terminou. Os créditos sobem, as pessoas se emocionaram, as luzes do cinema se acendem, o filme acabou.

# LEIPZIG

# ASPIRAR O CHÃO

Faz alguns dias, eu disse, talvez uma semana. Mas não tenho certeza: perdi um pouco a noção do tempo aqui, em Blumenau. De qualquer forma, concluí, não foi bom. Gabriela quis saber, é claro, perguntou Por que não foi bom, mas não olhou meu rosto, continuou fazendo seu trabalho; não deixava transparecer que estava interessada: ela conversava comigo, fazia as perguntas como se andasse por uma loja de roupas, consultasse na etiqueta o preço de um vestido, de uma blusa, depois de uma calça, apenas por curiosidade, sem intenção nem dinheiro para comprar. Por que não foi bom, ela perguntou, eu não respondi,

não contei, não disse. Podia ter mentido, inventado uma história qualquer se não queria falar sobre mim; faço isso o tempo todo. Mas não: em vez de responder eu devolvi, repeti sua primeira pergunta, disse Quanto tempo faz desde a última vez, desde que você transou pela última vez. Ainda sem olhar para mim, sem parar de arrumar a cama, Gabriela respondeu e eu não acreditei:

Nunca aconteceu, ela disse. Sem constrangimento nem orgulho, apenas disse Nunca aconteceu, como se contasse um truísmo, falasse, por exemplo, A luz do quarto está acesa, ou A janela está fechada. E eu, naturalmente, não acreditei. Porque Gabriela devia ter mais de trinta anos, era, portanto, jovem, mas ao mesmo tempo velha demais para nunca ter trepado; e porque era bonita, a vida já a tinha gastado um pouco, no entanto era bonita, seu corpo fazia inevitavelmente um homem pensar em sexo: por isso não acreditei quando ela afirmou negando Nunca aconteceu. Mesmo assim me controlei, não disse É impossível, não falei Você só pode estar brincando; apenas sussurrei, como se pensasse em voz alta, eu disse Então você é virgem. Gabriela me corrigiu,

proclamou, com alguma pompa, disse Eu sou assexuada. Puta merda. No silêncio que se seguiu, eu, parado junto à porta de um quarto que não era o meu, eu imaginei o corpo de Gabriela escondido debaixo do vestido, do uniforme ordinário do hotel; a mulher que se movimentava ao redor da cama, esticava os lençóis, afofava os travesseiros, eu a imaginei nua, deitada sobre aquela cama, e não, não me conformei, não era possível. Eu sou assexuada, ela tinha dito. Medi seus peitos, o quadril, medi as coxas, a bunda, o rosto onde dois olhos quase azuis brilhavam, e definitivamente não podia ser. Nunca aconteceu, ela explicou. Tão incrédulo quanto confuso, perguntei O que você quer dizer com isso, afinal,

citei a definição dela, disse Assexuada, entre aspas, e repeti O que você quer dizer com isso exatamente. Minha preocupação era o prefixo indicando negação, a-, colado em -sexuada; mais do que significar que Gabriela não gostava de sexo, a palavra escolhida parecia dizer que ela não tinha sexo. Como é possível, me perguntei, me perguntava alarmado Como é que é isso. Se fosse assim mesmo, concluí por fim, se fosse do jeito que tinha entendido, seria pior do que se Gabriela fosse uma criança, ou uma velha cansada. Mas não, não era possível. O que você quer dizer com isso exatamente, perguntei e ela explicou,

disse É por causa dos remédios, contou Já faz tanto tempo, repetiu Os remédios é que me deixam assim. Eu concordei, disse Sim, disse Entendo;

mas não entendia, nem concordava, não sabia que remédios eram aqueles, nem do que Gabriela estava falando. Eu simplesmente não tenho vontade, ela continuou, o sexo nunca me interessou, nem um pouco. Tirava o pó de cima da pequena mesa de cabeceira. Não sinto nada, ela disse, eu suspirei, ela continuou

Por exemplo, Gabriela disse, sei muito bem o que é desejar, o que é querer uma torta de morangos. Ela está lá, a torta, na geladeira, eu penso nela e sinto vontade; sim, você vai rir, mas posso, no meio da noite, sair da cama só para abrir a geladeira e comer um pedaço. Eu entendo, então, o que é desejar, o que é querer alguma coisa, Gabriela falou, eu olhei sua bunda, tirei a calcinha dela por baixo do vestido. Mas não quero, não desejo, não tenho vontade alguma em relação a um homem, ela disse. Apertei, ainda parado na porta do quarto, imóvel, eu apertei sua bunda, subi minhas mãos até seus peitos; pensei Puta merda, e suspirei de novo. Sexo é indiferente para mim, Gabriela concluiu e eu não me conformei,

eu não me conformava, não conseguia de jeito algum. Não acreditava que fosse possível. Sim: desejar uma torta de morangos é algo aprendido, eu ponderei, ainda apenas para mim mesmo, calado; mas uma mulher desejar um pau entrando pelo meio de suas pernas, não, isso não depende de aprender, de querer, de saber: todas as mulheres desejam um pau, postulei idiotamente, como todos os homens querem uma boceta, é a lei universal. Gabriela passava o pano de pó na tela da televisão; depois limpou os quadros, o vidro que protegia a arte impressa em série, duas telas iguais para cada quarto do hotel; passava o pano, em movimentos retilíneos, da esquerda para a direita, de cima para baixo. Por fim eu disse Não acredito, me desculpa, mas eu não acredito;

Gabriela não se incomodou com minha incredulidade. Insisti, provoquei Isso não é possível. Ela continuou quieta. Olhou para mim e deu de ombros, como fazem os atores no teatro, ou os personagens nos livros. Depois veio em minha direção, com as sobrancelhas levantadas, os lábios contraídos quase em um sorriso. Não estava mais insegura, como nas primeiras vezes em que me postei ali, na porta do quarto, fiquei assistindo a ela trabalhar. No final da adolescência, ouvindo minhas amigas conversarem, Gabriela disse, não tive mais nenhuma dúvida:

aquilo, os garotos, os namorados, o sexo, aquilo não era para mim. E é só isso, ela falou, não tem mistério algum, é apenas isso, assim, simples e claro. Ficamos um de frente para o outro; Gabriela sorria, ou quase, esperava minha reação, que não houve: um gesto ficou engasgado entre nós dois. Ela voltou ao começo da conversa, disse com uma entonação dúbia, falou Portanto, trate de acreditar: ainda sou virgem. De novo tirei seu vestido, preenchi minhas mãos com seus peitos enquanto ela me explicava, ela disse Eu gosto do calor, dos abraços, gosto de me sentir segura, aninhada no peito de um homem,

mas depois. Não deveria existir o depois, essa era a diferença entre Gabriela e as outras mulheres, eu compreendi, completei a frase que ela deixara inacabada; o abraço não deveria evoluir para o beijo, o beijo não deveria virar uma mão percorrendo seu corpo, em pouco tempo procurando debaixo da blusa, vasculhando entre suas coxas. Com você eu não ia aguentar ficar só no abraço, falei, parece que em voz alta, porque ela riu, parou de olhar séria em meus olhos e riu,

depois entrou no banheiro. Recolheu as toalhas molhadas, largadas no chão. Achei que você me entendesse, ela disse, ao lado da privada, encarando a lata de lixo cheia de papel higiênico sujo de merda. Eu menti Sim, disse É claro que entendo você. Fechei a porta do quarto, entrei no banheiro, tirei a roupa dela, a minha, verifiquei a veracidade de toda aquela história; fiz isso de novo sem me mexer, sem sair do batente da porta, onde estava escorado, imóvel. Gabriela ainda era virgem. Sou assexuada, ela tinha corrigido, tinha dito. Trate de acreditar.

# AS VALQUÍRIAS

Bernardo vai pela Wurststrasse no sentido da Prefeitura.[1] Ainda não almoçou. Mas não tem fome. A efedrina faz o gosto amargo em sua boca, que ele piora fumando um cigarro. Atravessa a rua procurando sombra. Passa pela Catedral; a torre é separada do resto da construção, como em Pisa. Chega ao Teatro Richard Wagner, avança pelo jardim com jeito de praça. Desde o dia anterior, a procura de Bernardo ficou consideravelmente mais complexa:

o homem secretário disse Sinto muito, não há nenhuma Brigitte Döringer enterrada aqui. No meio do jardim com jeito de praça, que preludia o teatro, há um aglomerado caótico de ferro retorcido aspirando à condição de arte; destoa pela modernidade excessiva, em

---

[1] A cidade a sua volta é falsa, protética. Ele não conhece o nome das flores, mas há um monte delas, em vasos ou pequenos canteiros, florindo desavergonhadas por todos os lados. O colorido das flores, borrando as calçadas, faz a rua parecer um cenário de propaganda publicitária: está tudo pronto para um anúncio de desodorante feminino, ou de absorventes íntimos: daqui a pouco começa a tocar Vivaldi e uma mulher vai cruzar a frente de Bernardo, saltitante como uma gazela, inacreditavelmente fresca no calor excessivo de Nova Harz.

oposição às linhas marciais da fachada do Richard Wagner. A dificuldade inicial de Bernardo, que residia apenas em saber qual dos túmulos do pequeno Cemitério Luterano era aquele em que tinham enterrado Brigitte Döringer, se estendeu, se amplificou, ganhou novos limites. Bernardo segue até a porta de entrada do teatro; está fechada. O problema dele, então, em sua nova configuração, passou a ser: em qual cemitério Brigitte Döringer está enterrada. Ele contorna o teatro pela rua lateral,

procura outra forma de entrar. Uma porta anuncia Conservatório do Teatro Richard Wagner. Bernardo passa e Boa tarde, a mulher diz. O nome dela é Hannelore, segundo o crachá alfinetado em sua roupa, próximo a um seio de tamanho médio, bem contido atrás do soutien de bojo duro. Blumenau possui, além do Cemitério Luterano, o Cemitério Municipal, o cemitério do distrito da Cidade Velha e o Cemitério Ecumênico. Os dentes de Hannelore são polidos e estão milimetricamente enfileirados dentro da boca; ela pergunta Posso ajudar. Bernardo tenta sorrir em troca da pergunta; pula a retribuição do Boa tarde e se apresenta,

Sou mestre em Música Contemporânea, ele diz, professor titular da Universidade Federal de São Paulo, e estou fazendo o doutorado em. Hannelore não se mexe: o sorriso está emperrado como uma janela velha em sua cara. Minha tese é sobre. Bernardo vacila, pergunta a si mesmo se ela já sabe que está mentindo. Anton Stein, minha tese, ele diz, é sobre a

---

E ele vai sentir vontade de comprar o desodorante, mesmo suando e fedendo como homem, ou o absorvente, ainda que não tenha uma boceta que sangre uma vez por mês. Há ainda a arquitetura, em estilo alemão:

os telhados tendendo para o hexagonal, prontos para aguentar a neve que nunca cairá, a madeira aparente, as janelas tão delicadas ajudam na sensação de fraude que Bernardo sente ao caminhar pela Wurststrasse. Se os homens se vestissem como Fritz, as mulheres como Frida, tornariam a ilusão completa, Nova Harz se descolava dos trópicos e aterrissava no meio de uma Europa de desenho animado; o turismo agradeceria. Bernardo odiaria a cidade um pouco mais.

obra do grande compositor ucraniano, Anton Stein. Há uma pausa; Bernardo espera Hannelore dizer alguma coisa, ou tirar o sorriso do rosto, acenar com a cabeça informando que entendeu algo do que ele acabou de dizer. Mas não, ela continua congelada atrás do guichê da secretaria do conservatório, esperando que ele diga, de uma vez, o que quer. Mas Bernardo não diz,

ele apenas explica, em vez de ser prático, direto, explica que Anton Stein era de Kamenets-Podolsky, ensina que deixou uma vasta obra como compositor e diz também que ele. É claro, Hannelore diz, depois de recolher o sorriso. Bernardo se cala, espera. Brigitte Döringer pode estar enterrada em qualquer um dos outros três cemitérios de Blumenau. É possível que tenha exagerado nas mentiras, Bernardo pondera, ou na encenação professoral. O senhor precisa falar com o maestro Michel Bertrand, ela diz, Hannelore, a secretária, com um ar de superioridade que Bernardo engole a seco. Há ainda outra possibilidade:

Brigitte Döringer pode ter sido enterrada em São Cristóvão, a mais ou menos 30 km de Nova Harz. Hannelore informa Bernardo de que o maestro Bertrand está preparando um livro sobre Anton Stein; depois se corrige, diz Outro livro sobre Anton Stein. Ela se levanta da cadeira, sai detrás do guichê da secretaria por uma portinhola e, com um gesto, convida Bernardo: que ele a siga. Não foi apurado ainda, ele não sabe quantos cemitérios a cidade de São Cristóvão possui. Enquanto vão pelos corredores do teatro, na parte dos fundos, reservada ao ensino da música, Hannelore alardeia que o maestro Michel Bertrand, além do principal biógrafo de Anton Stein, é também o atual regente do Teatro Richard Wagner, da orquestra e do coro, além de professor no conservatório. O acidente que matou Brigitte Döringer aconteceu perto de São Cristóvão, o que justificaria a terem sepultado lá. Bernardo diz Ah, diz Sim, diz Certo; está claro: não quer saber de Anton Stein, nem de música ucraniana feita nos trópicos, menos ainda do tal maestro Bertrand;

ele apenas busca alguma informação, uma pista de onde enterraram sua mãe. Se morreu no acidente de carro em que morreu também Anton Stein, um estudioso ou biógrafo do compositor pode muito bem saber onde ela foi enterrada. Essa foi a ideia que ocorreu a Bernardo na noite anterior, depois do fiasco no Cemitério Luterano, enquanto bebia cerveja e assistia na televisão a uma criança, em um ataque histérico bastante adulto, arrancar os seios falsos de silicone implantados sob sua roupa e gritar, soluçante, Eu nunca vou ganhar, repetir gritando Eu nunca vou conseguir ganhar o concurso. Hannelore para, faz um sinal com a mão para que Bernardo aguarde;

ela entra em uma sala de aula, ele obedece, espera do lado de fora. Hannelore reaparece e diz Em quinze minutos a aula termina, o maestro Bertrand vai poder conversar um pouco com o senhor. É também possível, e apenas agora esta hipótese é levantada, que o corpo de Brigitte Döringer tenha sido levado para a ilhota no litoral de São Paulo, a cidade para onde ela se mudou depois de casar, onde Bernardo nasceu e ainda vive. Ele agradece. Sente vontade de mandar a mulher secretária à merda: não quer esperar. Mas se cala. Depois vai atrás dela, de Hannelore, em vez de ficar lá, de pé, na porta da sala de aula, parado no corredor vazio. Explica, diz a Hannelore Vou fumar um cigarro. Sai do teatro, volta para o jardim com jeito de praça,

caminha fazendo voltas imperfeitas enquanto fuma. Na ilhota no litoral de São Paulo há três cemitérios. Bernardo não conhece mais do que duas ou três composições de Anton Stein; ele se dá conta, fica claro: não tem condições de passar por grande conhecedor da obra do ucraniano, caído em Nova Harz para coletar informações para uma tese de doutorado. Ele se arrepende, acha idiota a ideia, não entende por que mentiu. Na placa ao pé do aglomerado escultural no meio do jardim, o escultor que assina a obra, Herbert Föcks, jura que aquele monte retorcido de ferragens são valquírias. O cigarro termina. Bernardo volta para dentro do teatro, para o conservatório, passa pelo guichê da secretaria sem sorrir nem acenar para Hannelore. Segue pelo corredor, no sentido contrário das crianças que fogem para a luz, como vampiros invertidos. Fazendo a simples soma: 3 + 1 + 3 se chega ao número 7; sete são os cemitérios em que Bernardo agora precisa procurar o túmulo de Brigitte Döringer. E esse número leva em consideração a hipótese de que em São Cristóvão haja apenas um cemitério; caso contrário, a busca ficaria ainda mais complicada. Bernardo chega à sala de aula, para na porta, não entra;

Bertrand, o maestro, está de pé lá dentro, arrumando suas coisas, com pressa. Bernardo se surpreende: imaginou que encontraria um homem de cabelos brancos, com mais de sessenta anos de idade. Mas não. O maestro, especialista na obra de Anton Stein, e também regente do coro e da orquestra do teatro, e ainda professor no conservatório, o maestro aparenta ter a sua idade. Sorri, Bertrand, ele sorri quando vê Bernardo parado na porta. Vai em sua direção, com a mão estendida na frente do corpo, o cumprimenta sem tirar o sorriso da boca. Antes que Bernardo consiga desfazer, explicar as mentiras, Bertrand o chama de Professor, o trata com a camaradagem pegajosa que se estabelece entre as pessoas que têm o mesmo vício, ou a mesma profissão;

ele lança frases elogiosas sobre a Universidade Federal de São Paulo, afirma que conhece o trabalho de Bernardo, diz que sua visita o deixa honrado. Um sorriso amarelo fica encalhado em sua cara, na de Bernardo, torto, a ponto de naufragar. Ele procura uma forma de terminar com a farsa, de dizer que não é quem Bertrand pensa, que não é exatamente aquele que lhe foi apresentado. Mas há um espírito de porco em Bernardo, um pavão cheio de soberba que o impede, por fim, de contar a verdade, de abandonar a encenação. Então diz Sim, diz A honra maior é minha, maestro, diz Acompanho suas pesquisas já há algum tempo, diz Anton Stein é um gênio incompreendido;

agora está feito: não há mais volta. Bernardo ganha um título, Mestre, ganha uma profissão nova, Professor Universitário. Mas Bertrand está com pressa e se desculpa. Ele pega sua maleta e diz Sinto muito, marca outro dia, outro lugar para conversarem; está interessado, quer saber mais sobre a tese de doutorado de Bernardo, que diz simplesmente Não se preocupe, em vez de perguntar, direto e preciso, Você sabe onde enterraram Brigitte Döringer. Sim, ele diz apenas Não se preocupe, e confirma o encontro, diz Será um prazer. Saem da sala de aula e vão pelo corredor, andando rápido. Na rua, Bertrand entrega a Bernardo um envelope pardo;

o envelope está recheado com artigos sobre Anton Stein, além de uma curta biografia com edição do próprio maestro. Bertrand avisa que Bernardo deve ler o material tendo em mente que foram escritos para um público leigo. Apertam de novo as mãos. Bertrand atravessa a rua, correndo. Bernardo acende um cigarro para digerir a sensação: de que perdeu mais uma batalha, mais uma vez.

# VOCÊ TEM QUE FERVER E DEPOIS DEIXAR AMORNAR

Roberto disse Boa noite, o porteiro respondeu Boa noite, Roberto pegou o elevador, foi pelo corredor até a porta de Constantina; pôs a chave na fechadura, deu duas voltas, girou a maçaneta, entrou e ela tinha um bebê. Sim, em seu colo, como uma boneca de plástico, havia um bebê e Constantina disse Chhhhh, disse Não faz barulho. Roberto sofreu um processo instantâneo de mumificação:

ficou parado depois da porta. Acabou de dormir, ela disse, foi na direção dele. Tinha os passos amortecidos das mulheres que carregam um bebê no colo, que andam como se fossem um berço e quisessem embalar a criança. Ela beijou Roberto no canto da boca, ali onde apareceriam covas se ele sorrisse; não beijou seus lábios. Mas ele não sorria, não sorriu: não gosta de crianças,

também os bebês de colo, Roberto não os tolera: são minicrianças, com todos os inconvenientes potencializados em uma razão inversa ao tamanho. Dormindo, era apenas uma trouxa de roupas que Constantina aguentava nos braços: não balbuciava, não chorava, não mexia os braços e as pernas feito uma barata morrendo envenenada, de costas no chão da cozinha; era suportável. Mas em algum momento acordaria. Constantina mostrou, virou a criança para Roberto, mas ele não quis ver,

não tocou, não a pegou no colo. Não perguntou De quem é o bebê. Foi até a cozinha, pegou a garrafa de whisky, se serviu; voltou para a sala, se sentou na cama, que era também o sofá. Bebeu, quieto. Não ofereceu o whisky a Constantina; estava claro: ela não aceitaria, por conta do novo papel maternal. E era possível que, por causa da criança, também não fodesse mais. Roberto sentiu raiva. O bebê que dormia, no colo de Constantina, fazia dele, do homem, uma peça que sobrava, que não se encaixava mais na engrenagem daquele apartamento. A criança era um estorvo: Roberto perdia seu tempo ali dentro. Ele teria ido embora,

teria bebido o whisky todo, de uma só vez, deixado o copo sobre a pia da cozinha e ido embora, sem dar a Constantina um beijo ou uma explicação. E, voltando para casa, ainda com raiva, teria desejado que o bebê engasgasse, enfermasse, morresse. Mas Constantina se sentou a seu lado, na cama, antes de Roberto desistir; tinha o bebê no colo, apagado, e disse Quer ver, disse para Roberto Quer ver uma coisa. É claro: ele não queria ver,

Roberto não queria ouvir também, não queria segurar no colo a criança, nem limpar, sorrir, brincar. Mas Constantina não esperou que respondesse, suas perguntas eram sempre retóricas, não indagavam, não pediam resposta alguma; ela não esperou que respondesse, mostrou. Passou a mão pela cabeça da criança. Repetiu o gesto e sussurrou Ei, disse Acorde. Desfez a cesta de seus braços, pôs o bebê na posição vertical. A criança acordou:

começou a chorar, gritou um balido não humano, hediondo, que encheu o apartamento todo, ricocheteou pelas paredes sem quadros e deixou a Roberto apenas uma saída: a porta por onde havia entrado. Ele se levantou, mas Constantina disse Espera. Roberto contestou Preciso ir embora mais cedo hoje. Eu quero mostrar uma coisa para você, ela pediu. Bebeu o resto do whisky, Roberto, bebeu de uma vez só, foi até a cozinha, deixou o copo sobre a pia. Mas não foi embora depois. Voltou para a sala e Constantina tinha um dos seios para fora da blusa, esgarçando o decote em V. Ela disse Olha só isso,

pôs o peito, o bico dele na boca da criança. O bebê automaticamente começou a sugar. O choro cessou. Roberto ficou parado, de pé, no meio da sala, olhando Constantina e o pequeno animal humano em seu colo. E sorriu; tão logo Roberto entendeu o que estava acontecendo, ele torceu a boca, sorriu. Constantina fechou os olhos. Suas pálpebras fremiram como as asas de um pombo, ela mordeu os lábios;

a criança continuava, chupava seu seio, sugava, mesmo que não houvesse leite. Constantina apertou o peito que estava ofertado, o fez ficar mais pontudo. Ela pediu Me ajuda aqui, disse Me ajuda a tirar isto aqui. Roberto ajudou, soltou o soutien, depois fez a blusa sair pelo pescoço de Constantina. Ela atarraxou a boca do bebê no outro seio,

ele fez como antes, sugou, chupou de olhos fechados, com uma voracidade mecânica. As coxas de Constantina se espremeram uma contra a outra. Me beija, ela pediu, pendeu a cabeça na direção de Roberto; ele a beijou, chupou sua língua, áspera e molhada, mordeu seus lábios, encheu a mão com o seio que sobrava. Constantina disse Vem cá, disse Fica na minha frente. Ele obedeceu,

e obedeceu de novo quando Constantina pediu Põe o pau para fora. Me deixa chupar você, ela disse. A criança, no colo, alheia, continuava a sugar sem proveito o seio seco de Constantina. Ela, com a mão que ficava livre de arcar com o peso do bebê, começou a se masturbar. Roberto pôs o pau em sua boca. Ficaram assim,

Roberto de pé na frente de Constantina, ela sentada na beirada do sofá com a criança no colo aferrada em seu seio. Ele teria gozado na boca de Constantina, ou sobre ela e a criança, sem controle, se o choro não tivesse subitamente se instalado no bebê, que parecia finalmente ter percebido a fraude. Urgente, Roberto disse Deixa a criança, disse Vem, disse Tira a calcinha;

não se importava com o choro, o vagido estranho que ecoava pelo apartamento: tinha que foder com Constantina, precisava morar e depois morrer dentro dela. Ele repetiu Vem, com mais urgência, repetiu Deixa a criança, mas Constantina disse Não. Ela deixou o bebê no sofá, mas não foi, não tirou a calcinha. Ele ficou ali, Roberto, ele ficou parado, de pé, com o pau para fora, apontando para algum ponto impreciso na intersecção da parede com o teto. É hora da mamadeira, Constantina disse, explicou,

se levantou e foi até a cozinha. Não se importou com o homem feito estátua no meio da sala. Estava, de novo, incompreensível e maternal. Roberto fez o pau caber como pôde dentro da roupa, foi até a janela. A cidade continuava a mesma de todas as noites: era cinza e tinhas as luzes acesas, com um céu morto por cima, sem lua nem estrelas. Vai ter que ficar para amanhã, Constantina disse quando reapareceu, vinda da cozinha com uma mamadeira na mão e uma blusa diferente cobrindo de novo os seios. Ele odiou ainda mais as crianças, os bebês;

andou pelo apartamento, inquieto. A irritação de não ter gozado se destilaria em mau humor em poucos minutos. O bebê aceitava o líquido branco, sua boca o puxava de dentro da mamadeira; não chorava mais. Constantina olhava para ele com um sorriso que Roberto não conhecia, nunca tinha visto em seu rosto. Ele tentou não ser grosseiro quando se despediu. Constantina não se importou que fosse embora. Roberto disse Boa noite, e perguntou Amanhã nos vemos.

# HEIDEGGER, NIETZSCHE E SCHOPENHAUER

Era evidente, em algum momento aconteceria: a pergunta evitada a vida inteira se apresentaria completa, clara diante de Bernardo. Não havia como procurar por Brigitte Döringer, pelo túmulo dela, ir ao Cemitério Luterano, ir ao Teatro Richard Wagner sem que, em algum momento, a pergunta se intrometesse entre um pensamento e outro, confrontasse Bernardo e requisitasse uma resposta. A pergunta: Por que Brigitte Döringer morreu e eu não. Roberto a fez em uma daquelas noites, no bar do hotel, olhando fixamente para o copo de whisky;

não tinha mais medo de pensar sobre isso, ou não conseguia mais escapar. Sozinho, sem as distrações pretensamente sérias do Escritório, eu deixei que a pergunta se formulasse, Por que Brigitte Döringer morreu e eu não; com raiva, eu quis achar uma resposta. Bernardo sabia: mais do que um problema simplesmente filosófico, ou existencial, a pergunta tinha aspectos físicos, mecânicos, concretos. Eu tinha cinco anos de idade e estava no colo dela, dentro do carro. O carro que Anton

Stein dirigia, que saiu da estrada, desceu um barranco, capotou e matou Brigitte Döringer,

mas Bernardo não morreu. Ela foi lançada para fora do carro; eu, que estava em seu colo, continuei dentro dele, seguro e, principalmente: vivo. Roberto quebrou uma clavícula, ainda tem nos braços e nas pernas as cicatrizes, atenuadas pelos anos, dos cortes que choveram sobre ele; mas não morreu. Ele subiu para o quarto;

passei a recepção do hotel, peguei o elevador, subi para o quarto, me deitei na cama. Roberto não quis falar com Constantina, eu não quis telefonar para casa. Qual o sentido de uma mãe que morre no lugar do filho: essa seria a pergunta que faríamos a elas, a Constantina e à mulher largada com o gato, mas não fizemos, apenas nos deitamos sobre a cama, Bernardo se deitou, acendeu um cigarro e ficou fumando no escuro. Sem escovar os dentes, sem mijar, sem tirar a roupa, os sapatos, sem acender a luz;

eu apenas me deitei na cama, acendi um cigarro, mesmo sabendo que não era permitido, que o hotel não tinha quartos para fumantes. O que agoniava Bernardo não era o gesto daquela mulher distante, que chamo pelo nome e sobrenome, Brigitte Döringer, na incapacidade permanente de a nomear simplesmente Mãe; o que agoniava Roberto era, considerando que tenha havido uma intenção por parte dela, o sentido daquele gesto no tempo, apontando para o futuro, gerando consequências. A interrogação evitada por tantos anos, Por que Brigitte Döringer morreu e eu não, era para mim uma busca pela razão de tudo:

Para que Brigitte Döringer morreu e eu não. Roberto não queria saber o que tinha acontecido naqueles instantes finais, enquanto o carro descia pelo barranco, ou capotava. Não importava para mim se entrara em ação o que chamam de instinto materno, se isso existe mesmo, se é real, se uma mãe troca sua vida pela de um filho. Bernardo se perguntava, em vez disso, qual era o sentido de sua vida, da minha, da vida de Roberto, se custou a vida de outra pessoa. Inerte na cama, eu fumava;

tinha apenas os movimentos indispensáveis para levar o cigarro à boca, inalar a fumaça, depois a soprar de volta em direção ao teto. Era importante que achasse alguma justificativa para meus dias. O que eu tinha feito, o que iria ainda fazer para que minha vida valesse a de Brigitte Döringer. Essa questão deveria ter sido colocada toda manhã, desde os cinco anos de idade, era isso o que Bernardo achava; mas Roberto sabia que não, que a vida teria sido então inviável:

eu teria enlouquecido em vez de ter me tornado digno de sua morte. A pergunta, Por que ou para que Brigitte Döringer morreu e eu não, ficara esquecida; ela mesma, Brigitte Döringer, tinha ficado esquecida, a ponto de eu não saber onde estava enterrada, Bernardo ter que vasculhar o Cemitério Luterano, lápide por lápide, para que eu pudesse, pela primeira vez, estar diante de seu túmulo. Também o pai de Roberto esqueceu, não mencionava Brigitte Döringer, nunca falou sobre ela;

ele não conseguiria me dizer, esclarecer nada. Sim, mas tente, por favor, me explique por que ela não estava em casa, a seu lado, mas em uma cidade distante, Blumenau ou Nova Harz, na estrada que leva a Blumenau ou Nova Harz, dentro de um carro que não era dirigido pelo senhor, e, puta merda, principalmente isso, isto: tente me explicar por que eu estava lá, no colo dela, no mesmo carro que o tal compositor estrangeiro, Anton Stein, fez sair da pista, descer por um barranco e capotar. O pai de Bernardo nunca deu as respostas, jamais mencionou onde Brigitte Döringer estava enterrada;

ele morreu quieto, o pai de Roberto, quieto porque eu nunca perguntei. O acordo que não fizemos, estava lá, esteve, sempre presente, atualizado entre nós dois: não falar, não perguntar, não querer saber sobre Brigitte Döringer. Mas, em Blumenau, eu finalmente quebrava o pacto, eu queria falar, queria perguntar, queria saber; mas já não seria ele quem responderia, quem me daria as explicações. Quando terminei de fumar o cigarro, Roberto acendeu a luz do quarto,

Bernardo se sentou na cama. Com a luz acesa, pensei que tudo aquilo era uma grande idiotice. Roberto quis rir; ele concluiu, ao fim, que nada o obrigava a ser melhor do que os outros, ou melhor do que eu vinha sendo. Brigitte Döringer ter morrido e eu não, ela ter atravessado o para-brisa do carro e Bernardo ter ficado seguro dentro dele, vivo, Roberto apenas quebrou uma clavícula, teve cortes por todo o corpo, que depois cicatrizaram, quase não sobraram as marcas:

Brigitte Döringer ter morrido não mudava nada, era um fato oco, não tinha qualquer significado especial. Eu acendi outro cigarro e Roberto disse, no meio do quarto, de pé, Eu não devo nada, ele disse Não há qualquer dívida a ser paga, e disse Nada há a ser justificado. O vazio se abriu, se alastrou diante de Bernardo, sob seus pés. Talvez Roberto tivesse bebido demais. Mas eu concordo, concordei: o tempo corrompe tudo; heroísmo, coragem, bondade, abnegação, amor são apenas palavras. Tudo o tempo corrói e torna sem peso. Brigitte Döringer morreu para que eu calculasse balancetes no Escritório, e ainda os calculasse errado, para que Roberto fodesse com Constantina às escondidas, para que Bernardo precisasse inventar Nova Harz. Eu estava vencido

pelo sono, pelo cansaço: vencido. Bernardo apagou a luz, Roberto se deitou na cama, eu dormi sem tirar a roupa, o sapato, sem escovar os dentes, sem mijar. O gesto mais sublime do qual eu tinha podido participar terminava de morrer naquela noite, de se transformar em nada. A partir de então nós estávamos completamente livres.

# LIMPAR A PRIVADA

O pai de Gabriela nunca se casou com a mãe dela. Gabriela era ainda pequena quando ele se mudou de cidade; isso foi tudo, é como se nunca o tivesse conhecido. Eu disse, como de praxe, disse Sinto muito, mas ela disse Franz, não sinta, explicou Eu mesma não sinto nada. Como a mãe nunca se casou, e com o acréscimo da avó, Gabriela cresceu em um lar perfeito e feminino, apenas as três, sem os homens e sem os estremecimentos gerados pela testosterona;

a esse lar perfeito e feminino Gabriela voltava todas as noites, quando terminava o expediente no hotel. Ela me contou isso de dentro do banheiro, misturando sua voz ao som da descarga e da escova que limpava a privada com gorgolejos aquosos. Pegou o desinfetante do carrinho da limpeza, disse Não estou acostumada com os homens, voltou para o banheiro. Eu, como sempre, a ouvia desde meu posto: parado sob o batente da porta aberta, sem entrar no quarto dos outros hóspedes. Ela me perguntou Você não vai mais embora de Blumenau,

eu respondi Não sei; era claro que iria embora, tinha que ir, mas a verdade é que não sabia mais quando: a auditoria no Escritório não tinha data para terminar. Ela disse Não tenha pressa, gosto da sua companhia. Me fiz de importante, falei Tenho ainda algumas coisas para resolver aqui na cidade. Entendo, ela disse, depois pediu Espera um pouco, explicou Preciso fazer uma coisa. Esperei. Sem fechar a porta, ela começou a mijar;

eu não a via, mas dava para ouvir, vindo de dentro do banheiro, o barulho da água caindo contra a água, Gabriela mijando. Ou esvaziava, meticulosamente, o desinfetante na privada, simulando o mijo. Mas eu não podia entrar no quarto, não podia olhar para dentro do banheiro; essa era a regra do hotel, também a nossa regra: Gabriela limpava os quartos e eu ficava sob o batente da porta. Ela terminou, o barulho cessou, ela acionou a descarga. Continuei sem saber que jogo era aquele; pensei que minha estada em Blumenau talvez se prolongasse por causa dela,

ou eu gostava de fantasiar que era assim, que era Gabriela quem me prendia naquela cidade. Provavelmente ela sabia: eu queria entrar em um daqueles quartos, fechar a porta e foder com ela. Era um jogo perigoso para Gabriela, que me mantinha em um limiar precário, a seguindo de quarto em quarto, todas as manhãs. Em algum momento eu podia não consentir mais em ficar apenas na porta, podia me permitir fazer o que quisesse, dar vazão ao que ela provocava em mim. Gabriela continuava arriscando, jogando, me provocando, todos os dias,

enquanto limpava os quartos, arrumava as camas, aspirava o chão, lavava as privadas, as pias, trocava as toalhas de banho, repunha os sabonetes. Mas era possível que eu estivesse entendendo tudo errado. Gabriela era virgem ou não era, eu não sabia mais, não conseguia ter certeza. Ela me deixava olhar, querer, seguir seus passos enquanto trabalhava. Não era possível que não sentisse nada em relação ao sexo, aos homens; ou talvez fosse assim mesmo. Contava sua vida íntima porque confiava em mim, um estranho que nunca vira antes e que não tornaria a ver depois que eu fosse embora; ou simplesmente porque tinha entendido que eu era inofensivo. Sim, eu era inofensivo,

Gabriela descobriu que não precisava ter medo de mim na primeira vez em que nos encontramos, em meu quarto. Ela estava encurralada, suas mãos tremiam, não ousava olhar em meus olhos: ficou refazendo a mesma dobra no lençol até que eu fosse embora; e eu fui. Não toquei em Gabriela daquela vez, nem nunca desde então. Eu era inofensivo: por isso ela abaixava a calcinha, se sentava na privada e mijava com a porta aberta. Meu pau ficou duro;

mais uma vez, porém, não entrei no quarto, não fechei a porta, não fui atrás dela. Gabriela saiu do banheiro ajeitando o vestido do uniforme. Desculpa, estava muito apertada, ela disse, depois pediu Não conte a ninguém, por favor, explicou Os funcionários não podem usar o banheiro dos hóspedes. Minha respiração estava acelerada, ela percebeu. Ajeitei o pau dentro da calça, para que coubesse ali da melhor forma; ela percebeu. Olhei seu corpo com os olhos fixos demais, Gabriela também notou, soube;

ela parecia ter a noção exata do estado em que me deixava. Já terminei o quarto, ela disse. Estava na minha frente, parada; fazia menção de sair, ir em direção ao carrinho de limpeza, estacionado no corredor. Eu sorri com um sorriso bobo, mas não saí do lugar. De novo ela disse Desculpa, olhou para o chão. Não me mexi. Ela perguntou Não quer ir no banheiro também,

sugeriu Se quiser ir lá, fazer, você sabe, não tem problema. Sim, tudo bem se você precisar, ela disse. Deu um passo para trás, deixou livre o caminho da porta do quarto até o banheiro. E antes que eu pedisse, Gabriela esclareceu Não, disse Não vou ajudar você. Mas convidou outra vez, disse Se quiser, não tem problema. Claro, eu iria até o banheiro, deixaria também a porta aberta, bateria punheta até gozar e depois diria, lavando as mãos, diria que a privada precisava ser limpa de novo, sairia arrumando a roupa, como ela tinha feito;

mas não, não fui, não fiz. Apenas me desculpei, sem saber por quê, disse Desculpa, disse Obrigado. Gabriela tinha razão: eu era inofensivo.

Ela me desafiou e eu não aceitei, perdi o desafio, capitulei antes de tentar. No corredor, empurrou o carrinho com as roupas sujas, os produtos de limpeza, fez as rodas gemerem até chegar ao próximo quarto. Era possível que fosse tudo mentira, uma grande brincadeira:

Gabriela não era virgem, nem assexuada. Sua boceta, naquele momento, podia estar salivante debaixo do vestido do uniforme, molhando a calcinha, pedindo meu pau. Mas eu não conseguia me convencer se era assim mesmo, se ela me provocava ou se apenas. Não sei, não sabia. Gabriela bateu na porta do quarto ao lado, esperou, depois entrou. Eu precisava entender, de uma vez por todas, eu tinha que saber. Ela abriu as cortinas, recolheu uma garrafa de água largada no chão, começou a tirar a roupa da cama. De novo, fiquei parado na porta, sem entrar, apenas olhando.

# LÁPIDE, EPITÁFIO, DECORAÇÕES ARTÍSTICAS ONDE UMA CARNE SE PUTREFAZ

Por alguma razão, ou talvez sem motivo algum, alguns túmulos estão virados de costas para a pequena rua sem saída, coberta de terra, onde a grama desistiu de teimar e crescer. Bernardo para sua descida em direção à secretaria do cemitério. Intrigado, para e dá a volta: tenta descobrir por que aqueles túmulos estão invertidos. Mas não descobre o motivo, a razão, apenas lê Günter Gremach e lê Gertrude Gremach,

se dá conta de que encontrou o que procurava. Aqueles são os nomes dos avós de Brigitte Döringer, bisavós que Bernardo não conheceu. Na mesma lápide, abaixo e à esquerda, está escrito Friedrich e Martha Döringer; à direita, lê Emil e Gerda Döringer. No túmulo à frente, a lápide avisa Herta Heinzmüller, irmã da avó de Bernardo, com espaço para outro nome, ainda em branco. Ao lado, em um túmulo menor, do tamanho de uma cama de solteiro, está Ursula, sozinha,

Ursula von Höhne, a outra irmã da avó de Bernardo. É então que começa: a chuva e o choro, sincronizados como nos filmes ruins. Bernardo chora, mesmo se sentindo idiota, ele não tem controle, é como se o cemitério entrasse liquefeito por seus pés e depois tombasse, vazasse desde os olhos. Ursula está sozinha, morreu sozinha e foi enterrada sozinha. Bernardo se senta na borda de seu túmulo. Entende que seu choro o autoriza a se sentar, que ninguém poderá dizer que é falta de respeito com os mortos; mesmo se quisesse fumar um cigarro, ele poderia. Mas não quer, não tem vontade, não fuma. Começou e continua a chover. A chuva não o incomoda. Tira, do túmulo onde está escrito Ursula von Höhne, tira o mato que nasce entre as pequenas pedras brancas que o cobrem. Bernardo se lembra da velha que viu outro dia, limpando os túmulos; pensa que, se a encontrar de novo, pede, paga, contrata seus serviços. E para de chorar,

Ursula vem em sua direção, elegante, pelo apartamento da avó de Bernardo. Usa saltos altos, um batom vermelho pinta seus lábios. Os óculos, de aros de tartaruga, combinam com os cabelos, castanhos, curtos e encaracolados. O cheiro, de cigarro misturado a perfume caro, o cheiro Bernardo sente de novo: era único, só ela o tinha. Talvez seja Natal. Ursula aponta o presente sobre a cristaleira e diz É para você, mas depois adverte Não pode abrir ainda. Ela tira um cigarro da cigarreira de prata, acende, fuma com um prazer que faz querer fumar também. Bernardo agradece sem graça, sem palavras, sem gestos, nunca sabe como deve se comportar diante dela,

depois ele se levanta, enxuga os olhos, olha os ciprestes. A chuva continua, aumenta. Se põe a procurar mais uma vez. A sepultura ao lado da qual está escrito Ursula von Höhne leva um sobrenome que não lhe traz lembrança alguma. Mais adiante está o irmão de Gertrude, a bisavó, sobre o qual contavam uma história cômica e provavelmente

verídica; na lápide, o nome está seguido de um poema em alemão.[2]
No túmulo em frente, finalmente Bernardo encontra:

o nome do irmão mais novo de Brigitte Döringer, Heinrich Döringer, que morreu solteiro. Bernardo se lembra dele, mas sem pesar. Seu túmulo é daqueles duplos, onde dormem dois mortos; o outro nome na lápide está apagado e Bernardo sabe que é ali. Achou. Brigitte Döringer foi enterrada ao lado do irmão. Ele finalmente encontrou, chegou, está diante dela;

mas não sente nada. É o túmulo de Brigitte Döringer e Bernardo não chora: não tem lembranças, não lhe aflora a saudade. Olha o espaço onde está gravado o nome dela: um borrão de letras apagadas, confusas, que a água da chuva distorce mais. Se a morte dura para sempre, é estúpido escrever os nomes a tinta, Bernardo pensa; se não forem talhados na própria pedra, é claro, vão se apagar um dia. E é só isso, acabou. Não tem mais o que fazer ali. Volta a descer o cemitério, por entre as sepulturas. Acabou,

Bernardo caminha em direção à saída. Talvez se sinta mais leve. Todos aqueles túmulos contam de um pedaço de sua história que se extinguiu, se apagou junto com cada uma daquelas vidas; mas isso não dói, não o entristece. O choro, ridículo, o choro passou. Ele não precisa mais do homem secretário a revirar os arquivos do cemitério, a dizer onde Brigitte Döringer está enterrada; não precisa mais de Herr Schäffer a vasculhar dentro de sua cabeça a lembrança do dia em que Bernardo não pôde estar, não esteve ali. Sozinho, Bernardo encontrou,

---

[2]     Bernardo não sabe que o poema, assinado por Karin-Sigrid, é posterior à data da morte do irmão de Gertrude; também não sabe, não entende nada do que está escrito, exceto as palavras Zeit e Klage. Os versos, pertencentes ao poema "Abschied", do livro *Keine Blume blüht wie sie...*, são estes:

Lebt wohl, Ihr Helden, selten Sommertage
Mit Eurem Vogelsang und Blütenregen!
Die Zeit ist um, und an verwehten Wegen
Fällt leis das Laub wie eine einzige Klage.

mas é como se não tivesse encontrado nada. Porque se sente vazio. Está desapontado: esperava um pouco mais. Esperava que estar diante do túmulo de Brigitte Döringer lhe trouxesse algo novo: um entendimento, uma sensação, uma lembrança; mas não, mas nada. Nem dor, nem raiva, nem tristeza. Nada. A chuva para. Bernardo passa o portão do cemitério, volta à rua de paralelepípedos. Sente apenas cansaço,

tem vontade de dormir, de ficar quieto, sem ver ninguém. Mas é preciso, o quanto antes, mandar repintar o nome dela, Brigitte Döringer: limpar o borrão, deixar nítidas suas datas. O secretário deve saber indicar quem faça o serviço; talvez receba uma comissão por cada indicação que fizer, Bernardo pensa irritado. E ele vem vindo, o caipira loiro, ele vem caminhando em sua direção. Bernardo sorri,

não consegue conter os músculos do rosto que se torcem ao redor de sua boca e fazem com que sorria. Sorri porque encontrou Brigitte Döringer sozinho. Mais alguns passos e Bernardo vai dizer Muito obrigado, mas não foram necessários os arquivos; mais alguns passos apenas, cinco, quatro, três passos e vai proclamar Eu encontrei, sim, sozinho, já encontrei. Bernardo para, deixa que o secretário chegue até ele. O chão está molhado, escorregadio; o homem funcionário vem pisando devagar, com cuidado;

Boa tarde, Bernardo lança sobre sua cara. O secretário chega, Bernardo põe as mãos nos bolsos da calça, sorri mais. Está inteiro molhado, os cabelos grudados na testa, a camiseta colada ao corpo, as meias aguadas dentro do sapato; mas não se importa. Sorri de contentamento, porque encontrou sem precisar de ajuda, porque sua teoria de que fosse possível achar procurando lápide por lápide, depois de dividir o cemitério em partes e subpartes, sua teoria estava certa. O secretário responde Boa tarde; seus olhos vistoriam Bernardo, constatam o óbvio, que a boca não consegue conter,

ele diz Eita, você se molhou. Bernardo responde Não tem problema, diz A chuva já parou, tenta emendar com a notícia de que encontrou, de que não precisa mais dos. Não consegue. Faz outra tentativa, diz Acabei de, mas o secretário o interrompe, diz Sinto muito,

declama Não há nenhuma Brigitte Döringer enterrada aqui, no Cemitério Luterano. O sorriso muda de cara. Pois é, ele completa, diz Não é aqui. Bernardo não compreende. O homem secretário explica Não está enterrada aqui, neste cemitério, insiste Não há qualquer registro com esse nome, Brigitte Döringer. Bernardo fica quieto, não diz que viu o túmulo, não agradece; apenas fica quieto. O funcionário repete Pois é, diz Não é aqui, sinto muito. E ainda pergunta Tem certeza que o nome da dona está certo, sugere Não poderia ser Brigitte Heringer, ou Bruna Döring talvez. Bernardo não responde; segue pela rua de paralelepípedos até a praça Goethe, vai embora mais uma vez.

# ACORDA, MARIA BONITA

A loucura corre nas minhas veias, está nos meus genes, Constantina disse. Todos os filhos da minha bisavó Rosita tiveram pelo menos um filho com problemas mentais. Meu tio Francisco teve um, minha madrinha Angela tem o Januario, minha avó Consolação teve a minha tia Soraia; subitamente ela parou, virou os olhos para o alto da cabeça, depois disse E pode ser que tenha mais alguns de que eu não me lembre. O prédio tinha 25 andares, ou talvez só dezoito. De qualquer forma, estavam no último andar, no terraço; de lá se via o Parque Municipal e toda a cidade, até onde terminava, porque depois só havia as serras. O que tinha lá em cima: a piscina do hotel, de tamanho mediano ou pequeno, o bar e o restaurante. Subiram, escolheram uma mesa junto à piscina, mas na sombra;

Roberto pediu uma cerveja supostamente holandesa, Constantina, uma caipirinha. Faltava ainda uma hora e quinze para a sessão de cinema a que Roberto não queria ir, a que nunca foram. Tinha muita cachaça na caipirinha de Constantina e ela ficou bêbada rápido demais. Não foi por isso, entretanto, que não foram ao cinema. Ficaram com muita vontade de trepar; quando os copos se esvaziaram, não aguentaram sair para a rua, tiveram que voltar para o quarto, para cima da cama. Mas claro que é um exagero sem tamanho: a vovó Rosita teve treze filhos e só citei três, Constantina continuou,

disse Mesmo assim, ainda é muito, três loucos em uma família só ainda é muito. Isso tudo é do lado de minha mãe, os Oitavo e Quintana. Roberto parou de olhar a mulher com os cabelos vermelhos, sentada na outra mesa, parou de medir as pernas dela e colocou Constantina de volta em suas pupilas: parecia que ia dizer algo sério, importante, que ele precisava prestar atenção. Ela disse Mas sempre fui muito Queiroz, depois explicou, entre parênteses, Eu ser Queiroz significa que sou calma e tranquila, mas sou também brava como a Mãe Maria Neta, que é a mãe da vovó, e sou rancorosa, implicante, e também adoro coisa velha. É possível que Roberto tenha esperado, nesse ponto, quando ela disse Adoro coisa velha, que fosse fazer a costumeira e exagerada piada sobre sua idade, a dele, mas não, Constantina deixou passar a oportunidade e continuou, mas em outro parágrafo,

A bisavó Rosita morreu faz poucos meses, com mais de 90 anos. Já estava caducando de uns tempos para cá. Um dia passei em frente a sua casa, estava sentada numa cadeira de balanço, no alpendre, junto com três ou quatro vira-latas. Me sentei junto dela, no chão mesmo, Constantina contou, e nós conversamos um pouco. Ela me perguntou da minha avó Deodora e do meu pai,

falou que se lembrava de ter aconselhado ele a não se casar com minha mãe. Deve ser estranho ouvir isso, Roberto interrompeu, tentou pausar Constantina. Terminou a cerveja, olhou de novo para a mulher com os cabelos vermelhos, para as coxas dela que saíam de um vestido solto, mas curto. Porque, se seu pai não tivesse se casado com sua mãe: você não existiria, não estaria aqui, Roberto propôs, completou Nem mesmo eu teria subido no alto deste prédio, hoje, não teria me sentado a esta mesa. Constantina concordou Sim, disse É, e disse também Mas. Mas, ela disse, concordo com a vovó Rosita: teria sido melhor para o meu pai não ter se casado com a minha mãe. Roberto olhou de volta para Constantina. Você está sendo freudiana, ele brincou, deixa de ser boba;

mas ela provavelmente tinha razão. Porque todos os casamentos dão errado, cedo ou tarde. Constantina prosseguiu Minha avó Dionisia tinha uma irmã muito parecida com a bisavó Rosita. Roberto chamou o garçom, pediu outra cerveja; depois se arrependeu: teria sido melhor uma dose de whisky. Constantina estava ainda na mesma caipirinha, seguia falando sem pausa, disse Elas moravam juntas, porque nenhuma se casou. Era a minha tia Ercilia, que ajudou a criar meu pai, depois ajudou a criar a mim e a meu irmão. E morreu quando eu tinha oito anos. Ela estudou para ser freira, e parece que ia mesmo entrar para o Convento da Nossa Senhora, mas no final a vovó não deixou. Ela nos ensinou a rezar logo que aprendemos a falar. Constantina sorriu, como se lhe viesse uma lembrança boa, disse Tia Ercilia catequizou todo mundo em Pocinho, todo mundo que hoje tem mais de 25 anos. É estranho que a vida dela se resuma a apenas isso, notou, amuada, mas continuou

O avô da vovó era um fazendeiro no condado da Jacupiranga. Hoje, quando a gente passa por lá, a vovó me mostra até onde eram as terras dele. Segundo Constantina: quando o avô de sua avó morreu, os filhos homens tomaram toda a herança e as filhas mulheres não tiveram direito a nada. Então é que teria, a irmã mais velha, rogado uma praga: para que nada brotasse naquela terra enquanto os irmãos fossem os donos. E é claro, Constantina disse, é claro que a praga pegou, que nunca nasceu nada mesmo naquelas terras. Porque um dos irmãos deu um golpe nos outros, ficou com a maior parte, mas acabou falindo, ela explicou, e Roberto balançou a cabeça com uma concordância automática, olhou de novo para a mulher na outra mesa. Ela ria alto; o homem que a acompanhava estava sério, argumentava qualquer coisa que parecia importante. No meio daqueles nomes todos que Constantina enfileirava, Roberto não via mais qualquer ordem, não traçava qualquer sentido. Ela seguiu, disse A Mãe Neta era muito nova e foi ser criada pela Madrinha Don'Antonia. Roberto pensou que nunca havia trepado com uma ruiva. Ela era de Ouro Preto e fugiu com o circo,

fugiu com o homem que amava. Acabou indo parar lá pelos lados da Jacupiranga. Era a dona e deixou as terras onde a nossa família tem casa até hoje, Constantina disse e pulou algumas décadas, chegou ao final da história.[3] Roberto fez um sinal discreto, chamou o garçom. Constantina gestava uma pausa de semibreve com uma fermata gorda sentada em cima. Ele veio, o garçom, disse Pois não, senhor, e Roberto disse Mil cento e dois, que era o número do quarto onde estavam hospedados;

pediu que marcasse as duas garrafas de cerveja e a caipirinha. O garçom respondeu Só um minuto, senhor. Já sabiam, naquele instante, que não iriam mais ao cinema. Eles precisavam, urgentemente, tinham que trepar. Constantina olhava para Roberto, alcoolizada e mendicante; ele disse Já vamos, se voltou pela última vez para a mulher de cabelos vermelhos. Esperaram o garçom trazer a fatura e a caneta, Roberto rabiscar suas

---

3     O pai de Constantina, com vinte e poucos anos, trabalhava na transportadora do João Nero, o tio que foi candidato a vice-presidente em 1989, mas não ganhou; ele e Celso Brando tiveram apenas 109.909 votos, 0,15% do total dos votos válidos: terminaram em 19º lugar. Morava em São Paulo, naquela época, o pai de Constantina, em um cortiço onde se dançava forró todo sábado, onde tinha um sofá que fedia a maconha e a vista das janelas dava em outras janelas, ou em paredes emboloradas. Ele passava os domingos assistindo a filmes de kung-fu e bang-bang em um cinema popular. Um dia em que estava de volta a Belo Horizonte, o pai de Constantina viu um comercial da Disneylândia na televisão e resolveu que iria para os EUA. Era o início da onda migratória da América do Sul para a do Norte: foram embora, ele e um tal de Gonçalinho, que era o melhor amigo do pai dela:

iniciais no papel, devolver a caneta, dizer Obrigado. Eles se levantaram ao mesmo tempo, com pressa,

foram embora. Constantina terminou a história dentro do elevador, disse E depois eu nasci. Ele a beijou. E um tempão depois eu conheci você. Ela o beijou. E agora estou aqui e lhe contei tudo isso. Fim.

---

compraram a passagem, pegaram o avião e foram embora. Ele trabalhou em hotéis e em restaurantes de Nova York, trabalhou também na construção civil; poucos anos depois a mãe de Constantina foi para os Estados Unidos também: os dois já estavam noivos. A mãe trabalhou como babá e como faxineira, ela tem histórias sensacionais desse tempo, histórias de megatraficantes de drogas e de médicos tarados. Mas Constantina não contou nem iria contar nenhuma dessas histórias para Roberto: deixava para que a mãe as contasse no dia em que se conhecessem. Depois que seu pai conseguiu a cidadania americana, eles voltaram para o Brasil, para se casar, passaram a lua de mel em Goiânia, foram de novo para lá, para os Estados Unidos. E três anos depois o irmão de Constantina nasceu.

# QUATRO PEÇAS PARA PIANO

As peças que compõem o Opus 62 são extremamente sucintas. Anton Stein as nomeou com numerais, sucessivamente: *76, 79, 82* e *02*. Stein raramente comentava suas obras em termos extramusicais e não há uma explicação oficial que aponte o significado dos títulos escolhidos. A interpretação mais aceita atualmente é a dada por mim, anos atrás, em um artigo muito comentado, publicado na sexta edição da revista *Klassik*, de Blumenau. Com base em relatos de pessoas ligadas diretamente ao compositor, sugeri, e ainda mantenho a mesma posição, que os números se referem a anos, três deles passados, 1976, 1979 e 1982, e um futuro, ainda por vir, 2002, visto que o Opus 62 foi composto em 1983.

Os anos apontados, escolhidos por Anton Stein, seriam importantes em sua vida. Cada peça então faria referência ou prestaria homenagem a pessoas ou fatos que fizeram parte da biografia do compositor. A última peça, *02*, seria como uma prece, um desejo, uma aspiração para o futuro. No presente artigo, analisaremos apenas *79*, que é a obra mais representativa do Opus 62.

Não custa, por ser tão óbvio, fazer constar que o ano a que se refere, 1979, marca o nascimento de Claudia Stein, filha de Anton com Ada

Schönbrunn, sua companheira nos anos brasileiros. Mas 1979 foi também um ano crítico para Anton Stein, musicalmente. Foi nessa época que pôs sua música em revisão e, após um intervalo de seis anos, voltou a compor.

Econômica ao extremo, *79* tem apenas doze compassos, não comportando sequer duas frases de oito compassos cada, como seria de se esperar pela métrica e fraseado tradicionais adotados por Anton Stein em quase todas suas composições. Os compassos se alternam marcados ora em 3/4, ora em 2/4. O tempo está anotado apenas com a indicação metronômica de 48 semínimas por minuto, o que corresponderia ao movimento *Largo*.

Abaixo segue, devidamente autorizada, a reprodução da obra, revisada por mim:

A primeira frase, de dois compassos, faz uma pergunta e tenta esboçar uma resposta, titubeante, não muito segura do que afirma. Nos dois compassos seguintes a pergunta é refeita, mas continua sem uma resposta definitiva. Como já mencionado, Anton Stein questiona o valor de sua música, de sua obra, portanto de sua própria vida. Mas, apesar de a resposta não ser certa, não há ali desespero, como se Stein soubesse que não há respostas possíveis, que tudo no mundo é uma ilusão.

No quinto e sexto compassos, no entanto, o compositor se contradiz, anula a serenidade precedente, a circunspecção, e grita ferozmente. Os gritos, marcados em *fortissimo*, dão lugar a uma frase descendente, de novo titubeante, que se extingue em *piano*, depois de um *diminuendo* acompanhado de um *ritardando*, repousando em fá sustenido. Uma pausa de semínima leva aos últimos três compassos, onde a pergunta do começo da composição é repetida de forma mais alongada. A música termina com um acorde em *mezzo forte*, que sugere que a resposta tão procurada foi alcançada, não mais insegura ou duvidosa, mas firme, positiva, ainda que dissonante e amarga.

Harmonicamente, 79 é por natureza dúbia e enigmática. O si e o mi, bemolizados já na chave, indicariam a tonalidade de Si Bemol Maior ou sol menor, mas a composição está escrita em ré menor. O último acorde confirma a tonalidade, mesmo com a quinta diminuta e a repetição, na mão esquerda, do acorde um semitom abaixo. A obra termina repousando na tônica e não com uma provocação da dominante. Termina com uma resposta, um ponto final, não com outra indagação, ou com uma dúvida. Da mesma forma, o fá sustenido, todas as vezes em que aparece, nunca exerce a função de sensível de sol, mas fica na região indefinida da mediana.

Quanto à forma, apesar da concisão, a composição é completa e tradicional. Em apenas doze compassos, Anton Stein condensa com maestria a forma A-B-A', com o tema apresentado nos compassos de um a quatro, o desenvolvimento ocorrendo do quinto ao nono compassos e a reexposição do tema, ligeiramente alterado pela duplicação da duração das notas si bemol, ré e lá, ocupando os compassos dez e onze. A conclusão, no compasso doze, na forma do acorde de ré menor com quinta diminuta, concede o repouso solicitado pelo lá, no compasso anterior, dominante de ré. Anton Stein não precisou de nenhum compasso a mais para construir todo o complexo universo que 79 encerra, criando uma esfera perfeita harmônica, formal e artisticamente enquanto meio de expressão.

Junto com as outras três composições que integram o Opus 62, 79 foi executada pela primeira vez no final de 1983, em um recital no Salão Azul da Prefeitura de Blumenau, com Brigitte Döringer ao piano. O compositor não estava presente na ocasião, mas consta que a pianista recebeu indicações precisas sobre a interpretação de cada peça. Injustamente, como muitas das obras de Anton Stein, o Opus 62 não foi mais executado em audições públicas, nem há registro fonográfico da obra. No entanto, cada uma das quatro peças, e 79 em particular, é uma pequena obra-prima e presta testemunho de um gênio esquecido e pouco cultivado também no mundo acadêmico, não apenas nas salas de concerto.

O presente artigo se propôs a contornar essa falta, acrescentando novo alento ao estudo da obra de Anton Stein. Que novas publicações sigam o exemplo desta e que a memória do grande compositor não se perca.

# TROCAR AS TOALHAS

Desvirginar, foi o verbo que Gabriela usou, perguntou Quantas garotas você já desvirginou. Tinha terminado de arrumar a cama, de dobrar e guardar o edredom, de passar o aspirador de qualquer jeito pelo chão. Não havia na pergunta uma provocação: Gabriela a fez com naturalidade, como se perguntasse O que você almoçou ontem. E eu respondi também naturalmente, como se dissesse Comi spätzle com goulash,

eu disse Foram duas, talvez três. Gabriela abriu a mala que estava sobre a cadeira. Era a primeira vez que eu a via mexer nas coisas de um hóspede: abriu a mala, com cuidado, empurrou as roupas para um lado, depois para o outro. Não parecia procurar algo em especial. Fechou a mala. Pegou o frasco de perfume que estava sobre a mesa, tirou a tampa, cheirou. Disse Hum, até que é bom, espirrou um pouco no pulso esquerdo, cheirou de novo e se corrigiu Não, disse Meu deus, tem cheiro de velha. Então virou para mim, parado na porta do quarto, como sempre, perguntou Como assim, por que você disse Talvez três,

comentou Não foram tantas virgens em sua vida para você ter perdido a conta. Não expliquei. Continuei quieto, olhando Gabriela se movimentar pelo quarto. Não disse que me faltava certeza do que acontecera com a

terceira, que o sangue que coloriu meu pau foi creditado a uma menstrua-
ção que terminava, não filosofei que era possível uma mulher ser e não ser
virgem ao mesmo tempo. Gabriela entrou no banheiro. Acionou a descarga duas vezes. Lá de dentro ela disse Eu sou a quarta,

depois completou Ou talvez a terceira. Saiu do banheiro, foi até o carrinho com os produtos de limpeza. Olhou para mim, repetiu Eu sou a quarta.
Voltou para dentro do banheiro com um balde. Eu não soube o que responder, não sabia o que dizer; fiquei quieto como se tivesse ouvido uma confis-
são, ou uma sentença. Gabriela se oferecia da forma mais fria, mais absurda
que uma mulher jamais tinha se oferecido para mim. Não havia vontade,
paixão, propósito, não havia sentido algum naquele seu Eu sou a quarta;

ou talvez Gabriela me provocasse, mais uma vez testasse até quando eu
aguentaria. Na dúvida, me calei. Não disse Sim, nem Não. Ela limpou o banheiro, aparentemente rápido demais; também ficou quieta. Saiu, o balde
na mão, pediu Com licença, passou por mim, parado na porta, começou a
empurrar o carrinho e disse Vamos, já terminei. Fomos, ela foi, eu fui atrás
dela, fechei a porta do quarto e fui. Eu sou a quarta, ela tinha dito; pensei
que usar o presente, dizer Eu sou, em vez de Eu serei, era uma forma curio-
sa de colocar as coisas. Parou, parei, paramos no próximo quarto,

Gabriela bateu à porta, três vezes seguidas, rápido, depois passou o
cartão que fazia a vez de chave e entrou. Mas, dessa vez, também entrei. Eu
sou a quarta, ela tinha dito em vez de Eu serei a quarta: porque não havia
dúvida, nem escolha, nós foderíamos, apesar de ela se dizer assexuada; seria eu a desvirginar Gabriela, já estava decidido. Ela seguiu o ritual de sempre, abriu as cortinas, começou a tirar a roupa da cama; me sentei na cadeira
que, neste quarto, não estava ocupada por uma mala, mas servia de cabide a
uma camiseta. Carregada com os lençóis, ela foi até o corredor, voltou com
a roupa limpa, dobrada. Eu disse Vem cá;

ela não olhou para mim, não veio, apenas esticou o lençol sobre a
cama, pôs os travesseiros dentro das fronhas. Repeti Vem cá. Aquele era

210

o quarto mais bagunçado que eu tinha visto até então. Quando Gabriela passou ao meu lado, estiquei o braço, cheguei minha mão em sua cintura, depois em sua bunda; ela não parou, não me olhou, como se não tivesse notado. Havia uma mala no chão, aberta, com as roupas amassadas dentro dela. Sobre a mesa, estavam espalhados alguns livros, um caderno, quatro canetas idênticas, sem tampa, um lápis. Quando terminou de arrumar a cama, Gabriela ajeitou os objetos todos em um canto, passou um pano sobre a mesa, saiu do quarto,

voltou com o aspirador. Ao lado da mala estavam dois pares de sapatos masculinos, aparentemente novos. Gabriela ligou o aparelho, encheu o quarto com um ruído contínuo, aspirou o chão em movimentos de ir e vir, batendo nos cantos, empurrando o que estava pelo caminho, sem muito cuidado. De novo, quando passou a meu lado, estiquei o braço, cheguei com a mão dessa vez por baixo do vestido do uniforme;

mais uma vez ela não me olhou, não reagiu, apenas continuou trabalhando. Meu pau ficou duro. Gabriela desligou o aspirador, disse Você não pode ficar dentro do quarto, justificou o que eu já sabia, disse São as regras do hotel. Eu tinha, por baixo do vestido dela, tocado sua calcinha, apertado uma de suas nádegas. Ela entrou no banheiro. Era aquele o momento, pensei, o momento de ir atrás dela, no banheiro, fechar a porta e foder, desvirginar Gabriela, como ela queria, tinha pedido;

mas não fui. Ela, desde o banheiro, repetiu Você não pode ficar dentro do quarto, disse Se alguém vê você aqui, vou ter problemas. Não saí. Me levantei da cadeira e abri o guarda-roupa; três camisas descansavam cuidadosamente penduradas, em oposição ao caos da mala aberta no chão, com as roupas reviradas. Como em meu quarto, havia uma pequena geladeira dentro do guarda-roupa; eu a abri, pensei em pegar uma cerveja. Meu pau continuava duro, mas não me decidia:

não sabia o que fazer. Podia pegar uma cerveja, ou um refrigerante. Podia fechar a porta do quarto, levar Gabriela para a cama. Podia entrar no banheiro, pôr meu pau para fora, forçar a mão dela a me tocar, sua boca a me chupar. Podia, debruçando Gabriela sobre a pia, baixar sua calcinha e a comer de qualquer jeito, rápido, apenas para me desafogar dentro dela. Mas não. Fechei a geladeira, fechei o guarda-roupa, não fui até o banheiro, não encostei, não tranquei a porta do quarto,

apenas me deitei na cama. Imaginei que todos no hotel, os funcionários todos, já deviam saber do hóspede esquisito, eu, que ficava indo atrás da camareira, Gabriela, todas as manhãs, de quarto em quarto. E talvez comentassem, certamente comentavam minha corte desajeitada, indecisa. Deviam perguntar a Gabriela o que acontecia, o que eu fazia: e não acontecia nada, eu não fazia coisa alguma. Ela contava e eles não acreditavam, Gabriela jurava que era assim, dizia Ele fica lá, parado na porta, me vendo limpar os quartos, e é só isso. Maxwell, o recepcionista, não achava possível, Fabiana, a garçonete, se indignava, não conseguiam entender como eu não fazia nada. Gabriela saiu do banheiro. Ela ficou me olhando deitado na cama. Você podia ser puta, eu disse, sem me levantar, apenas virando a cabeça em sua direção. Não me crie problemas, por favor, ela pediu. Expliquei Se não gosta de sexo, se trepar não tem importância, se não sente nada, podia ser puta, uma das boas, profissionais. Ela ficou me encarando. Eu ainda disse Você não ia misturar trabalho com prazer. Seus olhos se aguaram, mas não veio o choro. Gabriela ficou quieta, não disse, não concordou, não negou, não pediu, não me mandou à merda, não saiu do quarto; ficou me ouvindo, quieta,

e esperou. Gabriela esperou que eu saísse da cama, do quarto, ou que a agarrasse, fodesse com ela à força. Esperou: mais uma vez me desafiava, me testava. Dependia apenas de mim e eu disse Fique tranquila, não desarrumei a cama; me levantei, passei a mão sobre a colcha, mostrei a ela, não tinha amassado nada. Saí do quarto, Gabriela saiu, pelo corredor voltou a empurrar o carrinho com os produtos de limpeza, as roupas de cama, as toalhas. Esse era o último quarto, ela disse. Obrigada pela companhia. Eu fui para o lado oposto, em direção ao elevador.

# PIRINEUS

Você sabe, é claro, Nova Harz foi a única cidade aqui do sul que não foi nacionalizada, Otto disse como se perguntasse, continuou Durante a Segunda Guerra, repetiu Nova Harz foi a única cidade da região que eles não ousaram nacionalizar. E por quê, ele perguntou com o sorriso no rosto avisando que sabia a resposta. Há muitas teorias, começou a contar, depois parou abruptamente, disse Não. Otto estivera muito ocupado tentando entrar em Moscou, depois evitando que os russos tomassem Berlim: Bernardo não acreditava que ele soubesse alguma coisa sobre Nova Harz, ou sobre o que tinha se passado nas cidades de colonização germânica quando o Brasil se sujeitou aos Aliados e declarou guerra à Alemanha, durante a Segunda Guerra Mundial. De qualquer forma, não importava,

não era para ter uma aula de história que Bernardo tinha atravessado a Eisenbrücke, ido até a outra margem do Sar, para o lado dos campos de flores. Ele tinha vencido o que chamava de A Grande Resistência, tinha procurado a rua Doktor Blumenau, a casa térrea, número 27, com o muro baixo de pedra, tinha tocado a campainha e esperado Otto aparecer na janela, olhar seu rosto, perguntar Quem é. A Grande Resistência era como uma alergia, Bernardo sempre a explicou assim;

ele havia, com o passar dos anos, desenvolvido uma grave alergia familiar, a sua família, mais especificamente. Assim, depois que cresceu, foi se afastando paulatinamente dos agentes alergênicos; ao mesmo tempo, foram todos morrendo: sobraram apenas sua avó e o marido de Herta, a irmã mais nova dela: Otto, que apareceu na janela e perguntou Quem é. Bernardo explicou quem era, Otto se lembrou, ou fingiu se lembrar, abriu o portão, deixou que entrasse. Algumas recordações foram trocadas entre os dois, como se fossem senhas de acesso que precisavam ser verificadas,

depois Bernardo disse Vim para uma partida de xadrez. Era mentira: ele apenas não queria esperar o encontro marcado com Michel Bertrand, o maestro do Richard Wagner, para perguntar pelo paradeiro de Brigitte Döringer, descobrir onde a tinham enterrado. No envelope cheio de textos, artigos e outras academicices que Bertrand lhe entregara, não havia nada de novo sobre a morte de Brigitte Döringer, nem sobre seu enterro. Então Bernardo pensou, tentou, procurou e por fim arriscou,

Vim para uma partida de xadrez, ele disse em vez de perguntar a Otto diretamente Sabe onde enterraram minha mãe. Se sentaram frente a frente, arrumaram as peças do jogo sobre o tabuleiro, Rainha branca na casa branca, Bernardo se lembrou, rainha preta na casa preta. Otto era ainda o mesmo da última vez que o vira, anos antes: alto, cabelos brancos, ralos, olhos azuis demais, o andar seguro apesar da idade, misturando sem perceber palavras em alemão nas frases ditas em português com bastante sotaque. Otto deixou que Bernardo ficasse com as brancas, começasse a partida,

mas Bernardo não começou. O senhor se lembra de Brigitte Döringer, perguntou sem jeito. Não era isso o que queria saber, mas era uma forma de tocar no assunto, já que não conseguia fazer a pergunta de modo direto, dizer Onde é que a enterraram. Otto respondeu A cidade era muito diferente naquela época, ele disse Você sabe que o dinheiro para a construção do Richard Wagner, o teatro onde sua mãe tocou tantas vezes, você sabe, aquilo foi construído com dinheiro do governo alemão. Não, Bernardo não sabia, não queria saber, mas teve ainda que notar: o nome do teatro não havia sido alterado para Carlos Gomes, ou Guarani, ou Henrique Oswald, como acontecera nas outras cidades de colonização alemã, durante a Segunda Guerra. Não, em Nova Harz foi diferente, Otto afirmou, Bernardo ouviu, quieto, não perguntou se Brigitte Döringer tocava bem, apenas ouviu, em silêncio,

Otto continuou E foi nessa época que construíram os túneis que ligam o teatro ao Colégio Schiller. Segundo ele, os túneis passariam por baixo da 20 de Abril, com uma ramificação desembocando no Sar, depois de passarem por baixo da Mölmann, a loja de cristais. Bernardo não se importava, mas Para que chamaram o exército, Otto perguntou, quando foram refazer o esgoto da Wurststrasse, para que um monte de soldados parados lá, olhando os operários mexerem nos canos cheios de merda. Bernardo fez uma abertura clássica, começou a partida,

seguiu o que Otto tinha lhe mostrado anos antes, depois de lhe ensinar a posição das peças sobre o tabuleiro, o movimento peculiar de cada uma delas. Peão em E4, bispo em E2, peão em D3, bispo em D2, um cavalo em H3 e o outro em A3 para Otto sorrir, satisfeito, dizer Você tem praticado. Não: a última vez que Bernardo jogara uma partida de xadrez havia sido naquela mesma casa, contra o mesmo oponente.[4] Bernardo disse Talvez o senhor saiba onde minha mãe,

---

[4] Era ainda o mesmo quarto, com a mesma disposição: a mesa portátil aberta no meio do caminho, ao lado de uma cama de solteiro. Daquela vez Bernardo tinha perguntado É aqui que o senhor dorme, sem perceber que estava sendo indiscreto; mas Otto respondeu Sim, com naturalidade, disse Esse é o segredo do meu casamento ter durado tanto. Ele explicou Herta dorme lá, em nosso quarto, na cama de casal, e eu durmo aqui, na cama de soldado. Otto propôs que Bernardo fizesse o mesmo ajuste quando se casasse; Bernardo levou muitos anos para entender o conselho. Agora, a cama desfeita apontava que, mesmo depois da morte de Herta, Otto mantinha o hábito antigo, dormia ali, não tinha voltado ao quarto de casal.

mas Otto o interrompeu, disse Não temos nenhuma rua chamada XV de Novembro, nem 7 de Setembro, perguntou Entende, e depois continuou Em Nova Harz não há nenhuma praça da República, nenhum colégio Machado de Assis, ou Castro Alves, ou como é que se chamavam esses aí. Também não pararam de ensinar a língua alemã nas escolas, mesmo nas públicas, durante a Segunda Guerra, Otto citou ainda, concluiu O *Kolonie-Zeitung*, desde a primeira edição em 1873, até hoje, é impresso só em alemão. Sem explicação, tirou sua rainha do tabuleiro, a colocou de lado,

propôs de novo o mesmo enigma: depois de dizer É sua vez, Otto perguntou Por que em Nova Harz foi diferente, por que não nos fizeram virar brasileiros à força. Bernardo era um adversário medíocre. Anos atrás, Otto não permitia uma única palavra durante a partida, ou que os olhos esbarrassem fora do tabuleiro. Pegou a única torre de Bernardo e a virou de cabeça para baixo: para que ele jogasse com duas rainhas. Otto estava cansado, sozinho: estava velho; agora precisava falar. A partida era perdida irremediavelmente, a cada lance

o jogo declinava rumo a um xeque-mate que Bernardo não conseguia evitar. Quando acabou, terminou de perder, mesmo após as advertências de Otto, ficou aliviado. Mas Otto não guardou as peças: começou a preparar uma nova partida. Você precisa estudar as batalhas de Napoleão, ele disse, se quiser jogar melhor. Olhando pela janela o gramado verde, aparado rente, Bernardo se deu conta de que Lorelei não tinha latido, nem rosnado, nem aparecido para o cheirar; era provável que já tivesse morrido. Mas você tem que estudar apenas as derrotas, as batalhas que Napoleão perdeu, Otto continuou aconselhando e Bernardo se levantou,

disse Desculpa, não posso ficar para outra partida. Otto se levantou também, disse Tudo bem; depois convidou Vamos tomar um café, convidou Pode vir almoçar amanhã, e propôs À tarde jogávamos mais um pouco. Mas Bernardo disse Não, e Obrigado, e Minha estada em Nova Harz é curta, estou só de passagem. Atravessaram a casa em direção à porta. De novo Lorelei não apareceu, não latiu, não cheirou. No portão, junto ao muro de pedra, Bernardo disse Vou estudar as batalhas de Napoleão, Otto o corrigiu, disse Apenas as que ele perdeu,

Bernardo sorriu e disse Sim. Não perguntou finalmente O senhor sabe onde enterraram Brigitte Döringer, mais uma vez se esquecendo de a chamar de mãe. A pergunta ficou presa em sua boca, ainda que tão simples; Bernardo se sentiu idiota por não a conseguir articular, por ter sofrido a partida de xadrez até o final e estar indo embora sem uma resposta. Apertou a mão que Otto lhe estendia,

mentiu Da próxima vez não perco tão fácil no xadrez. Não teve coragem, não descobriu nada sobre Brigitte Döringer; precisaria esperar pelo encontro com Bertrand. Mas decidiu, deixou estipulado: se o maestro não soubesse onde a tinham enterrado, voltaria à Doktor Blumenau, ao número 27. Não jogaria mais nenhuma partida de xadrez, no entanto, isso Bernardo jurou a si mesmo. Sim, seria direto e claro e simples: Onde é que ela foi enterrada. Mas desta vez Bernardo não conseguiu.

# É SÓ ABRIR OS OLHOS PARA ACORDAR

O sol já vai longe pelo céu: passa do meio-dia. Roberto ainda está na cama emprestada, no hotel; as cortinas do quarto estão fechadas. Talvez tenha sonhado com Constantina, talvez tenha acordado com a impressão de sua presença, ao lado. Mas a cama sobra, vazia, ele faz diagonais com o corpo sobre ela, estica os braços e não há ninguém. Roberto quase nunca se lembra do que sonhou; se sonhou, no entanto, não foi em preto e branco:

apenas Constantina sonha em preto e branco, ele não conhece mais ninguém que sonhe errado desse jeito. Podia ligar para ela. Sim: pegar o telefone, sem sair da cama, dizer Alô, perguntar Como está, confessar Estou com saudade. Mas não sente saudade, é claro; está de pau duro e talvez tenha sonhado com ela, apenas isso. Constantina não lhe telefonou, não se falam desde a tempestade da última ligação, quando ela chorou, disse que o amava, e ele não correspondeu às declarações dela;

o silêncio de Constantina começa a incomodar. Ela não quer saber, não quer perguntar, não quer entender; Roberto está longe, em outra cidade, e ela não telefona para saber dele, não averigua se está tudo bem.

Ela não telefona porque ele não telefonou; ele não telefona porque ela não fez a ligação. É idiota, os dois têm um comportamento ridículo, adolescente,

mas Roberto ainda assim não pega o telefone. Foi em uma manhã como esta, transformada em tarde sem que se notasse, a única vez em que Roberto acordou antes de Constantina. Ele acordou, ficou olhando o rosto dela, os cabelos escorrendo da cabeça pelo travesseiro, o corpo escondido pela metade sob o lençol. Achou que ela iria acordar, como costuma acontecer quando se observa alguém que dorme,

mas não, Constantina não acordou. Dormia como se dormir fosse uma profissão. A boca: pequena e fechada. Os ossos da face, largos, obrigando a linha que descia até seu queixo a um ângulo acentuado. As mãos, postas sobre o peito, na posição dos mortos, não tinham tragicidade alguma; os dedos com as unhas pequenas, aparadas com os dentes, rentes demais. O indicador se movimentava sozinho, para cima e para baixo, como se Constantina estivesse impaciente; Roberto achou graça do dedo que se mexia avulso, alheio ao sono dos outros nove dedos. Sentiu vontade de a acordar,

não pelo indicador que se agitava já sabendo que era tarde, mas porque debaixo da camiseta os peitos de Constantina faziam uma rebelião calada: tentavam deixar a roupa, sair, passar pelo amplo decote em V para fora. Constantina dormia sem calcinha, mas fizera questão de vestir a camiseta antes de Roberto apagar a luz.[5] Ele não a tocou, no entanto, deixou que dormisse

---

5    Quanto tempo demorou, quantas vezes tiveram que trepar, Roberto entrar dentro dela, ela gozar depois de pedir Mais rapidinho, dizer sussurrando Mais rapidinho, sempre em um diminutivo estranho à urgência de um orgasmo que se anuncia, aproxima; quantas vezes ele teve que se esvaziar em sua boceta, teve que morder seus seios, enroscar sua língua na dela, que avançava, desde o primeiro beijo, tão confiante para dentro de sua boca; quanto tempo demorou para que Constantina parasse de se preocupar. Parasse de se preocupar, por exemplo, que sua barriga estivesse exposta, que ele a visse. Quando ela parou de puxar a camiseta

e então Constantina acordou. O indicador da mão direita se mexeu mais rápido, como se fosse por culpa sua que os olhos se abriram logo em seguida. Foi esta a única vez que Constantina acordou debaixo dos olhos de Roberto. Mas a falta de confusão em seu rosto fazia imaginar que ela se soubesse observada, que apenas fingisse dormir. Roberto não expôs a dúvida, não disse nada. Talvez a tenha beijado imediatamente, ou passado a mão por seu rosto, juntado seu corpo ao dela, mostrado, feito ela sentir contra a coxa o pau que já estava duro. As manhãs se confundem umas nas outras, as camas se mesclam, os corpos se intercambiam:

a memória é um caos que as pessoas ordenam por capricho, por teimosia. O certo é que treparam antes de escovar os dentes, de sair da cama e mijar, antes de dizer Bom dia, um para o outro. Só depois contaram os sonhos que tinham sonhado, ou apenas Constantina contou, porque Roberto quase nunca se lembra do que sonhou. Não quero sair da cama nunca mais, Constantina disse quando Roberto se levantou, foi ao banheiro, lavou o rosto, talvez tenha engolido um comprimido de efedrina. Mas Constantina se levantou também. Ela riu quando a porra começou a escorrer por suas coxas,

mostrou a Roberto: ele sempre gostava de ver quando isso acontecia. Não tomaram banho. Subiram para o terraço, no último andar, para almoçar no restaurante do hotel; já tinham perdido a hora do café da manhã. Mas agora não há solução: o hotel é outro, a cama é outra e está vazia, irremediavelmente vazia. E Roberto insiste em não telefonar para Constantina,

---

para baixo, ou a camisa, parou de apenas ofertar os peitos esgarçando golas, ou libertando uns poucos botões, forçando decotes, quando foi que ela começou a ficar completamente nua a sua frente. As coxas, entretanto, repletas de cicatrizes paralelas, as coxas Constantina nunca as cobriu com as mãos, escondeu com roupas, nunca puxou os lençóis para que ele não as visse. Pelo contrário, exibia as cicatrizes e seu permanente enigma, sempre em silêncio, sem explicação; as cicatrizes eram um troféu, desde o começou pareceu que era assim.

ela insiste em não telefonar para Roberto. Ele imita, com as mãos, o prazer que há entre as coxas cortadas de Constantina. Mas ela some, aos poucos, desaparece enquanto ele bate punheta cada vez mais rápido, mecanicamente. Goza. Esporra sobre a cama. A arrumadeira verá o lençol manchado; talvez ainda esteja úmido, quando ela vier limpar o quarto. Satisfeito, Roberto assiste aos longos traços de porra desenhados sobre a cama, como vão sendo absorvidos pelo tecido;

ele não dormirá mais, porém não se levanta. Fica restrito à parte seca da cama. Não telefona para Constantina. Nem finalmente faz a ligação para casa. Apenas fica ali, quieto, esperando forças para começar mais um dia. Acende um cigarro.

# SERVIR AOS HÓSPEDES

Desci até a recepção do hotel. Sem necessidade, é claro: eu podia apenas telefonar. Mas desci, de novo. Perguntei outra vez por Gabriela. Ao contrário de trinta minutos antes, Maxwell não me questionou nada, nem ofereceu soluções que envolvessem qualquer outra arrumadeira do hotel; pegou o telefone e repetiu minha pergunta, desligou, telefonou outra vez, perguntou de novo. O afinco com que Maxwell se pôs a tentar encontrar Gabriela fez com que me arrependesse de ter descido, perguntado por ela pela segunda vez;

alguma coisa em seu rosto deixava claro que ele sabia. Eu ia de quarto em quarto, toda manhã, atrás de Gabriela, tinha me atrevido com as mãos debaixo de seu vestido: eu não aguentava mais e precisava trepar com ela; Maxwell sabia, a expressão de seu rosto deixava claro que sabia de tudo. Era como se o hotel tivesse virado um enorme bordel: eu solicitava uma puta específica, Maxwell, o cafetão, depois de me oferecer elogiosamente as outras putas, tentava de qualquer jeito encontrar aquela que eu fazia questão de comer, se esforçava para não perder o cliente. Desligou o telefone, pegou um cartão do hotel; no verso, Maxwell anotou 1412. Estendeu o cartão com um gesto sério, pretensamente profissional. Aceitei, peguei o cartão, li o que estava escrito, 1412, mas não consegui sair do lugar. Maxwell então disse o que já anotara à caneta, disse Ela está no quarto quatorze doze, me chamou de senhor, disse Gabriela está no quarto quatorze doze, senhor. Depois completou, com uma contração involuntária dos cantos da boca, que não era ainda um sorriso, disse E ela não está fazendo a arrumação, explicou Está apenas esperando o senhor. Agradeci,

Obrigado, eu disse, Maxwell respondeu Para o que precisar, me chamou outra vez de senhor, me chamou também de Franz. Mas eu não sabia o que fazer. Tinha o cartão na mão, tinha minha cara de bobo, tinha o elevador, no térreo, com a porta aberta esperando eu entrar. Calculei que a única forma de escapar daquele jogo que não entendia era atravessar o hall do hotel, passar as portas automáticas, acender um cigarro, sair, deixar bem claro para Maxwell, para todos:

eu não tinha subido, nem subiria para o quarto 1412, onde Gabriela me esperava. Mas peguei o elevador. Imaginei, enquanto ia passando os andares, imaginei o sorriso feminino que deve ter se aberto por inteiro na cara de Maxwell: uma satisfação estranha que se misturava a uma excitação física, potencialmente sexual. Eu ainda podia voltar, apertar o botão T, descer com o elevador, sair no térreo, atravessar o hall bem devagar, desapontar Maxwell e passar as portas automáticas em direção à rua. O elevador parou, saí; era um andar igual ao meu, mas não, não era o meu:

quarto 1412, eu procurava, caminhava pelo corredor vazio, ia seguindo os números nas portas. De repente me pareceu normal que os funcionários do hotel usassem, de vez em quando, os quartos vagos para trepar. Maxwell também já devia ter feito aquilo, talvez com um macho, devia ter se trancado em um quarto e fodido, se deixado enrabar enquanto se supunha que estava trabalhando na recepção. Parei. 1412, anunciava a placa presa na porta. Teria sido ridículo passar o hall, ir embora, não subir, não bater àquela porta, 1412;

não podia deixar Gabriela esperando. Ainda que eu não entendesse, não importava: ela finalmente tinha consentido. Eu sou a quarta, Gabriela dissera. Sim, ela era a quarta mulher que eu iria desvirginar. Talvez Maxwell a tivesse convencido; era absurdo, mas tive essa impressão. Por que se interessava pela história, eu não entendia, mas parecia claro que ele tinha alguma responsabilidade pelo consentimento de Gabriela, por ela estar sozinha dentro do quarto 1412;

ela me esperava bater à porta e eu bati. As pessoas são estranhas: talvez Maxwell se masturbasse imaginando eu comendo Gabriela por sua causa, graças a sua intervenção. Gabriela também era estranha e aquele convite, aquele quarto, ela me esperando depois de tanto se negar: aquilo era só mais um de seus absurdos, que eu não entenderia. Bati à porta, esperei. Que roupa ela estaria usando, me perguntava; talvez ainda vestisse o uniforme, o vestido ordinário do hotel, mas talvez abrisse a porta apenas de soutien e calcinha, ou completamente nua. Bati de novo;

olhei para um lado do corredor, vazio, para o outro, vazio. Não conseguia evitar: meu pau ficou duro. Ouvi passos dentro do quarto. Gabriela se deitou na cama, afastou as pernas; seria eu a tirar sua virgindade, ela já dissera isso. Seus olhos se fecharam, ela travou os dentes enquanto eu empurrei meu pau, forcei espaço, inaugurei sua boceta; depois, quando eu já tinha passado, rompido, estragado, depois ela olhou meu rosto, me mexi sobre ela, dentro dela, e estava claro:

aquela história de ser assexuada era conversa, mentira, aquilo não existia. Gabriela abriu a porta, ou não, um homem abriu a porta, olhou em minha cara. A barriga proeminente deformava a camiseta branca que ele vestia; estava descalço e de cueca. Eu ainda disse, perguntei Gabriela, falei automaticamente o nome dela, sem conseguir me adequar com rapidez suficiente à realidade. O homem perguntou Como, perguntou Quem. Repeti, disse de novo Gabriela, mas depois pedi Me desculpe, expliquei Deve ser o quarto errado. Mas não era. Quarto quatorze doze, Maxwell dissera, a porta me disse também, quando o homem a fechou, estava lá, na placa colada à madeira:

1412. Segui o corredor no sentido contrário, em direção ao elevador. Chamei, mas não esperei que chegasse: desci pelas escadas. Desci pelas escadas até meu andar, fui para meu quarto, abri a porta, entrei, me tranquei ali dentro. Filho da puta, eu pensei. Com raiva, eu disse, ou rosnei, eu xinguei Aquele filho de uma puta. Mas não era só raiva: tinha também a vergonha, o ridículo, além da frustração, o desejo não desafogado. Filho da mais puta de todas as putas mães chupadoras de pau. E não era só ele, Maxwell, quem devia estar rindo,

os outros funcionários do hotel gargalhavam a minhas custas, eu não tinha dúvida. Fabiana, por exemplo, a atendente do bar, ela estava rindo. A própria Gabriela: ela ria até às lágrimas, riu, chorou de tanto rir. Todos filhos de umas putas arrombadas. Quis descer até a recepção, quis quebrar a cara de Maxwell, xingar Fabiana, depois encontrar Gabriela:

eu quis violentar, foder Gabriela em cada buraco: na boca, na boceta, no cu, foder à força, como um animal. Mas não. Eu, mais uma vez, eu fui civilizado e me contive. Sim, eu, o respeitável Franz, o funcionário de oito horas, assalariado, com a carteira assinada, o homem casado, tão honrado a ponto de trair a esposa sempre com a mesma mulher, eu não desci, não quebrei a cara de ninguém, não xinguei, não violentei. Podia ter ligado para a recepção, ter dito a Maxwell friamente Não encontrei Gabriela, ela não estava no quarto 1412,

eu podia ter dito Preciso de toalhas novas, podia ter reclamado Gabriela se esqueceu de trocar minhas toalhas hoje, quando limpou o quarto. Ou podia ameaçar, dizer Só piora as coisas Gabriela se esconder de mim, podia dizer Minha carteira sumiu de dentro do quarto, apesar de nunca ter usado carteiras, eu podia inventar Sumiram meus cartões do banco, meu dinheiro:

Chamo a polícia se minha carteira não aparecer em trinta minutos, eu podia dizer. Mas não, é claro que não. Apenas queria sumir, queria pular a janela, ir para casa, sair do hotel sem ser visto, nunca mais voltar a Blumenau. Eu não consegui fazer nada. E cada minuto que passava tornava mais irremediável meu ridículo. Fiquei dentro do quarto, quieto, sem saber que atitude tomar. Acendi um cigarro. Não telefonei, não ameacei, não violentei, não esmurrei, não fui embora:

quando o cigarro acabou, fui tomar um banho quente. Levei junto a roupa suja, que era então já toda a roupa que eu tinha; lavei como pude, pendurei depois as peças pelo banheiro, pelo quarto inteiro. E não havia mais nada a fazer.

# O GUARANI

O dia será inútil. Bernardo ficará a manhã inteira escondido, sem coragem de sair do quarto do hotel; lerá outra vez a biografia de Anton Stein, o livrinho publicado pelo maestro Michel Bertrand, passará os olhos pelos outros artigos. Um monte de merda, Bernardo pensou, pensará de novo enquanto reler aquelas páginas. Bertrand pertence à classe dos idiotas; além de escrever mal, tudo o que escreve são asneiras. Mas ele não deve suspeitar que seja assim; não teve vergonha de mostrar ao suposto professor da Universidade Federal de São Paulo, mestre em Música Contemporânea, o próprio Bernardo, Bertrand não teve vergonha de mostrar a ele sua produção teórica;

também não teve medo: os textos inéditos, ainda que ruins, poderiam ser plagiados, publicados em revistas especializadas assinados pelo outro. É a típica confiança dos imbecis, Bernardo pensou; Bertrand entregou seu pequeno tesouro, o envelope pardo com os textos, as ideias, as horas de sua solidão para o primeiro mentiroso que apareceu a sua frente sorrindo. Entre os textos, há também partituras, algumas impressas, ou fotocopiadas, outras manuscritas, talvez pela mão do próprio Anton Stein:

um quarteto de cordas, algumas composições para piano e violoncelo e, sobretudo, música para piano solo. Bernardo, ao encontrar de novo essas partituras, não se conterá,

apesar de não querer ser visto por ninguém, ele não conseguirá evitar. Depois de refletir, de discutir consigo mesmo por algumas horas, ele sairá do quarto, pegará o elevador, passará com passos rápidos, quase correndo pelo hall do hotel, ganhará a rua. Seguirá pela Wurststrasse, passando a Catedral, até chegar ao Teatro Richard Wagner. Pela rua lateral, entrará na escola de música, parará no guichê da secretaria, ocupado por Hannelore, a secretária. E pedirá um piano,

Preciso de um piano, Bernardo dirá, decidido. Usará seu falso mestrado, seu pretenso doutorado, suas fictícias aulas de História da Música Brasileira na Universidade Federal de São Paulo, acreditará em todas essas invenções para fazer, sério, sua solicitação, Preciso de um piano, ele repetirá, dirá Por apenas meia hora, qualquer piano que esteja afinado. Hannelore não responderá. Ela apenas se levantará, sairá pela portinhola, seguirá pelo corredor sem averiguar se Bernardo a acompanha, estacará à porta de uma sala de aula e Não se apresse, senhor, ela dirá. Bernardo agradecerá,

Obrigado, ele dirá já dentro da sala, pousando sobre o piano o envelope pardo de Bertrand. Sentado no banco de madeira, enfrentará outra vez o sorriso de marfim do piano, cariado pelas teclas pretas. Há quantos anos não toco, ele se perguntará, calculará e não chegará a uma conclusão. Bernardo experimentará uma tecla, depois outra, a esmo, fará timidamente os mecanismos do piano funcionarem. E depois Anton Stein ressuscitará,

com erros, em um andamento mais lento do que o indicado, com as notas às vezes tropeçando, esbarrando umas nas outras, mas sua música de novo soará. Bernardo ficará admirado com as soluções harmônicas encontradas pelo ucraniano para os problemas que ele mesmo inventava. Alguns trechos Bernardo repetirá várias vezes, por serem de execução mais fácil ou por lhe agradarem mais. A parte do primeiro violino, do *Quarteto de cordas nº 4*, Bernardo tocará só com a mão direita, sem acompanhamento, como se cantasse,

mas o fará de modo meloso demais, melancólico, como se estivesse dentro de um Chopin.[6] Tocar piano é como se masturbar, Bernardo sempre pensou assim; de novo a comparação lhe virá, precisa, quando, depois de parar a música, perceber um garoto plantado à porta, espiando com um sorriso no rosto. E assim fechará a tampa do piano, esconderá as teclas, como se pusesse o pau às pressas para dentro das calças, fechasse o zíper, limpasse as mãos. De pé, Bernardo dirá É todo seu, apontando o instrumento,

recolherá as partituras, as guardará de novo dentro do envelope de Bertrand, sairá da sala sentindo a cara avermelhada, com a quentura que a vergonha dá. Obrigado, lançará na direção de Hannelore, no guichê da secretaria, sem deixar de caminhar, de ir embora, sair. Voltará pelas ruas com um cigarro expirando entre os dedos, a música de Anton Stein rodopiando na cabeça. Que relação tiveram, afinal, o que ligava Brigitte Döringer ao compositor ucraniano. Bernardo sairá da Wurststrasse,

descerá uma rua e voltará margeando o rio Sar, pela Bismarck-Schönhausen, andando devagar, no sentido contrário dos carros. Brigitte Döringer executava as músicas de Anton Stein em concertos; mas o que mais havia ali, entre os dois. Bernardo se lembrará da noite em que ela o pôs para dormir em uma cama estranha, de um quarto desconhecido; depois houve um piano sendo tocado na sala, provavelmente por ela; Mas que casa era aquela, ele se perguntará mais uma vez. E o homem, de quem

---

6    E depois ele tentará o Rachmaninov, apenas para saber se seus dedos ainda se lembrarão, ainda conseguirão. Automaticamente, as teclas serão pressionadas; das cordas esticadas, percutidas por martelos cobertos de feltro, da máquina de música sairá o *Prelúdio nº 10*, em si menor, do Opus 32, como se fosse um milagre. Mas a graça logo se esgarçará, as articulações dos dedos doerão, brotarão falhas, buracos na melodia, os pulsos de Bernardo reclamarão e a música subitamente acabará, como se o pianista tivesse infartado.

Bernardo não se lembrava, não se lembrará, mas de quem não consegue esquecer a voz, a voz que vinha também da sala; quem era aquele homem. Onde era a casa. Bernardo pensará que Brigitte Döringer podia estar tocando algumas daquelas músicas que ele terá acabado de tocar,

e que a voz que Bernardo ouviu, de que se lembra, a voz, o homem talvez fosse o próprio Stein. Mas e daí. Bernardo atravessará a rua, passará junto aos fundos da Mölmann. O que teria acontecido depois que ele dormiu, naquela casa que ninguém mais pode lhe dizer onde era, o que aconteceu depois que o piano se calou na sala e o homem não falou mais. Não está escrito em nenhum dos artigos de Bertrand, não há ali a resposta,

mas talvez o maestro saiba, é o que Bernardo espera, esperará ainda enquanto volta para o hotel sem nada, sem solução alguma. Contará as horas para o encontro com Bertrand. Depois de não ter encontrado coragem para perguntar a Otto onde Brigitte Döringer tinha sido enterrada, o maestro do Richard Wagner é sua última esperança. E enquanto espera ele calculará, bebendo cerveja, assistindo à televisão, nu sobre a cama, calculará estatísticas absurdas que terão a pretensão de prever o futuro: a probabilidade de Bertrand saber ou não onde Brigitte Döringer foi enterrada. Antes de dormir, Bernardo ensaiará as mesmas mentiras:

seu mestrado falso, seu doutorado inventado, suas aulas fictícias. E ensaiará as mentiras novas que contará a Bertrand, quando se encontrarem no dia seguinte, ele dirá Gostei muito de seus artigos, dirá A biografia de Anton Stein é precisa e essencial. Bernardo rirá então, sozinho, abrirá outra cerveja. E o dia terá sido inútil.

# A IMPORTÂNCIA DE USAR OS PIRES DEBAIXO DAS XÍCARAS

Depois ela lhe contou, a vagabunda, ela lhe disse Eu não ia sair daquela praça até você aparecer, descer do seu escritório, vir falar comigo. Ela iria acampar ali, esse era seu plano, iria morar debaixo das estátuas daqueles dois, os homens com caras de idiotas, as cabeças coroadas de pombos, no meio da praça: ficaria ali, dia e noite, até você falar com ela. Você chegaria para trabalhar e ela estaria ali, você olharia pelas paredes envidraçadas do prédio e ela estaria ali, você sairia no fim do expediente, já início da noite, com as réplicas ridículas das luminárias antigas acesas, e ela continuaria, ainda estaria ali,

esperando. Não, você não duvidou que seria assim; ela era bem capaz de fazer isso. Tinha uma mochila, bem cheia, às costas. Você nunca perguntou o que havia dentro dela, mas eu sou mulher, eu posso imaginar: ela carregava pelo menos água, um casaco, uma escova e uma pasta de dentes, um pente, alguma coisa para comer, protetor solar e óculos escuros. Não era, é claro, o suficiente para a vagabunda passar uma semana inteira acampada na praça, mas você acreditou quando ela lhe disse Eu não ia sair daquela praça até você aparecer;

por isso apareceu, você apareceu, desceu do seu trabalho, saiu do prédio, atravessou a rua de paralelepípedos, foi, na praça, até junto das estátuas. O que você conseguiu perguntar de mais polido foi Que merda você está fazendo aqui. Havia nitidamente alguma coisa errada: ela não pertencia a sua vida do trabalho, sua imagem não se casava com a paisagem do centro da cidade, com os prédios restaurados, os trilhos do bonde;

apesar de já terem se encontrado, eu sei que vocês já andaram juntos por lá, foram beber no Cortizona, eu sei; apesar disso, a vagabunda parada na praça era uma imagem deslocada, como se os caras das estátuas atrás dela tivessem uma metralhadora russa nas mãos, vestissem calças jeans. Eu quis fugir quando vi você vindo, atravessando a rua, ela lhe disse, contou depois para você, explicou que lhe pareceu, de repente, uma grande idiotice o que estava fazendo. E é claro que era. Ela se sentiu como quando quebrou a bombonière de cristal da avó, foi assim que ela lhe contou;

ela era de novo, diante de você, o homem sempre tão sério, ela era de novo apenas uma criança culpada, precisando arrumar forças para confessar o que tinha acontecido, a merda que tinha feito. E não conseguiu. Os sorrisos fracassaram em sua boca, as palavras caducaram nos lábios sem serem ditas; mas, daquela vez pelo menos, ela não desaguou em choro a sua frente. O que está fazendo aqui, você perguntou de novo, ela demorou a responder, ensaiou as palavras, a forma de juntar todas em uma frase só, depois sussurrou,

contou que tinha resolvido tudo. Não jurou, não prometeu nada, apenas explicou que os problemas que vocês tiveram não aconteceriam de novo. Disse que tinha sido uma pena aquilo tudo. Mentiu que tinha chorado todas as noites, quando se deitava para dormir. Eu pensava, a vagabunda lhe disse, em telefonar para você todos os dias, mas eu não podia. Lhe contou que ficou desesperada quando você mandou que não o procurasse mais, quando avisou a ela que não era para perder seu tempo vindo atrás de você. Ela lhe confessou que não sabia mais o que fazer,

por isso foi e se instalou na praça, decidida a acampar e não sair de lá até que você falasse com ela. E foi o que você fez, é claro, você desceu do seu escritório, atravessou a rua, foi até a praça e falou com a vagabunda, pelo que ela lhe agradeceu mais de uma vez, tentando não sorrir demais aquele seu sorriso sonso. Por que não vai para casa agora, você sugeriu; estava preocupado que alguém olhasse pelas paredes de vidro do prédio do outro lado da rua, onde devia estar trabalhando, e o visse na praça de conversa mole com uma garota de peitos generosos, que daria muito o que falar. Ela lhe disse Não, disse Vou andar um pouco por aqui;

você enfatizou Eu preciso trabalhar, mas disse Temos que conversar depois; você falou isso sério, para que o medo não vazasse dela todo de uma vez, você não perdesse de novo o controle da relação. Ela lhe perguntou Como foi a viagem, lhe perguntou Aproveitou bastante, como se você tivesse ido fazer turismo, ou passar as férias. Você repetiu o que já dissera, Nós precisamos conversar, mas tinha que voltar para o prédio, para sua mesa e pelo menos fingir que trabalhava. E nesse ponto você sorriu, sim, vendo a vagabunda com a mochila pesada demais às costas, você sorriu,

sorriu satisfeito e estragou toda a encenação. Não conseguia mais parecer chateado, ou com raiva. Você disse Até depois, ainda sem poder parar de sorrir, voltou para o prédio, voltou para trabalhar o resto do expediente. Ainda que tivesse se esforçado, se lembrado de tudo o que tinha acontecido, de como tinha se sentido, você atravessou a rua de paralelepípedos e a humilhação, o ódio todo havia desaparecido:

existia de novo no mundo apenas vocês dois. E era absurdo, você sabia muito bem; tinha acabado de trair a si mesmo, mais uma vez. De dentro do seu escritório, pela parede de vidro, você olhou para a praça e não a viu mais lá. Eu resolvi tudo, foi assim que ela lhe disse; depois vocês se encontrariam para conversar, você veria com os próprios olhos: estava cada coisa de novo em seu lugar, como sempre fora.

# BRIGITTE DÖRINGER

Ela morreu e eu tinha cinco anos de idade. Talvez por isso Bernardo nunca a chame de mãe. Ela é como uma personagem, alguém de quem se ouviu falar, mas que não existiu de verdade. Roberto trepou pela primeira vez, Bernardo aprendeu a tocar piano, eu arrumei um emprego: a vida aconteceu e ela não sabe, não viu, não estava lá. Ela morreu e Roberto tinha cinco anos,

por isso eu quase não me lembro dela. As poucas recordações que Bernardo tem são incertas; talvez estejam alteradas, ou nem sejam de verdade, não tenham acontecido. Algumas das lembranças, eu tenho certeza, são fraudes que Bernardo construiu a partir de histórias que ouviu, ou de livros que leu. Mas é o que sobrou,

essas poucas recordações inventadas, incertas, é tudo o que Roberto tem. Quando eu e ela cuidamos do jardim, sem que houvesse testemunhas para afirmarem a Bernardo que a lembrança está mesmo correta, ou que é verdadeira; quando Roberto e ela cuidaram do jardim, por exemplo: essa lembrança pode ser a colagem de um filme com uma história contada por alguém, pode ser um sonho que tive aos dez anos de idade, ou pode ser

Bernardo deliberadamente construindo uma imagem dela para que nós não fiquemos sem nada. Quando cuidamos do jardim,

ela arrancou os antúrios, um por um, depois os devolveu para a terra, depurados. Podou alguns dos braços da buganvília; nessa hora, houve o aviso Cuidado com os espinhos, dito para Roberto, ou Bernardo. No canteiro suspenso, debaixo da janela da sala, ela repetiu o procedimento que adotara com os antúrios: cada onze horas saiu da terra, foi limpa de seus excessos, reduzida ao essencial e depois voltou à terra, para outro ciclo de um ano. É claro que eu não ajudava, não ajudei em nada:

ela trabalhava e Bernardo apenas olhava. Hoje o canteiro é um estacionamento, com faixas pintadas em amarelo no chão, delimitando as vagas para os carros; a casa é uma loja de produtos esportivos. Não tínhamos ainda terminado no jardim, mas ela me chamou para dentro da loja, que ainda era a casa, ela disse Venha, Franz, e neste ponto a recordação de Bernardo ganha aromas de que Roberto suspeita ainda mais: a casa estava tomada pelo cheiro de pão, com as notas características do fermento Fleischmann dançando pelo ar. Eu concordo com Roberto,

penso que a lembrança olfativa, pelo menos, é falsa. Mas ela está tão entranhada, tão misturada à recordação daquela tarde cuidando do jardim, que pode ser verdade, Bernardo pode ter razão. A casa estava aquecida, confortável; uma luz amarela enchia a sala, continuava pela cozinha, onde ela estava, junto ao forno. Roberto ganhou um dos pães que tinham acabado de sair, por mais que ele duvide, foi ele quem ganhou o pão recheado de queijo, junto com a recomendação dada a Bernardo para que tomasse cuidado, que eu não me queimasse. Mas a criança que eu era se decepcionou depois:

Roberto descobriu que os pães, apesar de ela ter pedido Não conte a ninguém que você já comeu um, eu descobri que os pães não eram só para nós dois, só para ela e Bernardo comerem. O pai de Roberto chegou da rua, a chave do carro foi jogada sobre a mesa da sala, as reclamações pelo trabalho no jardim ainda não estar terminado foram atiradas sem direção; e ainda assim o pai de Bernardo, meu pai ganhou um dos pães, como se também merecesse. Mas me desculpem,

sim, eu não podia, não posso ainda fazer nada contra ele. Acendo um cigarro, deitado na cama do hotel; já não tenho medo de que o alarme toque por causa da fumaça, que do sprinter no teto jorre água alagando o quarto inteiro. Talvez hoje eu descubra alguma coisa sobre ela, talvez até ganhe alguma história que Bernardo rapidamente incorporará a seu repertório, ao nosso, transformará em uma recordação legítima. Eu fecho os olhos. Se descobrir onde a enterraram, pode ser que Roberto, finalmente de frente ao túmulo dela, tenha alguma lembrança,

talvez alguma passagem de meus cinco anos de idade retorne em sua cabeça, ele a veja com um rosto que eu não consigo me lembrar de como era. Fizeram com que eu prometesse que não choraria, e Roberto não chorou. Bernardo sabe, Roberto não podia chorar porque o homem que lhe anunciava o fim dos tempos, que lhe dizia que o mundo tinha acabado, ele não tinha forças para suportar meu choro. E eu não chorei. O chão da entrada do hospital era coberto por um piso de borracha preto, com uma infinidade de pequenos círculos em alto-relevo. Bernardo disse Tudo bem, ela tinha morrido e ele disse Não tem importância, disse Tudo bem, porque era isso o que tinham pedido de mim, tinham dito Franz, vou lhe contar uma coisa, mas você não pode chorar. Porque eu obedeci e não chorei, Roberto não chorou, perguntaram a Bernardo Você escutou o que eu disse,

alguém sugeriu Ele não entendeu ainda. Apesar do pedido para que eu não chorasse, passou a me parecer que o correto era ter chorado, não muito, mas pelo menos ter derramado algumas lágrimas. Roberto tentou, mas eu não consegui, nem Bernardo conseguiu chorar. Depois ele vai assimilar melhor, aconselharam ao homem que me deu balas cor-de-rosa, sabor tutti frutti;

Roberto ganhou balas porque Bernardo não chorou, porque ela tinha morrido e eu, mesmo depois, quando tentei, eu não consegui chorar. Olho o relógio na televisão e está na hora. Bernardo tem que se vestir, pôr uma calça, pegar uma das camisas que lavou no banho; precisa sair. Eu bem imagino que você não quisesse saber, não quisesse me contar; mas agradeço que tenha sido justamente você com a tarefa de me dizer que o mundo tinha acabado, eu agradeço, mas também me dói, porque tudo se acabava também a sua volta. Está na hora, eu escovo os dentes,

Bernardo escova, escovou os dentes, saiu do quarto, andou pelo corredor sempre vazio, chamou o elevador. Eu não me preocupo mais com quem estará na recepção do hotel, Roberto também não se preocuparia; não importa se um funcionário rirá, se rirão todos quando eu passar, se comentarão em voz baixa conforme eu caminhe pelo hall em direção à saída, se me xingarão de tarado, ou de palhaço. Na rua, Bernardo seguiu pela calçada do hotel,

depois dobrou à esquerda. Eu chego ao bar, olho as mesas dispostas ao ar livre. Alguém acena para mim, com uma cara animada. Ele reconheceu Bernardo, disse Saudações, Roberto respondeu Boa tarde, e eu peço Desculpa, estou atrasado. Mas dessa vez não, dessa vez Bernardo tinha chegado na hora.

# HEINZ GEYER MORREU EM 13 DE JUNHO DE 1982, DOMINGO

É claro: Bertrand fica surpreso quando Bernardo diz Brigitte Döringer era minha mãe. Ele não nota a estranheza de Bernardo usar o verbo no passado; fica em silêncio. Se pudesse, imploidiria e sumiria no ar. Diz Sinto muito, por fim é apenas isso o que diz. O maestro está embaraçado, visivelmente cheio de nós. E Bernardo pensa que foi bom ter deixado a revelação, Brigitte Döringer era minha mãe, para o final; o incômodo, o silêncio de Bertrand torna evidente que teria encurtado a história, teria poupado Bernardo de muitos detalhes se soubesse que ele era filho dela;

mas Bertrand não sabia. Bernardo chega ao bar, se desculpa pelo atraso, sem atraso algum, se senta à mesa, pede ao garçom Uma cerveja, confirma Sim, diz A mesma que ele está tomando, por favor. Os homens loiros ficam ridículos, Bernardo constata isso mais uma vez. Bertrand, além de loiro, usa um bigode também amarelo, que potencializa o cômico em sua cara. Chega a cerveja, em uma caneca, cerveja artesanal de Nova Harz, conforme alardeia o maestro propondo um brinde. Brindam a Anton Stein, é claro, mas Bernardo não perde tempo, esclarece O foco de minha pesquisa é Brigitte Döringer, a pianista, não exatamente a vida ou as composições de Anton Stein. Bertrand fica desapontado, levanta as sobrancelhas, olha fixamente para Bernardo, como se dissesse Mas que filho da puta. O esclarecimento, no entanto, é necessário,

poupa Bernardo de ouvir a versão verbal de toda a porcariada impressa que Bertrand lhe entregara dentro do envelope pardo, que Bernardo esqueceu de trazer para devolver junto com um Obrigado. Como o desapontamento do maestro leva ao silêncio, Bernardo lança prodigamente os elogios ensaiados antes, diz Gostei muito de seus artigos, diz A biografia de Anton Stein é precisa e essencial. Os elogios funcionam, Bertrand acredita que são sinceros, se despede do desapontamento e começa,

A vida de Brigitte Döringer foi trágica, ele diz. Esse é o prelúdio e o epílogo da história que Bertrand tem para contar. Ela foi uma das melhores alunas que o Conservatório do Teatro Richard Wagner já teve. Seu futuro era promissor: faria uma grande carreira como solista. Mas não fez, Bertrand contou, pontuou Ela apenas se casou, mudou de cidade, teve um filho e acabou. O homem, o marido, ele era estúpido como uma porta,

o pai de Bernardo era um bruto e essa é, segundo Bertrand, a primeira tragédia, esta: a música morre. Bernardo pensa que Bertrand é ingênuo e romântico. O que você quer dizer com bruto, ele pergunta, Bertrand não responde, apenas diz Nunca consegui entender como ela pôde largar tudo o que lhe estava destinado por um marido e um filho. Certo: nem Bernardo entende o que aconteceu,

como Brigitte Döringer trocou o piano pelo fogão, as salas de concerto por uma casa com jardim, a carreira de pianista pela de mãe. Mas depois houve uma segunda chance, Bertrand continua, conta, cita Beethoven, diz O destino bateu à porta. O maestro deveria ser um romancista, daqueles doces, cheios de paixão; Bernardo diz isso a ele, que não se ofende, gosta da ideia, sorri mostrando os dentes e suja o bigode na cerveja. Os ex-alunos do Conservatório do Teatro Richard Wagner se reuniram em 1982, Brigitte Döringer entre eles, para realizarem diversas atividades e, principalmente, para tocarem juntos em um concerto;

esse foi, segundo Bertrand, o destino batendo à porta, querendo entrar. Eu não acredito em destino, Bernardo diz. Bertrand não concorda, insiste na ideia: o destino é uma entidade poderosa; seria como um escritor atento que impõe dificuldades inesperadas na narrativa, ou compõe soluções milagrosas diante dos personagens para tornar o enredo mais interessante ao leitor. O garçom traz salsichas, traz os bolinhos de miúdos de pato com carne moída, que Bertrand faz questão que Bernardo prove. Os dois não têm como saber, não têm certeza de nada do que estão falando:

bebem, comem e vão, simplesmente, inventando uma vida plausível para ser a vida que Brigitte Döringer teria vivido. Não sabem como se deu a aproximação dela e de Anton Stein, não sabem que relação tiveram, como desconhecem também onde estava o marido, o pai de Bernardo durante esse tempo todo. Bertrand arrisca uma opinião, diz Para mim, Anton Stein só queria comer a pianista, apenas isso. Bernardo ouve o comentário sem ficar ofendido. Bertrand continua, desenvolve seu ponto de vista,

Ela não era mais uma grande concertista, ele argumenta, diz Talvez nunca tenha sido. Mas então de novo faz a ressalva: se ela não tivesse saído de Nova Harz, se tivesse continuado a se dedicar à música, talvez tivesse se transformado em uma das principais pianistas brasileiras. Mas a questão é que não se transformou, Bernardo diz como quem põe, com força, um ponto final em uma frase longa demais. Bertrand não para, no entanto, continua, volta para o começo e conclui Anton Stein apenas queria trepar com ela, não tenho dúvidas disso. Ele ri,

acha seu comentário perspicaz e ri. Variar a comida: era isso o que Anton Stein queria. Bernardo pede outra cerveja. Não se importa, não muda grande coisa para ele se o maestro tiver razão. Com um pedaço de salsicha mastigado dentro da boca, Bernardo suspira ou pergunta E qual foi o final da história. Bertrand suja de novo o bigode de cerveja e responde, como se arrotasse,

ele diz Esta é a segunda tragédia. Bernardo o interrompe, entediado, diz É, eu já sei, os dois morrem em um acidente de carro. Subitamente ele se lembra de que é para isso que está ali, bebendo cerveja e comendo miúdos de pato amassados com carne moída, para isto: saber o que aconteceu depois do acidente de carro, para onde levaram o corpo de Brigitte Döringer, onde o enterraram. Mas Bertrand adverte Não é tão simples;

Não foi bem assim que aconteceu, ele diz. A cerveja o deixou solto, à vontade; passa uma mulher rente à mesa onde estão, na calçada, passa uma mulher e Bertrand a aponta com o queixo, morde os lábios debaixo do bigode loiro, diz Mas que pantera. Bernardo estranha, acha ridículo designar a mulher como pantera, mas pensa que dizer Mas que gata, é, ao fim, igualmente felino e grotesco. Então concorda, diz Sim, que gostosa, e depois volta os olhos da bunda da mulher para a cara de Bertrand, anuncia Segundo sua teoria, não havia concerto algum em São Cristóvão: Brigitte Döringer e Anton Stein voltavam, pela estrada, quando tiveram o acidente, eles voltavam de um encontro,

Clandestino, Bertrand interrompe, complementa, diz Justamente. Tanto faz, Bernardo diz, continua E um caminhão veio na contramão, o carro desceu pelo barranco, Brigitte Döringer passou pelo para-brisa, morreu, Anton Stein também morreu, apenas a criança, o filho dela sobreviveu, como em um conto de Natal. Bertrand diz Não, soluça, pede desculpa, repete Não, pergunta De onde você tirou essa ideia,

depois exclama E que criança é essa. De repente sério e frio, como se contestasse o resultado de uma equação, Bertrand diz Brigitte Döringer não morreu no acidente, diz Também não havia criança alguma com eles, naquele dia, dentro do carro. Brigitte Döringer teve apenas alguns arranhões, segundo o maestro. Bernardo pergunta Que merda é essa. Bertrand ri com ar superior,

ele diz Parece, meu amigo, que sua pesquisa foi um pouco superficial. É claro: a conversa teria sido muito diferente se Bernardo, já quando se sentou à mesa, depois de se desculpar pelo atraso que não havia, se ele tivesse logo dito Brigitte Döringer era minha mãe. Bertrand não teria dado tão abertamente sua opinião, não teria dito putarias, nem rido, ou arrotado, talvez não tivesse bebido tanta cerveja, forçado Bernardo a experimentar os bolinhos com miúdos de pato. E também não teria usado o ar de superioridade com que disse, diz Anton Stein morreu na hora, no local do acidente, mas Brigitte Döringer foi levada para o Hospital Luterano, aqui, em Nova Harz. Depois de estudar o rosto de Bernardo, de sentir sua apreensão pelo desfecho da história, Bertrand revela, bem devagar, como se anunciasse um segredo,

Ela se matou, ele diz e então se cala. Há um sorriso em sua cara, na cara de Bertrand. Seus olhos brilham, não consegue esconder o contentamento por ter fornecido uma informação importante, que o professor-mestre-doutorando-pesquisador-da-Universidade-Federal-de-São-Paulo, Bernardo, ainda não tinha. Bernardo não se mexe, não respira, não fala. Ela se matou no final do dia, ainda no hospital, quando soube que Anton Stein tinha morrido, Bertrand explica, menos triunfante, mas ainda feliz. Bernardo continua quieto;

Bertrand conclui Se você tinha alguma dúvida de qual era a relação Stein-Döringer, não precisa mais ter. Ela bebeu uma garrafa de hipoclorito de sódio, ele diz, esse é o final da história. É então, neste preciso momento, que Bernardo diz, ou que escapa de sua boca, ele diz Brigitte Döringer era minha mãe. Bertrand se encolhe na cadeira, quer implodir e sumir no ar. Puta que pariu, ele diz, como se tivesse cagado nas calças,

Bernardo o olha, sério, e diz É, a puta que me pariu. Bertrand pede Desculpa. Bernardo repete A grandíssima puta que me pariu. E continua,

Bernardo, ele continua, autista, fala sozinho, diz Então eu não estava lá, pergunta a si mesmo Mas como eu não estava lá, tenta entender Ela se matou. Bertrand diz Sinto muito, e perde definitivamente o dom da fala. Todo o álcool se evapora, se metaboliza, Bernardo de repente está plenamente sóbrio outra vez. A raiva surge, mas logo some, sem se transformar em pena de si mesmo:

Bernardo silencia também e olha para coisas que não vê. Ficou tarde, ele diz depois para Bertrand, que concorda com a cabeça. Pedem a conta ao garçom; ele exclama Mas já vão tão cedo, pergunta Posso trazer mais uma cerveja. Bernardo quer pagar a conta, quando o garçom a entrega, mas o maestro não deixa. E você sabe onde ela foi enterrada, Bernardo pergunta quando se levantam. Bertrand diz Não, aperta a mão do outro, com força, diz Mas amanhã lhe digo, eu descubro,

pede outra vez Desculpa. Bernardo dá a Bertrand o endereço do hotel, Heringstrasse, 67. Obrigado, ele diz, depois elogia Muito bom o bar que você escolheu, a comida estava ótima. Seguem, cada um em uma direção, pela 20 de Abril. A cerveja de Nova Harz é a melhor cerveja do mundo, Bernardo se lamenta por não ter dito isso a Bertrand; ainda que fosse mentira, ele iria gostar de ouvir.

# WATERLOO

# EXPERIMENTA UMA VEZ SER UM POUCO MAIS COMO A CHUVA

Se a Entropia de um sistema fechado não pode diminuir, está claro: o tempo não volta para trás. Ainda assim, o passado muda constantemente. Sim: o passado não terminou, está tão vivo quanto o presente, precisa também ser continuamente sustentado, construído, suportado: senão desmorona. Como o futuro, o passado é precário, incerto, está sujeito às hecatombes cotidianas da vida humana. Mas ninguém sabe, ou se lembra disso,

Roberto também não tinha por que saber, ou se lembrar, até que se estragaram as lágrimas de Constantina. Era a noite em que foram beber no Confins: depois do telefonema, as lágrimas daquele choro nunca foram mais as mesmas. O bar, aos poucos, ia se enchendo. Constantina tomava um vinho tinto barato, Roberto bebia whisky. E de repente, quieta, sem explicar por que, ela começou a chorar. O homem, sobre um estrado, embalava no colo o violão como se fosse uma criança, às vezes como se fosse uma mulher; isso era a música. Constantina tentou se desculpar das lágrimas culpando o homem, as canções que cantava, ela disse Esse cara não está ajudando muito. A música contava algo triste, em inglês, sem rimas, mas com um sotaque que beirava o cômico. Estou muito sentimental hoje, ela murmurou, espalhando com a mão as lágrimas pelo rosto, até secarem. Tudo parecia muito simples, muito certo: a música, Constantina, o choro eram como tinham que ser. Quando Roberto partiu para Blumenau, começou sua viagem, o avião ficou mais leve que o ar, alçou voo como um pássaro mais eficaz do que os outros, a lembrança do choro de Constantina no Confins era doce, como se ele se lembrasse dela sorrindo;

mas depois essas lágrimas não foram mais as mesmas. Após o telefonema, após a maldita ligação, o passado mudou, aquela noite ganhou outro significado. Naturalmente: a rua, os pedestres que desciam aos pares até o obelisco da praça Sete, as mesas e as cadeiras do Confins, o homem com o violão sobre o estrado: tudo continuava igual, com as mesmas cores; apenas Constantina, o choro de Constantina não foi mais o mesmo. Porque o passado nunca termina,

o passado acaba apenas quando a gente esquece. Por isso muda, por isso as lágrimas de Constantina tiveram o gosto alterado, porque estavam ainda pendentes, nunca terminaram de cair.[1] Depois do telefonema, ficou claro que Constantina chorava no Confins por antecipação. Ela se dava às lágrimas pela traição premeditada, chorava pela dúvida, pela possibilidade

---

[1]   Também o apartamento de Constantina não foi mais o mesmo, o minúsculo quarto e sala que Roberto considerava uma extensão do seu, sempre proibido para Constantina; o apartamento que procuraram juntos nos jornais, recortaram os anúncios dos classificados, foram às imobiliárias, visitaram não apenas os imóveis que se encaixavam no valor que ela se propunha a pagar pelo aluguel, que ao fim seria pago pelos pais: o apartamento também mudou, não foi mais o mesmo. E a cama que era o sofá, que foi estreada pelos dois assim que os entregadores saíram pela porta; o chuveiro elétrico, Roberto o havia instalado com a paciência que não tinha, atou todos os fios, passou a fita isolante nas emendas; os furos que fez na parede, ao lado do fogão, para prender a prateleira onde Constantina esquecia restos de pão até que virassem pedra; as reproduções dos geometrismos de Malevich que ganharam molduras brancas, mas nunca foram penduradas nas paredes: tudo mudou de cheiro, ficou de outro tamanho, de outra cor, não era mais como antes.

de estar fazendo a escolha errada, pelo pressentimento de que iria se arrepender. Mas fingiu que não,

Constantina disse Esse cara não está ajudando muito, se referindo ao homem com o violão no colo, cantando em um inglês errado, ainda assim triste o suficiente. Ela disse também, fingiu, inventou Estou muito sentimental hoje. E Roberto não tinha por que duvidar, por que achar que era mentira, que ela estava com medo, que havia algo mais; as lágrimas eram ainda apenas uma promessa ou uma declaração, o comprovante silencioso da posse. Eles saíram do Confins, voltaram para o hotel;

foderam devagar, como se fosse a primeira vez. Ou foderam como se Constantina estivesse doente, a ponto de se quebrar em dois. Ela tinha o corpo amortecido, quase bêbado. Mesmo assim, treparam e ela quis de novo. Roberto ressuscitou de ter morrido dentro dela, Constantina ficou de quatro sobre a cama: exigiu que dessa vez a comesse com força. Ele obedeceu. A janela, com as cortinas abertas, dava para a cidade em voto de silêncio; o hotel era uma ilha que tinha dado errado e se tornava continente. Roberto vagou a boceta de Constantina, tirou o pau de dentro dela, esporrou sobre suas costas. Ela continuou na mesma posição, de quatro, sem se dar conta de que ele tinha acabado de novo, saído detrás dela. Roberto se deitou na cama,

o pequeno mundo do quarto começou a girar. Constantina girou junto com as paredes, com os móveis, com as malas abertas no chão. Já deitada ao lado de Roberto, ela perguntou, olhando para o teto, perguntou Por que você gozou nas minhas costas. A pergunta era um sintoma. Roberto apenas riu. Me deu vontade, ele disse, explicou Não sei, apenas me deu vontade de tirar o pau e gozar nas suas costas. Ele não destruiu nada deliberadamente;

mas o passado foi se esgarçando, mais e mais. Depois do telefonema, tudo o que havia acontecido, as lembranças todas foram se movendo, ganharam outros contornos. Roberto não simulou para si mesmo mais do que devia: não quebrou os pratos, não jogou os livros no chão, as recordações contra as paredes. Ainda assim, as lágrimas de Constantina, o passeio pela praça da Liberdade, o sexo no quarto do hotel, as noites em seu apartamento: os momentos todos passados com Constantina se encheram de merda. Ela mesma estava toda cagada; suas lágrimas fediam, sua boca era uma lata de lixo. E, principalmente, a boceta de Constantina tinha se transformado em uma enorme latrina pública.

# AS NOZES E O CARDAMOMO ESTÃO DENTRO DO ARMÁRIO

Você achou então que era mentira, essa coisa de instinto materno. Ficou pensando que somos bichos estranhos, ou doentes, nós, as mulheres. Porque o tal homem lhe disse que não, sua mãe não tinha morrido no acidente, depois que o carro saiu da estrada, desceu pelo barranco. Nem você estava dentro do carro, sua vida garantida em troca da dela. Sua mãe saiu ilesa, foi isso o que o homem lhe contou,

e depois ela se matou. Ela o abandonou, deixou você sozinho para ser criado pelo pai. Essa é sua história, o que você é. E aí está a questão, clara, mas que você não conseguiu, ou não quis entender: ela o abandonou, você não importava porque era filho do homem errado. É a faceta cruel do mesmo instinto materno do qual você duvidou. Você quis vomitar,

de volta a seu quarto de hotel, sozinho, você se deitou na cama, sentiu vontade de vomitar. Mas aguentou, segurou o vômito dentro da boca, pegou o telefone e finalmente me chamou. Haviam mentido para você, era apenas isso o que tinha para me dizer. Não me perguntou como estava, não me pediu desculpas por não ter telefonado antes, por não ter avisado que sua viagem se estenderia além do planejado, não me convidou para ir me juntar a você; você apenas disse Mentiram para mim a vida inteira. Eu não consegui, mais uma vez eu não consegui mandar você à merda,

também não consegui perguntar Por que não telefona e diz isso para a vagabunda em vez de ligar para cá. Apenas ouvi você. E senti que eu era como uma bandagem de algodão, de gaze, que eu estancava, cuidava de seu ferimento. Perguntei se estava tudo bem; não resisti: comecei a cuidar de você, mais uma vez. Você mentiu Sim, disse Está tudo bem, depois disse de novo que todos tinham mentido para você, a vida inteira;

me admirei de você não cogitar a possibilidade do tal homem estar errado. Cecilia se enroscou em minhas pernas, a outra Cecilia que você tinha também abandonado. Tentei distrair você, contei A reunião do condomínio foi a mesma idiotice de sempre, disse Elegeram outro síndico, mas não autorizaram de novo a obra em nosso apartamento. E o gás tinha acabado. No supermercado já havia morangos para vender. Eu tinha ido ao Barbaro Bar, duas vezes, disse Uma pena você não estar aqui para ir junto. Sim, eu sabia: contar esses pequenos fatos cotidianos acalmaria você por algum tempo. Mas sua mãe se matou, não dava para mudar isso, e logo a história toda apareceu de novo, você repetiu as mesmas queixas;

fiquei sem ter o que contrapor, emudeci. Ouvi sua respiração. Você tinha se calado também. Eu queria lhe dizer alguma coisa importante, precisava consolar você, oferecer meu colo. Eu podia ter dito que. Podia ter confessado que ainda. Mas não consegui: fiquei quieta, não disse mais nada. Sentia saudade, apesar de tudo, queria que você voltasse. Também precisava ser consolada. Antes de desligarmos, você agradeceu,

disse Obrigado por cuidar de mim. Eu não sabia o que acontecera com a gente, não entendia em que momento tínhamos dado tão errado. Nós fomos morrendo, definhando, fomos acabando aos poucos, junto com o sangue que saía de dentro de mim. Juro que fiz o que pude, o melhor que consegui. Mas talvez ainda assim a culpa fosse minha. Sua mãe tinha se matado. Sei o que é precisar de um colo. O tal homem, no bar, ele lhe disse Sinto muito, ficou sem graça quando soube que estavam falando de sua mãe. Depois você voltou para o hotel, se segurou para não vomitar. Nós naufragamos sozinhos, cada um de um lado do mesmo mar;

morremos de morte igual, mas separados. Ainda que eu quisesse lhe dizer, pedir tanta coisa, não disse nada. Desligamos. Você foi tomar um banho. Estava vazio por dentro. Eu peguei Cecilia no colo; ela ronronou, depois me arranhou, quando quis descer e não deixei. Você tomou banho, se deitou na cama, dormiu sem pensar mais. E acordou, no meio da noite, em nossa cama, aqui, comigo a seu lado;

foi aqui que você acordou, em nosso apartamento. Você se deitou em cima de mim, eu abri as pernas, acolhi você entre elas. Foi imaginando meus seios que você conseguiu, gozou. No quarto do hotel, sozinho, como um animal triste, você se masturbou no meio da noite, ou talvez já fosse de manhã. Gozou nos lençóis, sem sair da cama. Depois dormiu outra vez.

# RESTAURANTE

Acordei cedo, de ressaca. Me lembrava de ter despertado no meio da noite, ter batido punheta pensando em Gabriela; fazia dois dias que não a via. Procurei na cama manchas de porra porque não acreditei que, naquele estado, bêbado e deprimido, pudesse ter feito alguma coisa. Talvez tivesse sido apenas um sonho. Me sentia como se houvesse levado uma surra: o corpo estava moído, não havia mais qualquer resquício de coragem em mim. Me lembrava também de ter telefonado para casa, de ter conversado um pouco, mas não sabia mais sobre o quê. Minha cabeça doía. Saí da cama em busca da solução;

o chão não estava firme debaixo de meus pés. Fui até o banheiro. Procurei sobre a pia, depois voltei para o quarto, procurei na mala. Não achei. Eu não conseguia acreditar. Fui de novo até o banheiro. A efedrina tinha acabado. Voltei para o quarto; senti uma vontade idiota mas irresistível de chorar. Não havia mais um único comprimido. Me sentei na cama. Angustiado, sofri de uma vez só todos os horrores das horas que ainda viriam.[2] Sem mijar, sem escovar os dentes, sem me preocupar com que roupa estava vestindo, desci,

peguei o elevador, me joguei no hall do hotel. Pelos alto-falantes escondidos vazava Bach direto para dentro de meus ouvidos; eu, mais do que nunca, desejei ser surdo. O plano era este: imaginei que algumas xícaras de café junto com analgésicos pudessem enganar meu corpo, retardar a falta da efedrina. Saí do elevador, passei a recepção sem dizer Bom dia, sem me preocupar se ainda haveria um riso debochado na cara de Maxwell, para mim. Algumas xícaras de café, analgésicos, talvez um pedaço de pão de centeio: ficaria tudo bem, eu aguentaria; pelo menos era isso o que me repetia, dizia e redizia, tentava acreditar. Furei a confusa fila que havia para entrar no restaurante;

mas meu nome não constava na lista de hóspedes. Para que não tomassem café duas vezes e o hotel não fosse à falência, havia uma relação dos hóspedes na entrada do restaurante, onde se confirmava quais deles estavam de jejum e, portanto, aptos a tomar o café da manhã. Mas eu não estava na lista, e não era por já ter comparecido ao restaurante naquele dia; simplesmente não constava mais como hóspede do hotel. Eu ia dizer Que merda é esta, ou Puta que pariu, mas disse apenas Certo, concordei com Fabiana, a garçonete do bar, concordei com ela sem criar problemas, segui sua orientação,

---

2    Eu sentiria dor, meu corpo inteiro se contorceria, minha cabeça latejaria a ponto de dar a impressão de que poderia cagar meu cérebro pelos olhos. Teria a certeza crua de que morria; minhas últimas forças se esvairiam, meus músculos ficariam soltos, não restaria mais vontade alguma em mim. E então eu não conseguiria mais respirar, não da forma automática: precisaria prestar atenção nessa coisa tão simples, pôr o ar para dentro dos pulmões, depois o soprar para fora, e ainda assim, ainda prestando atenção, respirar seria uma tarefa árdua. E se eu aguentasse, se quando tudo passasse eu tivesse sobrevivido inteiro a cada um dos estágios sem me despedaçar, se eu resistisse dessa vez até o final, voltaria então a ser humano; esse era o prêmio pela dor. De novo eu precisaria comer, dormir, descansar, prestar atenção como todo mundo; eu não seria mais um deus.

fui até a recepção tentar entender o que havia acontecido. Sentia ainda o gosto das salsichas que comera na noite anterior, os miúdos de pato passeavam ainda em minha boca. O mundo era um pêndulo, o ponteiro de um metrônomo sem propósito: balançava de um lado para o outro à minha frente, 42 semínimas por minuto. Não custava nada eu vomitar, em jatos imprecisos, sobre o balcão da recepção; mas apenas disse Bom dia. Maxwell, sério, repetiu Bom dia, perguntou Em que posso ajudar, senhor Franz. O filho da puta não esquecia meu nome; ainda assim eu disse o número de meu quarto, depois perguntei, humilde, ridículo, eu perguntei Por que não consto na relação de hóspedes para o café da manhã. Era quase como se implorasse Estou com fome, vocês podiam me dar um pedaço de pão, por favor, faz dias que não como nada. Um momento, foi o que Maxwell respondeu,

depois olhou o computador, digitou alguma coisa no teclado com seus dedos de moça, olhou de novo e saiu da recepção. Os hóspedes, eu os via, uma cambada de filhos da puta: eles comiam, bebiam café, riam, enchiam os pratos de pão, arrotavam os cereais, babavam os sucos, e comiam mais, enfileiravam nos pratos fatias de embutidos, colheradas de geleia, porções de ovos mexidos. Mas eu tinha que esperar, esperei. Maxwell voltou, junto com uma mulher que eu nunca vira antes, apesar de todo o tempo que já durava minha estada no hotel;

Maxwell voltou e fez cara de imbecil. Foi a mulher que falou comigo, explicou. Eu disse Certo, mais uma vez respondi apenas Certo. Maxwell, atrás dela, ficou olhando para mim, constrangido. Ela sorriu, a mulher, sorriu e disse Muito bem, nós aguardamos. Se tudo aquilo tivesse acontecido uns dias antes, sem eu ter perdido ainda a partida, sem ter sido vencido, antes de a efedrina acabar, antes de toda a sandice da vida se sentar com sua bunda infecta em cima de mim: eu teria dito Por que não vai se foder, e teria entrado no restaurante, tomado calmamente meu café da manhã, sem o consentimento de ninguém. Mas não, eu disse Certo, saí do hotel, ganhei a rua mesmo com a impressão de que talvez tivesse, no meio do caminho, que cagar, devolver as salsichas do outro dia, e que isso seria um ato involuntário, urgente, independente de minha vontade. Ainda assim eu saí, eu fui. Sua estada foi revogada, senhor, foi o que a mulher dissera, com Maxwell atrás dela, olhando para mim com cara de piedade. Era preciso acertar o pagamento das diárias que tinham excedido a reserva original, já paga, e ainda deixar quitadas as próximas, dos dias seguintes. Eu disse Certo, saí do hotel, fui atrás do dinheiro,

cansado, fui andando pela rua e pensando que as coisas não paravam de piorar: eu me fodia cada vez mais. Ainda antes de passar a porta do hotel, as janelas de vidro que eram as portas, automáticas, ouvi, percebi que, assim que me virei, Maxwell e a mulher tinham começado a discutir. Parecia que discutiam por minha causa, por conta da estada revogada, da exigência de que eu fizesse os pagamentos; mas não importava. Eu era um cão e seguia pela rua, rente ao meio-fio, procurando uma agência bancária onde pudesse sacar o dinheiro. E me lembrava, enquanto andava, do Escritório,

me lembrava do balancete de setembro, que ainda não estava fechado, de Maria Teresa sorrindo Não se preocupe, depois dizendo Ache, pelo amor de deus, onde está o erro, do Pedido de Informação, de minhas folgas se transformando oficialmente em afastamento. De repente eu sentia medo: se perdesse o emprego, se me demitissem por justa causa: falha em serviço. As contas para pagar, todo começo de mês, a vergonha ao contar em casa, contar para ela que fora demitido, minhas garrafas de whisky a se tornarem inviáveis. As coisas pioravam, piorariam mais;

saquei o dinheiro, não tinha escolha, saquei tudo o que sobrava na conta, também o pouco que tinha aplicado. Pus o cartão na máquina do banco, digitei minha senha e disse Me dá. A máquina respondeu com gentileza, pediu Aguarde um momento, explicou Estamos processando sua solicitação, depois contou as cédulas, me entregou o dinheiro. É sempre melhor não ser atendido por uma pessoa, mas por uma máquina: sem cara de pêsames ou sorrisos de malícia, apenas uma fria transação comercial. Eu me sentia doente,

já estava acontecendo: tinha começado a morrer. Meu corpo pedia a efedrina. Comprei cigarros. Voltei para o hotel. Mais alguns dias, eu precisava de só mais alguns dias em Blumenau, depois poderia ir embora. Voltei para o hotel, me arrastando. Tinha o dinheiro. Sim, eu iria pagar, depois me deixariam tomar o café da manhã. Faltava só mais uma quadra para chegar. Eu xingava aqueles filhos da puta e a puta que havia me parido. Precisava urgentemente de uma xícara de café. Tinha ficado claro: estar vivo era idiota, uma teimosia completamente equivocada.

# ÓCULOS ESCUROS
# MESMO PARA OS
# DIAS DE POUCO SOL

Constantina pode ter morrido. As pessoas morrem, vão de uma vez por todas direto para a merda: os pais de Roberto já foram, quase todos os parentes, à exceção da avó com a qual nunca mais falou, alguns conhecidos também, um ou outro vizinho que de repente não foi mais encontrado pelo corredor, ou no elevador do prédio e que, um dia, alguém avisou Morreu; Constantina pode ter morrido. Por isso ele telefona. É claro que sua morte é pouco provável. Ainda assim Roberto faz a ligação. É mais razoável que ela simplesmente tenha brigado outra vez com a mãe:

Constantina pode estar em guerra, por isso não telefona, não telefonou, ela gasta os dias defendendo suas cidades da invasão materna, contra-atacando e tentando capturar o exército inimigo. Ou está enredada de novo no círculo antigo: remédios para dormir, navalhas, vodca, litros de lágrimas, talvez ainda algo mais. Roberto não tem como saber. Constantina pode ter sofrido algum acidente, pode estar no hospital; essa é outra hipótese plausível. Ou então não foi ela quem se acidentou, ou morreu, mas o pai, em alguma das viagens a negócios, em mais uma tentativa de salvar a última empresa que inventou da falência. Pode também ter sido assaltada, Constantina, sim, ela pode ter sido estuprada, espancada,

ela pode estar em seu apartamento, encolhida sobre o sofá-cama, apenas esperando Roberto telefonar. Então ele telefona. Não se falam há dias. Digita seu número no aparelho. Não dá para saber, interpretar sem erro seu silêncio; é melhor ligar e descobrir, pedir para ela contar, explicar. O telefone chama: toca apenas uma vez. Ele diz Constantina, ela responde Roberto. Devia ter ligado antes, apesar de não estar viajando de férias, de não estar se divertindo;

Roberto devia ter ligado antes: é como se Constantina, agora, precisasse ser consolada, confortada, tratada com delicadezas. Como você está, ele pergunta; ela responde Bem, repete Bem; depois os dois ficam mudos. Constantina não pergunta se Roberto conseguiu o que queria, se encontrou o que procurava, se sua viagem deu certo, ou quando volta; Roberto não pergunta pela morte do pai, pela briga com a mãe, não testa as outras hipóteses, não sugere a vodca, os cortes novos em suas coxas, os remédios para dormir, as lágrimas. O que estava fazendo, é tudo o que ele diz, entrega no ouvido dela quando não aguenta mais o silêncio. Constantina sussurra,

diz Estava vendo televisão. Roberto quase não entende o que ela fala. Pergunta O que mais, pede Me conta o que tem feito, repete, pergunta outra vez Como você está. Constantina responde, murmura Mais nada, diz Não tenho feito nada, conta Estou bem. Há um novo silêncio. E depois Roberto finalmente entende, tudo fica evidente:

Constantina diz O Filho da Puta está aqui comigo. É claro que não fala assim, não o chama de Filho da Puta, mas pronuncia seu nome, ainda sussurrando, o nome do Filho da Puta, que não será repetido aqui, Roberto também não o repetirá, não o nomeará, nunca o nomeou. É o cara com os piercings na boca, as tatuagens pelo corpo, aquele que já ronda Constantina há algum tempo, que a deixa confusa, ele, o Filho da Puta:

ele está lá, no apartamento dela, no apartamento deles, de Constantina e Roberto, ele está lá;

é por isso que Constantina murmura, que não fala, não conta, não conversa. Foi por isso que os dias passaram e ela não telefonou. Mas não há explicações, desculpas, desdobramentos, nada: a ligação simplesmente acaba. O Filho da Puta fala qualquer coisa com Constantina, Roberto não entende, ela responde. Talvez eles briguem: o telefone cai, fica esquecido, capta o som ambiente, a discussão dos dois. Então o Filho da Puta pega o aparelho, retoma a ligação, diz Não procura mais ela, cara. E é isso,

Não procura mais ela, cara, o Filho da Puta diz para Roberto, Constantina grita como nunca tinha gritado antes, o telefone cai de novo e a ligação acaba, acabou. Roberto não tem tempo de responder, de dizer, de perguntar qualquer coisa. A ligação acaba. Sentado na cama do hotel, com o aparelho telefônico na mão: Roberto não se mexe. Espera. A ligação acabou. Constantina não retorna, não liga de volta, não pede desculpas, não diz que é tudo um grande mal-entendido, que não é nada como Roberto está pensando. O telefone não toca, como se fosse realmente um objeto inanimado. Roberto se deita, olha o teto do quarto,

acende um cigarro. Constantina não telefona, não conta nenhuma das mentiras que resolveriam tudo. Ele fuma, espera. Que ela ligue e diga que não é para ele, não é para Roberto se afastar; que ela conte que pôs o Filho da Puta para fora de seu apartamento, que nunca o deveria ter deixado entrar; que ela jure que quer apenas Roberto, ou qualquer coisa assim, parecida com isso. Mas não telefona, não telefonará. Acabou,

sim, acabou. Roberto precisa pôr as coisas no lugar, em ordem. O que aconteceu, o que significa, como vai ser, para onde vão, ou ao menos para onde ele vai. Constantina não o ajuda, não telefona de volta, não explica, não mente. Acabou. O cigarro termina. Roberto se levanta, anda pelo quarto, de um lado para o outro, precisa fazer alguma coisa para que o leitor entenda o que se passa:

Roberto simplesmente pensa. Acabou. Constantina fez uma escolha, tomou um caminho; ela ainda não tem coragem de dizer, contar, explicar, mas é isso, é assim. No entanto, apenas Roberto tinha o direito de escolher, de determinar, de fazer com que as coisas acabassem; a Constantina que escolhe, que muda, que determina o fim, que estraga: ela não se parece com a Constantina que Roberto conhece, que é frágil, que é quebradiça. Sua fraqueza, como a fraqueza de todas as mulheres, é uma grande fraude. E puta merda: contra essa fraqueza, que é uma fraude, ele não pode fazer nada;

se ao menos fosse maldade, ou vingança, se fosse coragem o que tivesse movido Constantina a pôr o Filho da Puta dentro de seu apartamento enquanto Roberto viajava, se fosse alguma dessas opções ainda não teria acabado. Mas é apenas medo. Roberto cai de novo na cama, acende outro cigarro. Enquanto Constantina deve estar, naquele preciso momento, em cima do sofá com o Filho da Puta, fazendo as pazes com o pau dele enfiado no meio de suas pernas, até o fundo de sua boceta. Roberto trinca os dentes, aperta, atrita um contra o outro. O corpo dela cede debaixo do Filho da Puta, debaixo das tatuagens dele:

acaba, acabou. Constantina contém os espasmos do Filho da Puta; está com os seios nus, ofertados de um modo que demorou muito para que se sentisse à vontade e estivesse com Roberto assim. Foderam, ela e o Filho da Puta, treparam com gosto; ele esporrou rápido, encheu a boceta de Constantina até vazar. Toma a posse definitiva: ele obriga, força, vence. Ela precisa sofrer. Novos cortes têm que florir em suas coxas. E chorar, ela precisa chorar pedindo desculpas, se torcendo em arrependimentos. É necessário para Roberto, agora, é necessário que Constantina sofra, muito.

# OUTRAS CRUZES, LÁPIDES, EPITÁFIOS

São completamente opostos, o Cemitério Luterano e o Cemitério Municipal de Nova Harz. Bernardo se deu conta disso antes mesmo de chegar: não bastava apenas andar algumas quadras, seguir pela 20 de Abril, rodear a praça Goethe; não: para chegar ao Cemitério Municipal era preciso pegar um ônibus na Bismarck-Schönhausen, ir até o Terminal do Mercado, pegar outro ônibus, saltar na fábrica de tecidos e depois andar mais dez minutos. O bairro, afastado, não tinha os efeitos cenográficos do centro de Nova Harz; ali as casas estavam construídas de qualquer jeito, as ruas tinham o asfalto falhado, ou não tinham asfalto algum, nas calçadas faltavam os canteiros de flores, faltavam as árvores. Conforme o ônibus se afastava do centro, Bernardo percebeu: a pequena Alemanha ia submergindo na merda latina, subdesenvolvida,

Nova Harz era apenas mais uma cidade brasileira. Desceu do ônibus nos fundos da fábrica de tecidos. Andou dez minutos. Chegou. Parou diante do grande arco, dos portões de ferro carcomido: a entrada do Cemitério Municipal. Dava para ver dali, já da entrada, aquele cemitério devia ser pelo menos seis vezes maior do que o Luterano. E era também seis vezes mais feio, mais pobre, mais sujo. Bernardo não entrou, não quis;

parado junto ao portão, apenas jogou os olhos lá para dentro. Precisava de coragem. Mas a efedrina tinha acabado, a viagem perdera o sentido: já passava da hora de voltar para casa. Não havia mais dúvida, Michel Bertrand, o maestro, ele tinha garantido: Brigitte Döringer estava enterrada ali, naquele cemitério; não precisava ter pressa. Desta vez não daria certo procurar rua por rua, quadra por quadra, olhando campa por campa, lendo cada lápide, como fizera no Cemitério Luterano; por conta do tamanho, do número maior de sepulturas, teria que ir direto até a administração; por mais que não quisesse, precisaria perguntar, pedir, explicar. Pôs as mãos nos bolsos,

entrou. Seguiu a placa que dizia SECRETARIA, apontando com uma seta. Deu em uma sala que parecia uma cozinha: azulejos de um laranja pálido trepavam pelas paredes até o teto. No meio da cozinha havia uma mulher deitada, socada no meio de flores, dentro de um caixão. Pelos cantos se agrupavam algumas pessoas; umas conversavam animadas, outras enxugavam as caras vermelhas, molhadas de choro. Bernardo duvidou que alguma coisa ali dentro fosse real, que não estivessem todos encenando. Atravessou a sala sem cumprimentar ninguém. Não conseguiu evitar: olhou a morta dentro do caixão, com os olhos fechados, a boca pintada de batom, a pele esquisita, pouco natural. Dava para sentir o cheiro; tinham que ser rápidos, pôr a mulher logo debaixo da terra: ela não parava de apodrecer. Seguiu,

outra placa repetia SECRETARIA, apontava o fundo da cozinha, da sala, do velório; Bernardo segurou a respiração, tentou apenas olhar para o chão, seguiu. Uma das portas convidava HOMENS, a outra dizia DIRETORIA. Só podia ser esta última, Bernardo intuiu, bateu. Não houve resposta. Tocou a maçaneta pegajosa, úmida, fez com que girasse, a porta se soltasse do batente, se abrisse. Com licença, ele disse, pediu ao gordo sentado atrás da mesa, que não levantou a cabeça, não o olhou. Fechou a porta,

Bernardo perguntou Boa tarde, chegou mais perto da mesa. Pendurados nas paredes, dois ventiladores transtornavam o ar dentro da sala. Não havia janelas, apenas dois basculantes próximos ao teto. Talvez ali fosse, antes, o banheiro feminino. Boa tarde, o gordo respondeu atrasado, ainda sem olhar para Bernardo. Além do gordo e da mesa, dentro da sala havia apenas um arquivo de metal e, sobre uma banqueta de madeira, uma garrafa térmica, provavelmente com café. Bernardo disse Eu precisava, repetiu Eu precisava saber;

não terminou a frase. O diretor ou secretário, o gordo, o homem sentado atrás da mesa: a adiposidade lhe dava o aspecto de uma criança grande demais; ele disse Por favor, pode se sentar, e sorriu. Bernardo obedeceu, se sentou. O gordo parecia que não ouvia, não sentia, não via a morte a seu redor; Bernardo tentava também não se impressionar, não se escandalizar. Experimentou de novo, se forçou a ser prático, foi direto ao assunto:

Brigitte Döringer, disse simplesmente, depois soletrou o nome, sem constrangimento, sem pudor. O homem perguntou, ou afirmou, ele disse Quer saber onde ela está enterrada. Abanou sozinho a cabeça, anotou com dificuldade o nome em um pedaço de papel, se levantou, saiu da sala. As lâmpadas fluorescentes, penduradas no teto, piscavam alternadamente, como se estivessem a ponto de queimar. Alguém, lá fora, se desesperou, misturou o choro aos gritos; Talvez finalmente tenham fechado o caixão, Bernardo pensou. Ao mesmo tempo a descarga da privada foi acionada, no banheiro ao lado,

o gordo voltou rebolando, um pato desajeitado que circundou a mesa, se sentou de novo, entregou a Bernardo o papel. Campa 497 – Quadra Q – Rua 8, estava escrito. Simples, tudo muito simples, Bernardo pensou depois que pegou o papel, leu. Obrigado, ele disse. O homem diretor perguntou O que mais, Bernardo respondeu Mais nada, repetiu Obrigado, se levantou. Mas então a criança grande demais, o gordo, ele falou Eu temo que, pelo horário, o senhor, e se interrompeu, levantou o braço de cima da mesa, olhou para o pulso como se ali houvesse um relógio. Já era tarde, o cemitério ia fechar. Bernardo respondeu Claro, disse Entendo, falou Não tem problema. Mas o gordo disse Não, disse Pode ir lá, explicou Eu só peço que seja rápido. Bernardo insistiu Não, repetiu Não tem problema, agradeceu de novo, afirmou Eu volto amanhã, com mais calma. O gordo fez cara de que não fazia diferença alguma para ele;

estendeu a mão na direção de Bernardo, para um aperto. Era só isso. Ele saiu da sala; passou pela morta, o caixão ainda aberto, o corpo fedendo como antes; saiu. A falta de árvores ajudava na impressão de que aquilo ali, o Cemitério Municipal, era só um depósito de corpos estragados. Os mortos assavam dentro dos túmulos, debaixo do sol excessivo de Nova Harz, exalavam fedores, poluíam os que ainda tardavam vivos. Bernardo apenas queria ir embora;

tinha um cansaço agudo espalhado pelo corpo. Guardou o papel com o endereço de Brigitte Döringer no bolso. Agora que tinha encontrado, que sabia onde estava enterrada, não era mais urgente; podia ficar para o dia seguinte. Com tantos anos de atraso, ele pensou, não há por que ter pressa. Tinha encontrado e não havia trilha sonora desta vez, não tocava Tchaikovski dentro de sua cabeça, não chovia, não havia jogos de câmera: ele tinha encontrado e era sem graça, era só isso. No ponto de ônibus, acendeu um cigarro. Queria se deitar em sua cama no hotel;

queria dormir. Pensou se haveria questões práticas a serem resolvidas envolvendo o túmulo de Brigitte Döringer: pendências financeiras, por exemplo, ou reparos, restaurações, limpeza. Talvez fosse possível levar seus restos para o Cemitério Luterano, fazer com que a enterrassem com os outros, juntar seu nome àqueles conhecidos desde a infância: Heinrich Döringer, Günter e Gertrude Gremach, Ursula von Höhne, Emil e Gerda Döringer, Herta Heinzmüller, Friedrich e Martha Döringer; Bernardo não entendia por que a haviam sepultado sozinha. De qualquer forma, ainda que houvesse problemas a serem resolvidos, ou perguntas a serem respondidas, ele tinha encontrado:

no dia seguinte voltava, voltaria. Então seguiria a indicação, as coordenadas escritas no papel em seu bolso, Campa 497 – Quadra Q – Rua 8: estaria finalmente diante de Brigitte Döringer. Mas depois, apenas no dia seguinte. Porque antes Bernardo tinha que dormir. Já estava tudo resolvido.

# TIRAR O PÓ

Fechei a porta, disse Não se incomode. Quero ver você arrumando a cama, eu disse. É claro que a porta aberta não me impedia de observar Gabriela trabalhando, como já fizera tantas vezes, parado sob o batente, quieto; mas eu fechei a porta. Ela continuou esticando os lençóis; não repetiu a advertência antiga, de que a porta tinha que ficar aberta, de que eu não podia entrar, de que essas eram as regras do hotel. Definitivamente ela não tinha medo;

ajeitou os travesseiros, espalhou a colcha sobre a cama sem que as mãos tremessem. Era o meu quarto, eu tinha o direito de ficar lá dentro enquanto Gabriela o limpava. Desde o começo ela sabia, as mulheres sempre sabem, os homens são tão óbvios: eu só queria trepar com ela. Mas havia algo em mim, uma profunda inaptidão prática, algo que me impedia, que me fazia comicamente indeciso. Ela não tinha por que sentir medo de mim. Arrumou a cama, minha cama,

limpou o banheiro, se ajoelhou no chão abraçada à privada onde eu tinha cagado, mijado naqueles dias todos. Cuidou de meu quarto como se fosse sua casa, a casa da mãe dela, da avó. E fiquei quieto, apenas olhando, mais uma vez. Talvez eu tivesse a cara, o aspecto, os olhos de um bicho perdido, assustado; talvez eu é que tivesse medo:

de Gabriela, de ela ter dito Sou assexuada, de ser virgem e não ter vontade alguma de fazer sexo, disso tudo talvez eu tivesse medo. Os homens são cachorros em um longo e constante cio; desesperados, se roçam nas pernas da primeira mulher que aparece, ou nos móveis da casa quando não há mulher: passam a vida inteira correndo atrás de uma boceta. Alguns ficam especialistas nisso, conseguem trepar sempre que querem, se satisfazem, ainda que a satisfação não dure mais que meia hora; outros, como eu, não conseguem ter a mesma eficácia,

gozam debaixo do chuveiro, sozinhos, ou na privada, na cama. Não foi uma, nem duas, nem três as vezes em que minha cama estava manchada ou ainda molhada de porra quando Gabriela a arrumou; ela havia visto, sentido o cheiro, sabia muito bem. E tinha razão: os homens são uns porcos. Mas não parecia, ela não tinha nojo de mim; nas vezes em que encontrou minha cama esporrada talvez tenha sentido simplesmente pena. Se fosse uma puta, podia ser que se deitasse, tirasse a calcinha, deixasse eu me aliviar dentro dela sem cobrar nada. Mas não, ela não podia, não conseguia, nem queria ver o homem se transformando em bicho,

não me queria indo para cima dela, buscando afoito o buraco entre suas pernas. De qualquer forma eu não tinha coragem. Apenas olhava, do canto do quarto onde ficara entrincheirado, olhava para Gabriela, esperava que dissesse Sim, que me desse um sinal que eu entendesse, inequivocamente, sem dúvidas, que me autorizasse. Esse era, esse foi o problema todo;

eu não tinha coragem. Gabriela abriu a porta, pegou o aspirador do lado de fora, no corredor; entrou, tornou a fechar a porta. Vou fazer um pouco de barulho, ela disse. Quem era, afinal, aquele homem, eu; só quando ela ligou o aspirador de pó me dei conta: minhas coisas, espalhadas pelo quarto, não contavam, não diziam nada de mim. As roupas eram comuns. Não tinha nenhum livro. Não usava uma aliança no dedo. Não havia papéis importantes, ou pastas, como nos quartos dos homens que viajam a trabalho. Também não tinha câmeras fotográficas, guias turísticos, cartões-postais. Para que eu estava ali, hospedado há tanto tempo em Blumenau. E quando finalmente iria embora. É claro, Gabriela também não sabia, não poderia me ajudar;

ninguém sabia quem eu era, o que fazia no mundo, o que queria da vida. Me lembrei das histórias que inventava, das mentiras que contava a mim mesmo para que o tempo pudesse passar. Quantos afazeres sérios criei, compromissos, obrigações para poder ter os dias, a vida preenchida com alguma coisa importante. E fui tantos homens. Gabriela sorriu,

desligou o aspirador. Olhou para mim. Minha respiração se acelerou, meu corpo quis se mexer. Ela deu um passo para trás. Fiquei confuso, um ponto de interrogação amuado, vencido no canto do quarto. Acabei, ela disse. Eu respondi Obrigado, automaticamente, eu: sempre educado demais. Muito obrigado, eu disse. Ela caminhou até a porta, puxando o aspirador. Esperou, dessa vez, que eu a abrisse, como se fosse uma visita que ia embora. Abri,

fiquei segurando a maçaneta enquanto ela passava, ganhava o corredor, ia embora. Tchau, Gabriela disse, em vez de dizer Com licença, ou Bom dia, ou Até logo. Aquele podia ser o último dia: na manhã seguinte eu poderia não estar mais lá, apenas a cama, desfeita pela última vez, para que ela arrumasse, o quarto esperando ser limpo para o próximo hóspede. A escova de dentes, os remédios, as camisas, as calças, tudo meu poderia ter sumido,

mas não, não sumiu. Minhas coisas ainda estariam lá, no quarto, no dia seguinte. Apenas eu não, eu não a segui mais, não a procurei, não lhe fiz companhia. Quando Gabriela entregou o telegrama, essa foi a última vez que me viu. Trabalhar em um hotel é assim mesmo, as pessoas vêm, vão, apenas as coisas, os funcionários ficam; Gabriela sabia disso muito bem. Ela era apenas uma cama, ou uma janela, um corredor, um sofá no hall de entrada, uma das cadeiras do restaurante, ou o elevador, uma das privadas, a toalha de banho sendo higienizada pela milésima vez. Mas e eu.

# ENTÃO É PRECISO VOLTAR PARA O COMEÇO

Roberto não comeu. A hora do almoço já tinha passado. Não sentia fome. Quando se levantou, saiu do quarto, foi apenas para andar um pouco pela rua, sem direção, fumar dois cigarros; depois voltou, se largou de novo sobre a cama. Não tomou banho. Também não dormiu. Deitado, acendeu mais um cigarro,

fumou olhando o teto, como se tivesse acabado de trepar. Era ridículo, não tinha mais idade para essas coisas: ainda aguardava pela ligação, o telefonema de Constantina dizendo que não, que não era nada daquilo.[3] Roberto bebeu todas as cervejas que havia na pequena geladeira,

---

[3] Enquanto isso a voz do Filho da Puta dizia Não procura mais ela, cara, dizia e repetia, uma vez atrás da outra. Não procura mais ela, cara. Constantina o deixou entrar no apartamento, não o pôs para fora. E o Filho da Puta, tão feliz, ele estava tão contente, satisfeito, tão confiante ali dentro: ousou pegar, tirar o telefone da mão de Constantina e gritar com Roberto, sem antes dizer Boa tarde, sem se apresentar, sem achar que precisava dizer mais nada depois,

nem explicar. Quando a frase, quando a voz dava trégua, Roberto era martirizado pelo filme, também curto e repetitivo, pelas cenas de Constantina trepando com o Filho da Puta.

esperou. Deitado, fumando, olhando o teto, Roberto esperava ainda no dia seguinte, esperava que Constantina telefonasse de volta, explicasse alguma coisa, pedisse Desculpa. Mas não. Ela apenas validou a advertência do Filho da Puta. Seu silêncio endossava as palavras que ele soubera dizer tão bem, tão firme, tão seguro; ela consentia, concordava, anuía Não me procura mais, cara, Constantina dizia sem mexer os lábios, a boca, sem usar as palavras. Mas Roberto também se antecipava, tentava ser prático:

precisava se acostumar, a viagem acabaria e as coisas seriam diferentes. Ele sairia do trabalho, por exemplo, e iria direto para casa. As idas ao apartamento de Constantina não existiriam mais dali para a frente; não jantariam juntos, nem beberiam, nunca mais foderiam, não ririam, nem conversariam antes de Roberto voltar para seu apartamento, sério e respeitado. Tinha acabado,

não existiria mais nada daquilo. Constantina e ele, nunca mais eles andariam pela rua da Bahia, rumo ao retângulo da praça da Liberdade, não se sentariam mais lá, no parêntese aberto no meio da cidade de concreto, não ficariam mais em um dos bancos, silenciosos, reparando, olhando as pessoas passarem. Ela falava baixo e Roberto, com os carros seguindo rente a eles, na rua, ele não entendia o que ela dizia, tinha que perguntar O quê, ou Como, ou Ahn, ou O que você disse. Mas não aconteceria mais;

tinha acabado. Também o que ele havia buscado com sua viagem, procurado, que parecia tão importante, tão íntimo, também isso não tinha dado certo, era vazio, não lhe dizia nada. O tempo passava com Roberto na espera, na cama, e ia ficando cada vez mais claro: não tinha mais pelo que esperar, nem o que fazer naquela cidade. Era irônico, Constantina havia feito exatamente o que Roberto lhe prescrevera um dia, brincando:

---

Fodiam sobre o sofá, que era a cama, e fodiam com vontade. Ela gozava, é claro: gozava várias vezes com o pau do Filho da Puta enfiado em sua boceta, latejando dentro dela. E então começavam a trepar de novo, o Filho da Puta se enfiava dentro de Constantina, o filme voltava ao começo, repetia tudo mais uma vez.

ela tinha escolhido, arranjado um homem mais novo, com a sua idade. E ainda alguém que não era, certamente, comprometido, complicado como Roberto; o Filho da Puta não devia estar sempre se dividindo, sempre precisando ir embora, sempre pedindo segredos. A vida é uma merda; essa era a conclusão mais uma vez, o resultado da equação. Roberto tirou a roupa, acabou por dormir. E o telefone não o acordou, Constantina não ligou, não pôs tudo no lugar; ela não voltou. Apenas bateram à porta, insistentemente.

# TROCOU AS FLORES DO VASO EM CIMA DA MESA

Acontecerá de novo: você chegará em casa e será um completo estranho. Como quando namorávamos, ficávamos às vezes semanas inteiras sem nos ver: você terá que me conquistar mais uma vez. Precisará me lembrar do calor, do toque, do abraço, do beijo. Porque meus olhos cairão sobre você com desconfiança, como se não o reconhecesse mais; você sabe que será assim. Será, mais uma vez, como se não tivéssemos passado os últimos sete anos juntos, morando no mesmo apartamento, comendo na mesma mesa a mesma comida, dividindo a mesma pia do banheiro:

você será outra vez um completo estranho. A cada dia que passou fora, dei um passo para trás; eu, em vez de simplesmente ficar com saudade, eu fui esquecendo, esfriando, ficando áspera, seca. Já era bastante aguentar as horas que você passava com a vagabunda. Já era bastante saber que eu não tinha conseguido, que tinha perdido, deixado ir embora de dentro de mim, como se não houvesse querido o bastante. Meu abraço, quando você voltar, meu abraço será forçado, automático, dado por convenção; e não haverá um beijo quando você passar a porta, sorrir para mim, porque você sempre sorri para mim quando chega, ainda que nesses momentos um sorriso seja a última coisa que eu queira encontrar em sua cara;

não haverá um beijo em minha boca quando você passar por esta porta. Sou como Cecilia, ao fim, porque ela também, ela lhe olhará desconfiada, de longe, como se você fosse um estranho a invadir o apartamento. Estaremos nós duas, quando você chegar, tentando lembrar quem é esse homem que volta, que entra, que sorri. E será assim, esse estranhamento, essa apreensão, será assim por dias, Cecilia e eu esbarrando com o estranho, com você, nós duas nos escorando nos cantos, alertas, esperando para que. Mas não. Eu já lhe telefonei, lhe avisei:

Cecilia não está bem, eu disse. Telefonei para você e contei O gato está doente. Então não, Cecilia não o estranhará junto comigo, quando você chegar, não estará a meu lado, na sala, olhando desconfiada quando você voltar, passar a porta achando que está tudo certo, que mais uma vez miraculosamente nada foi quebrado. E ela, Cecilia, o gato não miará depois, quando se acostumar com sua presença; ela não se esfregará em suas pernas, com o rabo levantado, imitando um espanador de pó, não oferecerá, deitada no chão, o pescoço para a carícia que você nunca dá, mas que ela sempre torna a solicitar. Ela não pedirá mais. Cecilia vomitou cinco vezes desde ontem;

o último vômito era luminescente, quase radioativo, entre amarelo e verde: manchou o tapete de seu quarto. É só isso, Cecilia vomita, não faz nada além disso. Não mia mais, não ronrona, não come, não bebe água, não se lambe, não visita a caixa de areia; fica no chão, como um pombo doente, que não consegue mais voar, nem andar, os olhos semiabertos; espera. Quando você voltar, iremos ao veterinário, levaremos Cecilia;

eu já terei comprado, sozinha, a maleta apropriada para o transporte, uma caixa cor-de-rosa com alças, para levar Cecilia, levarmos Cecilia ao veterinário. Terei também comprado a caminha de tecido que ela nunca teve, redonda, que nunca usará. A secretária da clínica veterinária, com os cabelos alisados, quando chegarmos, os três, ela achará graça que eu me chame Cecilia e o gato tenha o mesmo nome; achará graça mas naturalmente não entenderá. Estaremos sérios, você e eu. Esperaremos em silêncio que o veterinário chame,

então nós nos levantaremos, levaremos Cecilia junto, ela ainda dentro da caixa, da maleta cor-de-rosa. Estará quase extinta. Provavelmente é um problema renal, o veterinário dirá, depois de me ouvir, de examinar Cecilia. Mas para ter certeza, precisaremos de um exame de sangue e outro de urina. Se for isso mesmo, no entanto, ele avisará, com uma cara que tentará ser mais séria do que a nossa,

se for isso mesmo, um problema renal, não há muito o que fazer. Você me disse, quando lhe telefonei, contei Cecilia está doente, você me disse que ficaria tudo bem: que não me preocupasse, você já estava voltando. Mas, no consultório cheirando a mijo de cão, o veterinário, com o braço direito tatuado, do ombro até o cotovelo, o veterinário desmentirá o que você me disse, ele dirá Se for isso mesmo, um problema renal, não há muito o que fazer. Nós seguraremos Cecilia pelas patas, sem necessidade alguma, pois ela não terá forças para se negar, para fugir da agulha por onde sairá o sangue, da agulha por onde entrará o soro. O veterinário dirá que está preocupado,

eu não direi que estou preocupada, repetirei apenas que Cecilia não mia, não come, que está assim há dias. Você ficará quieto, ouvirá o veterinário, me ouvirá sem dizer o que pensa. Eu saberei o prognóstico antes de você, antes que o veterinário saiba, diga, leia os exames e sentencie. E serei eu a dizer Obrigada, a pôr Cecilia de volta na maleta plástica cor-de-rosa, a dizer para você Vamos embora, apenas com gestos, Vamos embora, eu direi quando não acreditar mais nos poderes do homem com o jaleco branco, com a tatuagem no braço;

agradecerei Obrigada, levarei Cecilia embora, de volta para casa. Na recepção do consultório, você pagará a consulta, um pouco confuso, pagará os exames; olhará para mim ainda sem entender. Mas não discordará. Voltaremos para casa, de ônibus, com a caixa de Cecilia sobre meu colo. Você me ouvirá dizer ao gato, mentir Ficará tudo bem. Depois eu direi para você que estou com pena,

estou com medo. Nós chegaremos em casa, alimentaremos Cecilia à força: injetaremos direto em sua boca, com uma pequena seringa, o alimento indicado pelo veterinário, pastoso, de cheiro enjoativo; ela engolirá sem escolha, por reflexo. E será assim, de quatro em quatro horas, imporemos a vida pela garganta de Cecilia abaixo. Como se ela fosse a criança que não deu certo. Mesmo sem acreditar que melhorará, daremos os três remédios receitados, nos horários corretos, sem escolha, sem outra opção melhor. Cecilia vomitará de novo,

ela desenhará manchas novas no tapete de seu quarto, que não saberei limpar. Eu a pegarei no colo, a deitarei na cama, a meu lado; a cama será inteira para nós duas. A essa altura, não terei mais dúvidas. Não serão necessários os resultados dos exames. A mão extraviada nos pelos de Cecilia, sentirei sua respiração, esperando o momento em que ela parará; mas acabarei dormindo. E, no meio da noite, eu acordarei. Chorarei mordendo o travesseiro, para não acordar você, ainda que durma no outro quarto. Mas não terei escolha, terei que me levantar, caminhar até lá. Porei a mão em seu ombro, sobre seu peito, e lhe direi Acorda.

# NOVOS CORTES NO ORÇAMENTO SERÃO ANUNCIADOS EM BREVE

Abro o telegrama que Gabriela trouxe, entregou. Eu estava dormindo, bateram à porta; em algum momento as batidas entraram em meu sono, sonhei que tinha alguém querendo invadir meu quarto, acordei assustado. Bateram de novo. Me levantei. Não estava vestido: perguntei Quem é, para ganhar tempo. Não responderam. Bateram mais uma vez. De novo perguntei Quem é. Maxwell pediu que eu subisse, tem um telegrama para você, disseram através da porta. Era Gabriela. Não me preocupei mais por não estar vestido. Um minuto, eu pedi. Fui até o banheiro, enrolei a toalha de banho na cintura. Pensei se não seria mais uma das brincadeiras de Maxwell. Abri a porta. Desculpa, eu disse,

menti Estava indo tomar banho. Gabriela tinha os cabelos soltos; pela primeira vez a via assim. Seu horário de trabalho já tinha terminado, ela ia embora quando Maxwell pediu que subisse em meu quarto; ou ela mesma quis, pediu, se ofereceu quando soube do telegrama: soltou os cabelos no elevador, caminhou nervosa pelo corredor, até minha porta, bateu.

Estendeu a mão, o telegrama preso entre os dedos, pronto para ser largado. Obrigado, eu disse. Estranhamente, não estava curioso:

Gabriela foi embora, fechei a porta, não abri o telegrama. Me deitei na cama e bati punheta. Não tinha vontade alguma; não consegui gozar. Agora pego de volta o telegrama de cima do criado-mudo, abro como se fosse a conta de luz, o envelope com uma oferta do cartão de crédito, ou uma propaganda do supermercado. O uso do telegrama, tão antiquado, já diz tudo: é ela, Maria Teresa,

por intermédio dela o Escritório comunica oficialmente sua decisão. As frases, eu as leio, elas são formais, frias, Informamos que o processo administrativo 102/15 foi encerrado após apuração interna. É o que vem depois o que realmente importa, está escrito Não foram estabelecidas sanções pecuniárias ou administrativas aos funcionários envolvidos. Sim, está assim mesmo, no plural: Funcionários envolvidos,

como se alguém mais além de mim tivesse sido investigado, afastado, como se a responsabilidade pelos erros encontrados no balancete fosse de mais alguém. E a conclusão Seu retorno às atividades laborais é esperado dentro de 48 horas a partir do recebimento deste telegrama, a conclusão logo se transforma em uma advertência, ameaça Eventuais ausências serão tratadas sob aspecto disciplinar. E mais nada. Apesar de tão claro, eu retomo, leio o telegrama do início;

podia ter rido, ou vomitado, podia ter chorado, podia ter batido punheta de novo, podia ter me espreguiçado como quem acorda de um sonho longo, confuso, mas não: reli, releio o telegrama, desde o começo. Depois me deito na cama. Talvez esteja aliviado; já era hora de voltar. É preciso acabar com essa palhaçada toda;

nem eu acredito mais que estou, que vim a Blumenau para ir a um cemitério, para descobrir, ver onde minha mãe está enterrada. É hora de voltar. Me levanto da cama, vou até a janela. Na atitude típica dos personagens de filmes, após receberem uma notícia inesperada, fico parado, de pé, olhando os telhados através do vidro sujo. Não há muito o que pensar, no entanto. Acabou, está na hora de ir para casa,

em 48 horas tenho que me apresentar no Escritório, como se me apresentasse ao exército, tivesse sido convocado para a guerra.[4] No Escritório, imagino que já implantaram as melhorias no sistema de contratos, que em nada afetará meu trabalho na Contabilidade, mas que eram esperadas por todos. O Gordo não deve mais ser o gerente do subsetor de Vendas Externas, já deve ter sido promovido; ele me dirá Bom dia, sorridente, e será impossível a cena do banheiro não voltar à minha cabeça, nítida, com detalhes: ele enrabando muito feliz o Estagiário. Dolores, o dinossauro da área de Compras, já deve ter se aposentado; alguém me contará a notícia, mas não darei importância, perguntarei Quem é essa Dolores, afinal. E talvez haja um novo funcionário na Contabilidade,

alguém para substituir o Estagiário; ele desistiu da faculdade de Ciências Contábeis, foi estudar Psicologia. O novo porto, do outro lado do braço do mar, provavelmente está em plena atividade, não passa mais um dia sem que haja atracado ali algum navio cheio de contêineres, fazendo trabalhar os guindastes trazidos da China. Mas por enquanto ainda enfrento

---

[4]   Mas apenas depois que me sentar de novo à minha mesa no trabalho, depois que usar de novo meu telefone, minhas canetas, meus carimbos, apenas depois saberei que o erro no fechamento do balancete tinha sido mesmo por minha culpa. Se não me mandaram embora, foi porque Maria Teresa interveio, por escrito, louvou o ótimo funcionário que eu era; também porque, como constou no relatório de apuração final, Não ficou caracterizado dolo ou negligência por parte dos envolvidos. Mas a história não terminará tão fácil, um mês depois ainda não terá acabado, eu descobrirei:

a parte do telegrama que diz Não foram estabelecidas sanções pecuniárias, essa parte era mentira. Quando receber o próximo holerite, lá estará, a diferença do balancete sendo reposta, mês a mês, descontada de meu salário; chegarei, nesse dia, transbordando de raiva em casa, mostrarei o desconto, xingarei em voz alta. Xingarei, reclamarei em casa, mas não pedirei explicações no Escritório, a Maria Teresa, não questionarei o setor de recursos humanos; engolirei a seco, todo mês, o desconto em meu holerite: o balancete sendo consertado à força, até a conta bater.

o telefone mudo, obstinadamente mudo, enfrento mais uma vez as camisas que não sobraram limpas no armário;

ainda estou em Blumenau. Cheiro as roupas que estão dentro da mala, amassadas, escolho a que fede menos. Ponho a calça. Conto o dinheiro que sobrou. Pego os cigarros, mais importantes agora do que cuecas limpas. Respiro. Penteio os cabelos de qualquer jeito, saio do quarto,

pego o elevador. No térreo, passo pela recepção, atravesso o hall do hotel; tudo aqui vai perdendo a realidade. Saio. Caminho pela Heringstrasse, devagar, vou até a Wurststrasse, acendo um cigarro. E tento entender o que é que mudou.

# GUARDE O CHORO PARA QUANDO NÃO HOUVER MAIS SOLUÇÃO

É claro que ela iria telefonar, Constantina, é claro que em algum momento iria finalmente pegar o telefone, digitar nele o número de Roberto, ouvir o sinal de que estava chamando. Agora isso parece bastante óbvio. E igualmente evidente: que ele não atenderia na primeira vez que ela ligasse, nem na segunda, ou na terceira, na quarta vez; não, Roberto não iria tão facilmente dizer Alô, não iria sorrir contente, não iria responder Sim, está tudo bem, e perguntar depois E você, como está. O telefone tocou, o aparelho avisou que era Constantina, ele não atendeu;

Roberto leu o nome dela, como um alerta que o telefone lhe desse, Constantina, o aparelho dizia, e ele deixou que tocasse, vibrasse em sua mão: não atendeu. Quis que Constantina ligasse, esperou por isso, por uma palavra que lhe devolvesse o que se perdia, que ela explicasse, pedisse perdão. Depois que o Filho da Puta disse Não procura mais ela, cara, naquela noite Roberto teria atendido Constantina, ou ainda no dia seguinte, ele teria dito Alô, teria mentido Sim, está tudo bem, teria perguntado E você, como está. E ela então poderia explicar, pedir desculpa, ou os dois fariam mais uma vez como sempre: fingiriam que nada acontecera. Mas não, não foi assim,

Constantina não telefonou naquela noite, nem no dia seguinte. Ela não soube pôr o Filho da Puta para fora do apartamento, restabelecer Roberto em sua vida. Depois que o Filho da Puta tomou o telefone de sua mão, disse Não procura mais ela, cara, depois que a merda toda foi lançada para o alto, Constantina apenas soube abrir as pernas. Os dois treparam, o Filho da Puta meteu com força, ela recebeu o pau dele, talvez com lágrimas bordejando os olhos, mas depois gozou. Dormiram juntos, satisfeitos, enquanto Roberto latejava, assava no inferno. Quando Constantina telefonou, dias depois, já era tarde demais;

ela telefonou e Roberto não atendeu. No aeroporto, enquanto ele esperava para embarcar, Constantina ligou onze vezes. O avião rolou pela pista, decolou, o telefone ficou sem sinal; durante o voo pode ter havido, certamente houve mais ligações que não ficaram registradas. Ela tornou a telefonar quando Roberto já estava em casa; nessa noite ela telefonou seis vezes. No dia seguinte, e ao longo de toda a semana, ligou religiosamente, sempre à hora do almoço, duas vezes, e mais duas vezes ao final da tarde, no fim do expediente. E Roberto não atendeu,

não disse Alô, não disse Sim, estou bem, não perguntou E você, como está. A razão da recusa de Roberto foi mudando com o tempo. Nas primeiras vezes, não atendeu por raiva: se tivesse atendido, seria para fazer Constantina sofrer; teria sido moralista, justiceiro, vingativo. Depois, quando já tinha voltado para casa, acertado outra vez sua rotina, Roberto não atendeu por preguiça: se tivesse atendido, precisaria consolar Constantina, dizer Tudo bem, ou Não tem problema, ou Não chore desse jeito. Roberto não se importava mais,

não tinha mais raiva do Filho da Puta, nem de Constantina. Esses dias foram calmos, tranquilos, Roberto viveu as horas uma depois da outra, sem pressa, sem preocupação; fazia no trabalho as tarefas que lhe cabiam, voltava para casa, dormia como sempre noites em que não tinha sonhos. Estava de novo livre. Mas depois veio a última fase:

Roberto começou a sentir prazer toda vez que Constantina ligava e ele não atendia. Sorria satisfeito quando o aparelho chamava; estava claro: Constantina sofria com seu silêncio, com sua recusa obstinada. Nesse ponto ele estava pronto para terminar o círculo, voltar ao de antes, ao de sempre. Já estava vingado. Tinha, de novo, controle sobre Constantina. Quanto mais se negava a falar com ela, mais persistente ela ficava. Chegara à lógica, à lei essencial de todos os relacionamentos: quando um diz Não, o outro pede Sim. Mas ainda assim, talvez gratuitamente, se manteve firme;

Roberto nunca mais atendeu o telefone. E Constantina não teve escolha: uma manhã ela precisou adotar métodos novos, mais radicais.

# AS VÁRIAS FORMAS DE MORRER

Bernardo não foi, não voltou no dia seguinte ao Cemitério Municipal. A imagem que ficou de onde Brigitte Döringer está enterrada é ampla, geral: um amontoado de túmulos em vez de uma sepultura específica com o nome dela, com suas duas datas. O impulso de estar diante de seu túmulo cedeu como se fosse um capricho, do dia para a noite; Bernardo ficou indiferente, se convenceu de que não havia sentido algum, que encontrar, ver onde tinham colocado o corpo de Brigitte Döringer não mudaria sua vida. De repente se achou cômico:

ter ido tantas vezes ao Cemitério Luterano, ter caminhado cada rua ali dentro, olhado, lido lápide por lápide à procura do nome dela, aquilo tinha sido ridículo demais. Riu de si mesmo sob a chuva, pensando que tinha encontrado. Não devia ter perdido tanto tempo em Nova Harz com esse despropósito; não perderia mais nem um minuto: não pegou de novo na Bismarck-Schönhausen o ônibus até o Terminal do Mercado, não embarcou ali no outro ônibus, não desceu na fábrica de tecidos, não caminhou mais dez minutos;

Bernardo não foi ao Cemitério Municipal no dia seguinte, não voltou mais. Recebeu o telegrama, leu, obedeceu: fez as malas, foi embora. Mas antes se deu um dia inteiro de paz, fez de si mesmo o turista que não tinha sido, que não quis ser desde que chegara na cidade.[5] Caminhando a esmo, parou no Teatro Richard Wagner. Não resistiu:

pela rua lateral, entrou, foi até a secretaria da escola do teatro. Boa tarde, ele disse, sorriu de mentira para Hannelore, a secretária, perguntou se podia falar com o maestro. Bertrand o recebeu logo, com a mesma cara de idiota de sempre, franziu o bigode amarelo por cima dos lábios moles. Bernardo agradeceu, mentiu Obrigado, contou Estive no Cemitério Municipal ontem, repetiu Muito obrigado. Não disse que tinha desistido de ver o túmulo de Brigitte Döringer, que não precisava mais estar diante dela;

não era da conta de Bertrand. Mas, sim, Bernardo tinha que admitir: sua ideia, a do maestro, tinha sido tão simples quanto inteligente: ir até o cartório na Wurststrasse, pedir a segunda via da certidão de óbito. Ele deixou o documento, dentro de outro envelope pardo, na recepção do hotel; na certidão Bernardo leu, estava escrito, com todas as letras,

---

5    Saiu do hotel, seguiu pela Heringstrasse, devagar, foi até a Wurststrasse; acendeu um cigarro. Caminhou no sentido contrário da Prefeitura, até a praça Grimm. No meio da praça, assistida por quatro figueiras, uma estátua dupla festejava Jacob e Wilhelm; desta vez o escultor não era Herbert Föcks, Bernardo reparou. A um canto havia um mural onde pululavam os personagens dos quais os dois irmãos tinham se apropriado, remontados em um mosaico que pedia com urgência uma restauração. Mas as crianças, uma matilha desordenada delas, chorando, ou gritando, as crianças, correndo sem motivo de um lado para o outro, elas expulsaram Bernardo,

ele fugiu da praça Grimm, foi até a Cervejaria Weiss. Estava fechada. Era a cervejaria mais antiga de Nova Harz. O enorme barril que adornava a fachada da casa, onde funcionava também um restaurante, o barril era falso, qualquer um podia ver. Bernardo desceu até o Sar, foi caminhando pela Bismarck-Schönhausen. Parou na altura da Catedral; dava para ver sua torre única espetada atrás da Mölmann, os sinos presos lá no alto, em cima do relógio; eram três e trinta e dois da tarde.

O sepultamento se deu em 3 de janeiro de 1985 no Cemitério Municipal de Nova Harz. Se Bernardo tivesse pensado nisso logo no começo, não precisaria ter passado em revista todos os mortos do Cemitério Luterano, não precisaria ter perdido tantos dias, falado com o coveiro, com o secretário, não precisaria ter procurado Otto, sofrido uma partida inteira de xadrez, não:

podia ter chegado em Nova Harz, ido direto ao Cemitério Municipal, como estava anotado na certidão de óbito, naquela certidão específica, de número 3.247. O túmulo de Brigitte Döringer esperava ali o tempo todo, sem mistério algum. A pedido de Bernardo, saíram do teatro para a rua; ele queria acender um cigarro, fumar, Bertrand o acompanhou. Como vão os estudos sobre Anton Stein, Bernardo perguntou como se em dois dias o maestro pudesse ter feito algum avanço, escrito alguma página importante;

ainda assim, Bertrand respondeu Estão caminhando, disse Estou progredindo. Ele devolveu a pergunta, perguntou E seu doutorado, será que ajudei em alguma coisa. Não era possível que ainda não houvesse entendido que era tudo mentira; Bernardo tragou a fumaça, a devolveu para o ar, não respondeu; em vez disso, perguntou Você leu a certidão de óbito que deixou no hotel, a de Brigitte Döringer. Sim, Bertrand tinha lido. E então Bernardo perguntou, Bertrand não entendeu, Bernardo disse com maior clareza, perguntou Você prestou atenção, leu o que dizia sobre a forma como ela morreu. Acabou de fumar,

voltaram para os fundos do teatro. Bertrand não respondeu a pergunta; mudou de assunto. Convidou Bernardo para o concerto mensal, no fim da semana; Vamos tocar Bizet, ele disse, animado. Não posso, Bernardo respondeu, justificou Já terei ido embora. Depois se lembrou, disse A cerveja de Nova Harz é a melhor cerveja do mundo; ele mentiu e Bertrand sorriu satisfeito. Os dois se despediram, a mão de Bertrand ainda mole, precisando de firmeza. Brigitte Döringer não tinha se matado;

era isso o que constava de mais importante na folha 213 do livro 03, na certidão de óbito. Estava lá, dizia O atestado de óbito foi firmado por Dr. José Henrique de Castro Costa, CRM nº 2.690, que deu como causa de morte Anemia ag. – Ruptura de vasos intercostais – Par. pulmonar. Bertrand era um idiota. Quando Bernardo tocou no assunto, perguntou Você prestou atenção, leu o que dizia sobre a forma como ela morreu, Bertrand simplesmente mudou de assunto, ficou com cara de pena, como se Bernardo tivesse estragado o final do livro. Mas que se fodesse o final do livro:

Anemia ag. e Ruptura de vasos intercostais e Par. pulmonar significavam que Brigitte Döringer não tinha se matado no hospital bebendo uma garrafa de água sanitária, depois de descobrir que Anton Stein havia morrido. A vida é assim, sem graça, mesmo nos momentos cruciais. E Bertrand também tinha errado, ou mentido, estava mal informado:

é claro que Bernardo era um dos passageiros dentro do carro que saiu da estrada, desceu pelo barranco; é claro que estava no acidente que matou Anton Stein e Brigitte Döringer. Precisou que o lembrassem, ao telefone, depois de contarem que o gato estava doente, que não fazia mais nada além de vomitar: precisou que o lembrassem, que dissessem, perguntassem E o que são essas cicatrizes que você tem pelo corpo inteiro. Não há dúvida: desde os cinco anos de idade, as cicatrizes de Bernardo, a maioria quase desaparecida, são a prova de que ele estava lá. Anton Stein morreu, Brigitte Döringer passou pelo para-brisa e Bernardo, que se sentava no colo dela, de alguma forma sobrou seguro dentro do carro;

a ele foram legados os cortes, ficou com a vida mas carrega as cicatrizes para que não se esqueça. Mas se esqueceu. E o que são essas cicatrizes que você tem pelo corpo inteiro. Claro. Bernardo devia ter se feito essa pergunta, assim que Bertrand o tirou de dentro do carro, o expulsou da história de sua própria vida. É um idiota completo, o maestro, Bernardo pensou enquanto voltava pela Bismarck-Schönhausen, ia em direção a

Eisenbrücke. Podia atravessar a ponte, ir de novo pela rua Doktor Blumenau até a casa de muro baixo, de pedra, podia tocar outra vez a campainha,
podia jogar a última partida de xadrez com Otto. Mas não foi. Pegou
a Wurststrasse até chegar de volta à Heringstrasse. No hotel, o último dia
terminou como o primeiro: Bernardo no bar, com uma dose de whisky 12
anos, porque a diferença de preço para o 8 anos, pequena demais, o levava a optar pelo mais velho. Fabiana, a atendente, o serviu com a displi-
cência de sempre. Ele bebeu a última dose, se levantou, agradeceu, subiu
para o quarto;

antes fez uma parada na recepção. Confirmou com Maxwell se estava tudo certo, pago, se devia algo; informou ao recepcionista que no dia
seguinte iria embora. Maxwell olhou para a tela do computador, digitou
alguma coisa no teclado. Sim, estava tudo certo; mas a conta apenas podia ser fechada no dia seguinte, ao desocupar o quarto. Bernardo abanou
a cabeça, não sorriu. Pegou o elevador, subiu para dormir a última noite.
Deitado na cama, assistiu à televisão:

viu o programa em que gordos disputavam para ver quem perdia mais
peso, depois o programa em que mães solteiras sofriam dramaticamente
com a educação de suas crias, o programa em que atores muito ruins si-
mulavam cenas de sexo em situações pouco imaginativas. Bateu punheta.
Desta vez conseguiu: gozou, deixou o lençol de um lado da cama esporrado. Dormiu no outro lado. A última noite. No dia seguinte, quando a
arrumadeira viesse limpar seu quarto, trocar a roupa de cama, ele já teria
ido embora.

# ENTROPIA

Saio do Escritório. Constantina está de novo na praça em frente, debaixo das estátuas de Gafrée e Guinle, que a placa comemorativa diz terem sido os construtores do porto. Desta vez seu rosto não está tenso, como há algumas horas. Atravesso a rua, paro a seu lado. Pergunto Aonde vamos, ela diz Não sei. Não a beijo na boca, nem no rosto, não a abraço, não seguro sua mão quando atravessamos a rua de paralelepípedos. Pego sua mochila, a ponho nas costas, digo Você trouxe bastante coisa;

ela conta, repete o que dissera antes, Eu não ia sair daquela praça até você vir falar comigo. Não quero mais conversar sobre isso, nem ela. Constantina então diz, emenda Interessante este lado da cidade, comenta Nunca venho para cá. Ela não quer pedir desculpas, explicar mais uma vez, não quer mentir de novo; e eu não preciso mais ouvir. Vamos fingir, nós dois, que nada aconteceu;

é assim que sempre fizemos, é assim que faremos mais uma vez. Caminhamos pela XV de Novembro, eu procurando, pensando em algum lugar onde possamos nos sentar, onde me sirvam uma dose de whisky. Constantina continua, finge, atua, chega ao absurdo de falar sobre o tempo, diz

Acho que não chove mais nesta semana. Eu não sei se chove mais nesta semana, se faz sol, se nevará. Talvez ainda sinta raiva. A mochila de Constantina pesa a minhas costas. Aponto, digo Vamos no Cortizona;

mas a verdade é que eu queria ir para casa, ficar lá, imóvel, digerindo a vida. Me pergunto se tudo finalmente terá se acabado. Sem gelo, por favor, eu peço; Constantina pede suco de laranja, eu estranho, ela olha para mim, confirma com o garçom, diz Sim, por favor, um suco de laranja, só isso. Ficamos quietos. O whisky chega, o suco chega. Constantina não força mais entre nós dois assuntos aleatórios. Eu não digo nada, ela também não,

não dizemos nada do que importa. E ela não me explica, não se desculpa. Bebo o whisky, em goles exagerados; a dose acaba, peço outra; Constantina fica no mesmo copo de suco. Continuamos quietos. É mesmo possível, pode ser que algo tenha se acabado; mas antes que se acabe de uma vez Constantina fala,

ela pergunta sobre minha mãe. Faz a pergunta com algum constrangimento, sem olhar para mim, como se questionasse o aspecto de minha merda, por exemplo, qual a coloração, a forma, o odor. Não quero responder, não quero contar, mas digo Sim, digo Encontrei o túmulo dela. Eu estava certo, comento, digo Ela está enterrada no Cemitério Luterano, junto com meus bisavós, com o irmão dela e os irmãos de minha avó. Constantina pergunta se o cemitério é bonito, eu confirmo, digo Sim, conto Há muitas árvores, explico E fica bem no alto, dá para ver a cidade lá de cima. Ela sorri pela primeira vez,

sugere Devia me levar lá um dia. Sorrio também. Não penso em Cecilia, que está em casa, me esperando; não penso na outra Cecilia, o gato, que entregamos ao veterinário ontem; não penso no trabalho, em Maria Teresa, no Escritório. Olho para a cadeira da mesa ao lado, que está vazia, e sorrio mais, como um idiota, completamente alheio a toda minha vida. Constantina se debruça sobre a mesa, diminui a distância entre nós dois;

consigo ver seus peitos pelo decote da blusa, ela sabe disso. O que está pensando, ela pergunta,

respondo Não sei o que procurava em Blumenau, se era mesmo o túmulo de minha mãe. Constantina ri, diz É claro que não, explica Você estava me procurando lá. Não a levo a sério. Ela está, ficou feliz, já percebeu, ou decidiu: tudo voltará a ser como antes;

esta mesma noite, ela imagina, esta noite acabará em seu apartamento, sobre o sofá que é também a cama, ela me conterá entre suas coxas pautadas. Tudo ficará bem outra vez. Olhando divertida para mim, Constantina diz, pergunta Já pensou que a Entropia contradiz o eterno retorno do Nietzsche. Levanto as sobrancelhas. Pego seu copo, analiso o suco que sobrou, pergunto Tem certeza que é só laranja aqui dentro,

e ela ri mais, Constantina, ela ri feliz e diz Você é que está bêbado. Não respondo, não desminto. Ela continua, desenvolve sua ideia, explica que a segunda lei da Termodinâmica é uma bofetada na cara do bigodudo, do filósofo, do Nietzsche camaleônico, e eu encerro o assunto sem lhe dar atenção, digo Vamos embora. Chamo o garçom, pago a conta, pego de novo a mochila de Constantina;

deixamos o Cortizona. Vamos andando até o ponto de ônibus na Bartolomeu de Gusmão. Seguimos lado a lado pela calçada estreita: mas não nos tocamos. Acendo um cigarro. Constantina olha de lado para mim, sorri, eu pergunto O que foi; Você fica bonito quando fuma, ela diz, sussurra, eu comento Estou fodido então. Ela suspira. Esperamos o ônibus, quietos. Ela ainda não sabe, nem eu sei se pegaremos o mesmo ônibus, se vamos para o mesmo lugar, para o apartamento dela,

e, se formos, o que acontecerá então, se me deitarei no sofá, se ela se aninhará em meus braços, deitará a cabeça em meu peito. Poderemos ficar muito tempo desse jeito, sem nos mexer, apesar de ser inevitável, será inevitável: meu pau ficará duro, ela sentirá isso em algum momento, saberá, mas não ousará por enquanto mexer em mim, ou me beijar. Ficarei quieto,

301

continuarei quieto, não a beijarei; ou talvez a beije, de repente não aguentando mais, talvez eu a beije, meta a mão por dentro de sua blusa, grosseiramente, depois me arrependa, volte, me aquiete de novo;

mas ainda não, ainda nada. Estamos na praça Bartolomeu de Gusmão, esperando para saber que ônibus chegará primeiro. Constantina olha para mim; seus olhos são os mais redondos que já vi; eles me pedem alguma coisa, eu finjo que não percebo. Ponho sua mochila no chão, digo Isto está pesado demais, ela se desculpa, diz Não sabia mais o que fazer;

Constantina me conta outra vez o que já sei, diz Você não atendia o telefone, fiquei desesperada. A igreja do Sagrado Coração, do outro lado da praça, dá as horas: são ainda sete da noite. Se o ônibus dela passar primeiro, eu penso, mas não termino de pensar. Um mendigo nos aborda, pede moedas, pede qualquer coisa que queiramos dar; Não, eu digo, mas Constantina fica com pena. Espero que o ônibus não demore muito, comento. E sorrio,

olho para a mulher a meu lado e sorrio. Constantina pergunta O que é. Ela não sabe o que esperar de mim. Mas, se meu ônibus passar primeiro, o ônibus que me leva de volta para casa. Eu a chamo, ela não entende, eu digo seu nome, me lembro de alguma coisa, de alguma outra vez, e digo Constantina, apenas isso. Mas ela não entende, fica calada. Então repito, digo mais uma vez seu nome, um ônibus está vindo, dobra a esquina, e eu digo apenas Constantina.

Este livro foi composto na tipologia
Roos ST, em corpo 11,5/17, e impresso em
papel Lux cream 70 g/m$^2$ na Lis Gráfica.